寻找西康

雅安市文学艺术界联合会
雅安市作家协会 编

汪文智 撰

九州出版社
JIUZHOUPRESS

图书在版编目（CIP）数据

寻找西康 / 雅安市文学艺术界联合会，雅安市作家
协会编；汪文智撰. -- 北京：九州出版社，2022.11
ISBN 978-7-5225-1452-9

Ⅰ．①寻… Ⅱ．①雅… ②雅… ③汪… Ⅲ．①随笔－
作品集－中国－当代 Ⅳ．①I267.1

中国版本图书馆 CIP 数据核字（2022）第 221540 号

寻找西康

作　　者	雅安市文学艺术界联合会　雅安市作家协会　编　汪文智　撰
责任编辑	刘　嘉
出版发行	九州出版社
地　　址	北京市西城区阜外大街甲 35 号（100037）
发行电话	（010）68992190/3/5/6
网　　址	www.jiuzhoupress.com
印　　刷	成都市兴雅致印务有限责任公司
开　　本	787 毫米 ×1092 毫米　16 开
印　　张	14
字　　数	259 千字
版　　次	2023 年 5 月第 1 版
印　　次	2023 年 5 月第 1 次印刷
书　　号	ISBN 978-7-5225-1452-9
定　　价	59.80 元

编委会

前　言

　　在中国西部四川、云南、西藏、青海之间，有一片 45 万多平方公里的广袤土地。这里山峰峻峭，有着中国最美的高山、峡谷、冰川、草原；这里汉、藏、彝多民族杂居，民风淳朴，有着中国最美的乡村古镇。

　　这片土地曾叫西康。始设时的西康省包蕴着如今四川的雅安市、凉山州、甘孜州、攀枝花市以及西藏的昌都市和林芝市。

　　1955 年，随着国家行政区划的变更，西康省撤销，可历史在这片土地上滋养出的文化品性却一直生生不息，成了这片土地上居民们的袅袅乡愁。

　　雅安历来是内地通往祖国西南和西部边疆的咽喉之一，地势如长长的走廊。作为曾经的西康省省会城市，雅安至今仍有着散不去的西康气息。金鸡关附近山崖上的"西康省东界"、主城区彩虹桥头的"带厉河山"历历在目，川农大校园里原中共西康省委的办公楼、四川档案学校里的西康大礼堂依然伫立，以西康命名的街道、酒店、商场比比皆是。

　　早在汉唐时代，这条走廊就在忙碌着了。通往南方边境的"南方丝绸之路"和通往西部边疆的"茶马古道"翻山越岭，聚集起来美妙浑厚的民族音响。而今，新的公路，108、318 国道又在这片土地上放声歌唱。

　　1935 年至 1936 年走进西康的中国工农红军队伍，在西康留下了可歌可泣的光辉史迹。如今的石棉县安顺场、泸定县铁索桥，还有宝兴县的夹金雪山……无不深刻着红军的足迹，红色的种子在这块土地上蓬勃生长。

　　挖掘地方文化，传承地方文化，在既往的岁月中获取我们前进的精神坐标和力量，是雅安市文联一直努力的方向。2019 年，新的挖掘开始了，市文联策划了一个项目——出一本书，以文学的形态讲述西康的故事。

　　该书定名《寻找西康》，由本土作家汪文智主笔，全书由《家宅》《岁月》《寻风》三个篇章组成，以随笔的形式，较全面地挖掘了西康的地理、历史、人文风情。

市文联将该项目作为重点工作，安排专人负责后勤、编辑、出版联络等工作。

写作方兴，新冠来袭，外出调查采访、资料搜寻都遇到了困难。可有对地方文化的热情支撑着，项目没有刹车，历时三年，今欣然结果。

本书的写作还获得了雅安市相关单位及地方文化学者的支持与帮助。初稿完成后，市文联将稿子分别递送给市委党研室（市地方志办）、市民宗局、市文体旅局等单位，希望在专业性方面予以审查，给予意见。为改好稿子，市文联又组织召开了座谈会，与会者表示对西康有了比较完整的认识，对雅安这片土地有了更厚实的情感，这也增强了我们编著该书的信心。

期望读者从中能获得相同的阅读感受。如此，我们也就欣慰了。

目　录
CONTENTS

家　宅

岁　月

风　声

家宅

一片飘散的云

一

一堵石壁站在我面前。

这是由四块一米多宽和两块半米宽的石板嵌入崖体形成的一面石墙，大石板上刻着四个大字："带厉河山"。小石板一左一右，右边刻的是"中华民国三十一年秋季"，左边是"刘文辉题"。

民国三十一年，即1942年，新建立的西康省刚过了三岁，刘文辉是当时的西康省政府主席。

7月，虽已傍晚，太阳仍罩着我，石壁却已退到了阴影里。我往前挪动脚

青衣江畔崖壁石碑"带厉河山"，过去只能仰望，如今触手可及

步，跟进到阴影中，仔细打量起这方近 80 岁的文物。

石壁不再红润，暗黑的脸面上淌过像是雨水浸渍的道道斑痕，乍一看，竟像是没擦净的泪，不知它这是在为谁伤悲。也未必，泪水有为伤痛的，也有为欢欣的，总之，泪水是一种摆脱冷漠的工具，我为情致而高兴。朋友说，那叫包浆，不涉感情，是时间流动的痕迹。我说，历史难道就无情吗？

朋友无声。

石壁背后，高楼鳞次。历史空间好大。朋友说，这些楼房都是十多年来新修的。再早，那里待着一座庙宇，叫东岳观；后来没了道士，庙改成了水文站；而它们面对的是一如既往滔滔东去的青衣江，观看水情，庙里有神，水文站端着科学。

青衣江两岸是一个叫雅安的城市。彼时，西康省刚建立不久，省会设在康定。这省会很奇葩，别说飞机、火车，就连汽车也不通，官员们进出得坐滑竿，不说到成都，就是到雅安，来回一趟也得要半个月。这样艰难的交通，令刘文辉很是尴尬。他常驻雅安，仅在每年的夏秋之交，到康定参加省参议会一年一度的全体会议，在会上做施政报告。另外，也利用这难得的时机，在康定接见各地来的高僧大德、土司头人等各方人士。刘的 24 军军部和川康边防总指挥部也都设在雅安。于是，当年有这样的流言戏说：西康有两个省会，康定是政治中心，雅安是政治重心。

新省建立，城市得打扮打扮。省城康定从 1940 年开始整修街道，一年多时间，建成了三条街：文辉路、永晖路、少扬路。重心城市雅安则开辟了一片新市区，在新市区里建起了文辉路（今人民路）、新康路、抗建路（今英模路）、交通路、苍坪路，等等。新康路、苍坪路的名字现在依然响亮，百年老校四川农业大学就在新康路上；苍坪路上铺满了菜摊，是如今雅安最大的农贸市场之一。

作为民生工程，青衣江上急需建一座桥。要知道，绵绵长流的青衣江从西到东，横穿雅安，而沿岸只有平羌、宋村、麒麟几个渡口，南北两岸来往，全靠摆渡，且是木船。遇上夏季洪水，百姓欲过不得，只能望江兴叹。刘文辉决定改变这一状态，他要建一座铁索桥飞跨青衣——哪怕不能过车，只供人行。

事情不这么简单。最近看到一篇文章，里面提到，当年蒋介石也准备在青衣江上建一座大桥。但作为"二刘之战"败军的刘文辉思虑更多，他既想方便青衣江两岸交通，又不想"外部"的强大势力轻松突进到当时地处南岸的雅安中心城区，此如何是好？折中，建座铁索桥。

建桥伊始，刘文辉专门题写了"带厉河山"几个字，让人刻好，嵌入桥南岸的石崖中。

我目下站的地方正好是一道历史的入口。

"带厉河山",语出《史记·高祖功臣侯者年表》"使河如带,泰山若厉,国以永宁,爰及苗裔。"在中国文化语境中,河与山指的就是黄河与泰山。因此,这话的意思是:即使黄河水枯,细得像腰带,泰山塌陷,平得像磨刀石了,(你们的)封国也会永远安宁,这种恩泽还将延及后代。想想当时,刘文辉从潇潇洒洒的四川省长败退到不毛西康,江山如此,心有不甘啊。收拾蛮荒河山,一切从头开始,从眼下开始,他按下了决心键,声言要"化边地为腹地",将西康建设得像内地一样漂亮,充满生气。建设西康是他生命新的开始,前辈赵尔丰,不也是领受过四川总督的官衔,却呕心沥血地经营着康区这片土地吗?前贤已去,后辈当继。看来,"带厉河山"这番题字,刘文辉不是在逢场作戏,实在是有感而发,经过摔打的生命,青春时的意气仍在,只是多了一些苦涩与理性。

据说,该桥开工的第二年,1943年,康定城里,省政府的工作人员自行集资,也在省城建起了一座桥,取名"文辉桥",说是送给刘文辉50寿辰的礼物。刘文辉1895年生,其时不到50,这贺礼应该是按虚岁提前送出的。名义是一回事儿,受用的其实是大众百姓。1944年,雅安的桥建成,名字也叫文辉桥。

两个省会,两座文辉桥,互相较劲还是交相辉映?

20世纪40年代青衣江上摇晃不定的文辉桥

在朋友指点下，扭头，青衣江水中，有秃头的水泥柱在晃动。朋友说，那就是当年文辉桥的桥墩，与之相映的是"带厉河山"身旁那块"雅安市文物保护单位'文辉桥'"石碑。那些消失了的，真的消失了吗？望着不息东去的江水，"逝者如斯"，我追着历史的云彩。

7月很热，尽管有河水的抚慰，天气依然熏熏。烦闷中我想到了另一个7月。

1955年，北京的7月，燠热。进入下旬的第二天第三天，这里连续遭遇了两个38度以上的高温日子，在国家的气象日志里，这属于当时北京的极端天气。而这时的中南海怀仁堂里，有着另一番的热，全国人大一届二次会议正在召开中。西康有6名代表出席这次会议。7月30日，会议即将闭幕，代表们举起手，驱走了一团美丽的云彩。很多年以后，有人这样述说这一事件：一个省份消失了。

这个省份叫西康。那天同西康一道消失的还有热河省。

二

寻找西康，博物馆是首选。听说雅安城里就有一家西康博物馆，在城南的张家山上。

我去了。从人流熙攘的华兴街西口穿过一条名字妩媚，叫桃花的巷子，几分钟，就到了张家山脚底。山间林木葱郁，阳光从树叶间飘下，掉在游人身上，惊飞的蝴蝶自由嬉戏。

博物馆就藏在林间。这原是一幢1922年建成的教会学校——雅安私立明德中学校。学校的第一任校长我在摄影家孙明经的摄影集里见过，是位满头白发的美国人，名叫Freder N. Smith。按通常翻译，应译为佛雷德·N. 史密斯，可这个洋人给自己取了个中文名，叫施勉志，现在人们说起他，都叫他施勉志而忘了他

抗日英雄乐以琴，其身后是他的母校明德中学，现在成了西康博物馆

还叫史密斯。这中文名除了蓄有他对中国文化的喜爱，据说还有寓意，它意味着"施爱厚远，勉志益人"。这般考究，真是做教会学校校长的料。考究的不止名字，还有住处。他在张家山的居所叫"望月山房"，也够雅致。而今，这里建了一家宾馆，取名叫"星月宾馆"，望月者穿过历史，也在互相张望。据说，施先生当时在雅安拥有三个身份：一是明德中学校长，二是浸礼会的教士，还有就是雅安教会医院的全科医生。啧啧！不仅如此，施先生对茶的研究也特别上心，他是当时川西一带出了名的"西洋茶痴"。

施先生之后还有康乃凯、维克利也任过该校校长，可都事迹廖廖，没施先生有名气。从1925年开始，按照政府规定，教会学校校长得由中国人担任，施勉志等就只能戴着顾问的帽子了。

中国人校长也不错，都是华西大学毕业的教友。

这所学校还有一位值得铭记的人物，那就是抗日战争时期中国空军"四大天王"之一的乐以琴，他击落日军8架战机，立下了赫赫战功，却不幸在1937年12月3日的南京保卫战中牺牲。

乐以琴曾在明德中学初中部就读。为了纪念这位抗战英雄，前些年，中学前的广场上矗立起了他的全身雕像。

现在这座建筑属于雅安市雨城区文物管理所，西康博物馆就设于此。

博物馆展物没想象的多，倒像是"西康"这本大书的目录。想想，一个失去了名分的省份竟然还能这样活着，也不错了。

聊胜于无，行路有了拐杖。

进门左去，第一馆是"西康的筹备"，里面提到了一个叫傅嵩炑的人，是他首先发明并使用了"西康"这一词汇。

那是1911年的事儿。川滇边务大臣赵尔丰被紧急调往成都，去对付正日趋炽烈的"保路运动"。在赵尔丰的力荐下，他的总文案傅嵩炑代理起了川滇边务大臣职务。这期间，傅大臣拟了一份《奏请建设西康省》的奏折，在当年农历闰六月十六日由边务大臣行辕通过驿站送往成都，请川督专差转送北京。据傅嵩炑后来在他的著作《西康建省记》里说，曾接到川督回电，奏折于七月十二日收到，至于何时，或者是否送京，就没有了下文。再后来？都知道，清朝没了。

傅嵩炑的奏折里有这样一句："查边境乃古康地，其地在西，拟名曰西康省。"这是"西康"这缕阳光第一次升起。

西康博物馆里人不多，馆外，游客不少。高大的乐以琴塑像前有好多青年学生在照相。对于他们，外面的景致似乎比里面的诱人。

可还是有人在问，这拟建的西康省在哪里？

三

1939 年元旦，西康省正式成立，西康有了三属：康属、雅属和宁属。西康的主要民族，除了汉族，不再只有藏族，还有了彝族，他们一个住西，一个居南，而以汉族为主的雅安则历来就是内地通往康、宁藏彝民族地区的咽喉。

寻找西康，文献很重要，傅嵩炑写的《西康建省记》就是其中之一。

我读过该书，书里说的是 1905—1911 年间的西康故事。书的开篇就是《西康疆域记》，说西康是"古康卫藏三区之一"，也就是说，古代的涉藏地区分为了三部分，西康是其中之一。它"东自打箭炉（今康定）起，西至丹达山止，计三千余里；南与云南之维西（今迪庆州）中甸两厅接壤，北逾俄洛（今石渠）色达野番，与甘肃交界，亦四千余里；其西南隅过杂瑜（今察隅），外经野番境，数日程即为英国属；西北隅毗连西宁，番人长购俄国军火；东南隅抵四川宁远（今凉山州）所属各州县之境；东北隅乃四川甘肃之交，幅员辽阔，倍于川，等于藏。"

这是傅嵩炑时代，也就是清朝临完结时拟建西康的疆域。

展开地图，很容易找到这片土地。打箭炉（今康定）是今天四川省甘孜藏族自治州的州政府所在地；丹达山在西藏自治区昌都市的边坝县一带；北边的俄洛（今石渠）、色达都在甘孜州境内；西南的杂瑜（今察隅）属西藏管辖。

是的，在藏文史籍中，都习惯把藏族地区划分为三大块。可这三大块却有历史的区别，早期是上部阿里三围、中部卫藏四如、下部多康六岗；到了元代，康地设了土司管理，逐渐形成了新的三块：卫藏、安多、康；阿里、卫、藏合称卫藏，多康地区分解为康和安多，这种划分一直沿用到今天。傅嵩炑的说法与此大同小异。

在涉藏地区广泛流传着这样的俗语：法域卫藏、马域安多、人域康巴。这是涉藏新三区的文化风采：卫藏是藏族人精神的指导中心，这里有格鲁派六大寺中的四座——哲蚌寺、甘丹寺、色拉寺和扎什伦布寺，有众多的高僧活佛；安多有着广阔的牧场和如云的马群，"茶马互市"的马大多来自这里；康的土地上则活跃着挎刀纵马，剽悍的康巴汉子和脸孔与服饰皆美的康巴姑娘。

在康藏高原上生活过的人都听到过这样的呼唤，丹达山以西的人自呼西藏娃，以东的则被叫作康巴娃。这彰显了丹达山是西藏与西康自然与文化的分界。

展开另一份地图——1945 年出版的地图——发现景象另是一番。这张地图，民国时期的作家们说它像只蝴蝶，而在我眼里，它却太像一头孜孜不倦行走在西

7

康山水间的壮硕牦牛，横断山区广袤的土地造就了它壮阔的身躯，头低垂着向着东方。图上的西康，西界是太昭（东经93度），比傅大臣拟定的丹达山往西去了1度多，那就是100多公里。这地儿离拉萨也很近了，就200多公里。

为何划到太昭？有人查过《大清一统志》，上面说了，（西）康的疆域"西至弩卜公拉岭卫界"，这弩卜公拉岭就在嘉黎、太昭一带。其时，太昭还不叫太昭，它叫江达。1909年，川滇边务大臣赵尔丰领边军到了这里，与时任驻藏大臣联豫勘定，以此为边藏界限。1912年，四川都督尹昌衡带兵西征平乱也打到过这里，并将江达改为了太昭。如今，太昭是西藏林芝市工布江达县江达乡的一个村名。

太昭这村非同寻常，却是一个历史悠久的古城，村里不仅有唐朝时期藏王松赞干布迎娶文成公主时的避雨山洞，还有元、明、清各朝在这里设置的政府机构遗址及好多的历史遗物。太昭已经成了林芝市著名的历史文化旅游景点。

既然赵尔丰已同联豫勘定了以江达为界，作为赵的部下，傅嵩炑干吗仍要以丹达山为界呢？这颇让人疑惑。查傅嵩炑《西康建省记》里有一句话与此相关，"故宣统二年春赵奏请于江达划分边藏界限奉旨饬驻藏大臣联豫查复"，这是说，赵尔丰没进拉萨，而是奏请朝廷，令驻藏大臣联豫到他的胜利处江达来商谈分界事宜。有一则信息是这样说的，商议中联豫坚决要求赵的边军退回到丹达山以东。如真是这样，就同《西康建省记》里的分界合上了。

这联豫是从雅州府提升到西藏的，赵尔丰也主持过建昌道工作，而建昌道的道台衙门就设在雅安，说起来，联和赵应该有过短暂的交集，但查找了好久，也没找到相关的内容。估计丹达山的划界兴许是赵尔丰、傅嵩炑同联豫协商妥协的产物。

有一种说法：划界有条规矩，就是军事实力到达的地方。真如此，那赵、尹两位将军的队伍都打到了这里，划入康境，也在理。

其实，成书于1564年的藏文历史名著《贤者喜宴》中，就有西藏境界"东至工布芝纳"的说法，而这工布芝纳就在工布江达，也就是太昭之境。

一个国家内部，地方的分界应由中央政府根据实际情况决定。正因这样，中央的权威就显出了行政区划历史的形态。从晚清到民国，羸弱的中央无力把控地方力量，加上国外那些图谋不轨势力的挑唆，康藏界域纷争不断。

结果是，地图归地图，在现实中，藏与康的辖境长期是以金沙江为界的。

庞大的西康只是个纸面省份。

四

1935 年，西康建省委员会成立，刘文辉开始定下心来，认真为这片过去被自己视为鸡肋的土地思考了。他要利用抗战形势，为自己争取更多的有利条件。而眼前的事实却是十分的尴尬，《西康建省记》里"倍于川，等于藏"的西康这时仅剩下 19 个县了，这其中还包括不久前由他指挥收复的甘孜、炉霍、瞻化、白玉、邓柯、德格 6 县。

刘文辉打起了宁雅的主意。宁属安宁河流域，气候、水土，已然成就了一个富庶的天然粮仓，雅安则是康区通往外部世界的锁钥，是建设西康的精要之地。这两块土地上驻扎的都是自己的部队，1935 年川政整顿前，这一片都是自己的防区，划归自己也是情理所在，于是在他的《西康建省委员会实施工作计划书》中有了"据经济上言之，西康非宁远不足以自存，非雅属不足以发煌"的意见。

划宁雅入康并非刘文辉一时灵光。1927 年，刘文辉赶走刘成勋，入驻西康，被南京政府任命为川康边防总指挥，成了西康的"新老板"。南京政府建立伊始，思想起了政权的建设与勃兴，提出将西康、热河、绥远、宁夏、青海、察哈尔等几个特别行政区改建为省。刘文辉得到了通知，据说，当时他就想过：如果将宁雅还有云南的维西等划入西康又如何呢？只是他当时正要挑上四川省长的担子，孰轻孰重，刘文辉心中自是了然。那时的他意气飞扬，吸引他的是经济富庶地区的肥肉跳荡，更有中原的诱惑，西康这根鸡肋也只是在脑子里飘过而已，况且康藏之间的纠纷实在烦人，他不想堕入其中。

现在呢？现在是被逼无奈，只能因陋就简了。

即使这样，改划宁雅入康也只是他的一厢情愿，川政整顿，宁雅已经成了四川的土地。蒋介石本就对刘文辉怀有成见，哪能关照他，他将球踢给了新任四川省主席刘湘，丢下一句官话：按"以川济康"的旧例办。旧例是什么？清时，川边经费由川供给，措施是在川增收油、糖捐，用于川边。但朝廷仍不放心，怕政策失落，专门调了赵尔丰的二哥赵尔巽担任四川总督，亲兄弟，哥俩好，互相帮衬。到了民国时，川边经费也说"按旧制"，可军阀割据，各行其是，川边经费一下被抛到了天边，屯守这里的军吏总是饥一顿饱一顿的，谁都不愿出这苦差。刘文辉当四川省长时，每年给康区 200 万，因为那里有他的军队驻扎，他不能不管，而在他退居康区后，这些都没了，每年仅能获得中央 1 万元的经费补助。蒋的"旧例"指的是哪一例，不得而知。刘湘知道蒋介石和刘文辉的关系，一直拖着，也没人督促过问。

转机在 1938 年 1 月出现。刘湘在武汉突然病逝。刘文辉抓住时机，赶到汉口面见了蒋介石，详细阐述了西康对于经略边疆、支援抗战的重要性，他慷慨陈词，甚至爆出了"拱卫四川之康区即为复兴中国之后劲"的豪言。

划界风声一起，霎时意见飞涌，特别是宁雅两属。人心嘛，都想靠近富人，不愿抱给穷家。持异议者提出，为何不向西发展而要向东割裂？他们不知，金沙江以西的疆域问题，牵涉西藏，情况复杂，不是当时的中央一句话就能解决的，而抗战局势日紧，连国府都西移了，西康建省，实在是势在必行，而区区 19 县 30 万人能撑得起一个省的建制吗？

对于不满，西康建省委员会只有发出公告安抚："区域之编制变更，因时因地，本为各省恒有之事态，不独川康两省为然。宁雅两属，同为国家领土，隶川隶康，出自国家决定，无所谓存尔疆我域之见。本会根据职权，遵令建省，原为仰秉枢谟，完成国防大计，所望我两属人民，尊重国策，共济时艰，勿惑流言，各安生业。"

刘文辉也在成都对记者诉起了衷肠："此次划界，于川既无所损，于康亦无所益。盖全川一百四十余县，划去边鄙十余县，实如九牛之去一毛，且此十余郡粮赋岁入，仅九万零七百余元，以作政费开支，不敷甚巨，此不敷之数，每年均由四川省府补助之，始能勉维现状。昔隶川省如此，今划归西康可知。此项缺漏今后尚须设法弥补；然西康有此，既增幅员之半，复增百余万人口，借以完成建省体制，兼便国防设施，所持者即在此。"

地盘、人口，这似乎成了建省的硬指标。

形势逼迫，蒋介石同意了刘文辉关于西康"疆域调整、财政援助、交通改进"的意见，决定将宁属和雅属划给西康。西康有了新的模样。这是"失之东隅，收之桑榆"了，而对于刘文辉，这更像是"失之西隅，收之东域"。

其实，雅安同西康的连接不是这会儿才开始的。1903 年以前，金沙江以东的地盘都属于四川雅州府管辖范围，但由于汉源以西都施行的是土司制，因此，管也是虚无，只是在重要的驿站、粮站驻下了少量的清朝官兵，在清溪（今汉源）、华林坪（今泸定）、炉城（今康定）等地驻了绿营军队，以保证邮件的送达，道路的畅通以及对土司们的威慑，而已。

五

寻找西康的过程和乐趣，就是走读西康。除了阅读文献，还可踏上它的土地，作一个旅行者，像当年的徐霞客、洛克那样，在这片非凡的土地上看风景，感人情。

这是许许多多现代人正在进行着的事儿。

希腊神话里有一个故事，说的是地中海的一个小岛上住着一个叫塞壬的美女神，她人面鸟身，有着天籁般的歌喉，路过的船只都会被她美妙的歌声引诱而触礁毁灭。然而，航行一如既往，千年不息。1946 年，刚上任的美国地理协会主席约翰·莱特在他的就职演讲中这样说："长期以来，人们被海妖的歌声吸引到未知的地方……"

"未知的地方"，是对人性的诱惑，它让人想到了 16 世纪来临时探险者一次又一次的献礼：1488 年，迪亚士发现了好望角和非洲南部海岸；1492 年，哥伦布发现美洲大陆；1498 年，达·伽玛发现了印度……发现是一种蛊惑，也是一种奖励，在不断的发现进程中，世界不断地长大，人也不断地长大。

在西康的土地上，也有不少喜欢聆听女妖歌唱的人。

1863 年，法国人戴维在宝兴邓池沟捉到了一只毛茸茸的"黑白熊"，这是他见所未见、闻所未闻的可爱动物。他要把它带到巴黎，送给世界。遗憾的是，尽管他一路精心照料，百般呵护，还是没能将这可爱的小家伙活着带回法国。但即使是标本，一经展出便轰动了巴黎，接着在全球掀起了一场"黑白熊"热潮，潮涌至今没有退歇的迹象。戴维的发现还促生了一个新的词汇"panda"（大熊猫）。

1878 年，江西贡生黄懋材奉命外访，在这段山高谷深、山重水复的路上，遭遇到了人生的苦境：感冒、高原反应，以致到了手足无措的地步。无奈之际，他不禁喟叹：横断山啊！"横断山"，这又是一个新词。而今，以西康为中心的横断山区已经成了当代文化研究的热门。这里的冰川、峡谷，这里的动物、植物，这里的民族、风情，无一不成为诱惑，令人神往。

1933 年，英国人谢尔顿一部《消失的地平线》，撒给了世界一个新词——"香格里拉"。而他的这一意念来自美国人洛克 20 世纪 20 年代在这一带的游记。如今，"香格里拉"之地稻城、中甸早已成了旅游者风靡的去所。

2004 年，欧盟茶叶委员会委员芭芭拉女士在雅安考察茶叶生产。看过了漫山遍野翠绿的茶园和茶厂工人们一道道复杂的茶叶制作工艺后，她一面品着浓郁的藏茶，一面念念有词，"discover Tibetan Tea"。她发现了藏茶。

色达红色的山峦和德格印经院里挂满的经文纸页，在康北广袤清冷的土地上静静地燃烧着信徒们的宗教执着与热情；丹巴的碉楼和巴塘的弦子总是在节日里唱响和平的颂歌；令人叹服的是，竟有莲花生大师为三怙主雪山贡嘎日松贡布开光，将稻城的仙乃日、央迈勇、夏诺多吉同观音、文殊、金刚手连在了一起，让

他们成了人们心中仰望的山峰……

在这条通往西康的路上，我还在走着。一路上，五颜六色的经幡在毫无遮蔽的天际飘荡，数不尽的玛尼堆上不认识的文字讲述着一个又一个似懂非懂的生命故事，还有那些不怕疲劳、不计时间、不畏艰苦的朝圣者……

走吧，走吧，女妖仍在歌唱，世界总在前方。

省会3+1

从 1939 年到 1955 年，西康省不长的历史却有过三个省会，这三个城市分别是康定、西昌和雅安。三个城市各具特色，现都成了旅游者们的打卡地。但这并非全部。沿着西康的光斑继续寻找，我们发现，西康历史的深处还埋藏着一个迷人的小城——巴塘，它是《西康建省记》中拟建西康省的省会。

—

首先说说康定。

1939 年元旦日，西康省正式成立，康定成了这个新省份的省会。

上午 10 点，省政府成立暨委员就职典礼在省府大礼堂举行。仪式清简：国民党中央来的代表张笃伦、黄季陆分别宣读蒋介石和孔祥熙的训词，黄季陆再代表国民党中央党部致辞，然后是省主席刘文辉答词，再后，散会。

多少年过去了，当年的西康省政府早已没了踪影，有的只能是站在孙明经拍摄的那张"西康省政府"照片前眺望当时的场景。可以想见的是，一

西康省政府竟有着如此寒碜的门面

13

个如此简陋的政府门面以及坑洼不平的门前路道，仪式只能是以清简了之了，兴许还有安保一类的原因吧，成立仪式就像是一桩工作安排。再，康定地处边远，交通艰难，新闻界来人也不多，只有成都华西日报和新新新闻两家。不过，这个新省份的建立吸引了苏联第一新闻机构塔斯社的关注，它的中国分社社长洛果夫带着记者沃奇列夫斯基到达了现场。

同稍显清冷的成立仪式相比，中午 12 点开始的庆祝活动却是热气腾腾。中午的阳光施撒着暖意，康定各族民众在冬阳的抚慰下庆贺着他们城市获得的光荣。

沿着康定河两侧，穿着各色服装的人流尽情地流淌。这里本就是多民族聚集地，再加上宗教人士颇多，格鲁派穿黄，宁玛派披红，一股脑儿铺撒在街上，绚烂的服饰在阳光的照射下熠熠生辉。

更具人气的是南郊跑马山上的喧闹。跑马山历来就是康定人游乐的场地，一座开放的公园。今天，由宗教界人士和商会等社会团体发起的庆祝活动正在这里展开。一座座各色帐篷像一朵朵的花儿在原野上恣意开放，一串串骏马飞驰着穿过人们的欢呼……习惯与自然做伴的康定人有了新的身份——省城人。

康定历史不长。明朝以前，这里一片荒芜，没有一丝城市的影迹。当时汉藏间茶马互市的市场设在碉门（今天全）、黎（今汉源）和雅安。也有文献说，生意仅在碉门和黎进行，汉商不能超越市场往西，藏商则不得越界往东。康区四大土司之一的明正土司，官寨也没建在康定，而是建在折多山以西的地面上，那里的新都桥、塔公一带至今仍是旅游者们迷恋的地方。其时，康定的大地上，最有存在感的就是大渡河和康定河滚滚咆哮的声音。当然，还有静静地蹲在远处，站在老远老远就能望见的贡嘎山——7556 米，这是横断山系的第一高峰。如今，西康没了，康定归于四川，巍峨贡嘎成了"蜀山之王"，它也是 2005 年《中国国家地理》杂志评出的中国最美十大名山第二名。

康定的城名是 1908 年赵尔丰取的，之前这里叫打箭炉，也叫炉城，据说这名也是从明朝才开始叫的，再往前溯，叫鱼通——一个普通的川边部落。

为什么叫打箭炉？传说各异。在打箭炉同知刘廷恕的《打箭炉厅志》里有这样的表述：汉武侯南征时派遣部将郭达在这里安炉造箭，于是，这造箭之地就被叫作打箭炉。这一说法在民间更演绎成了一个神话般的传说。

三国时，康区民军东犯，打到了邛州（今天的邛崃）的南桥。蜀相诸葛亮出面同康军交涉，没有争吵，只提出了一个温和的条件——康军需退，但不多，只要一箭之地即可。康军首领一听，什么，一箭之地？那有多远，臂力再强，射上几十米不得了了吧。赶快答应吧，不然一会儿诸葛亮要反悔了。

自以为得计的康军首领毫不犹豫地同意了这一"温和"，并同诸葛丞相约好了射箭的日子。令他没想到的是，这期间，诸葛亮却密遣部将郭达赶往炉城，造了一支铁箭，把它安置在了康定东面的山上。

约好的日子到了，箭也射了，可两边的人怎么也没找到箭。诸葛亮微笑着，摇着羽扇，说，往前走，继续找。走啊走啊，没日没夜地走了好多天，一直走到康定城外，有人说，你们看，那不是吗！果然，一支铁箭在山崖上插着呢。康军首领大惑，不得其解，却还是按协议将军队退到了康定以西。

关于打箭炉的名字，还有一种说法，认为打箭炉是藏语"打真沱"的音译。"沱"是两水交汇的地方，"打真"，有说是宝贝的，有说是玩箭的，不管咋说，北来的雅拉河同南来的折多河在这里合在了一起，它们兴奋不已，唱着高亢的歌曲，你挤我拥，从康定城中间急急流过，成了这座城市的奕奕景色。

1700年，打箭炉营官喋巴桑侧集烈拥兵叛乱，杀害了明正土司，进兵至雅州天全境内，但好景不长，不久就被镇压了。在总结事件时，新任四川巡抚贝和诺向朝廷献上了一封奏折，里面透出了一条新信息："明末李自成、张献忠的起义兵进入四川，商民躲避兵乱，携茶货冒险用溜索渡河，到打箭炉贸易。适乌斯藏（今西藏）有商人到炉，彼此交易，均获厚利。来者日众，藏汉杂处。于是始有坐镇之营官，管束往来贸易。"

皇上不知，历朝历代施行的市场及交易规则早已被资本的力量击毁，康定成了藏汉间新的贸易市场，奏折中提到的那条需要冒险渡过的河就是大渡河。

也有资料说，早在元末明初，康定就成了市场。

接受现实是走向未来的基础。现在有一词叫"与时俱进"，康熙帝早深谙此意，1701年，他推波助澜，下诏在大渡河上建桥。仅一年工夫，一座铁索桥建成，康熙为之题名"泸定桥"，并写下碑文。文中有一句说得好，我记了下来："夫事无大小，期于利民；功无难易，贵于经久。"

从此，这一带的交通变得方便起来，雅郡一带的边茶5县——雅安、荥经、名山、天全、邛崃到打箭炉经商的人与日俱增。

汉藏间又多了一条通途。

为了事业的方便，好些商人干脆携家带眷地在打箭炉定居了，一些单身的也在当地婚娶安居，由是，除了茶叶、药材、皮毛等商业兴盛，各种服务行业也随之热闹了起来。

城市形成了，康定的名气也盛大起来。1928年，国民政府公布《全国商会条例》，将康定商会与上海、武汉两个商会一起定为总商会一级，由是，康定成了和上海、武汉齐名的中国三大商埠之一。

六七十年的光阴窸窣，康定的西康色泽已经磨损得差不多了。当我又一次走进康定，中心城区里，藏式的、西式的，新楼覆盖沿河两岸。几十年前见过的那些茶店、锅庄都不见了，好不容易在河岸边看到了一处教堂，一问，1995 年新修的。孙明经留下的经典照片，顾福安的福音讲堂据说在 1958 年就毁了。将军桥边的安觉寺还在——当年刘文辉接受日库活佛倡议，在这里建设了一所五明学院——它的历史可比西康长多了，是十七八世纪的建筑。

不过，康定有两张名片，不管时光如何流逝，却始终闪着光亮——《康定情歌》和锅庄，前者是中国最好听的民歌之一，后者除了是藏族三大民间舞蹈之一外，还蕴含着舞蹈之外的历史内容。

《康定情歌》给我留下难以磨灭印象的是在 20 世纪 70 年代初的一个偶然时辰。我坐在家里，百无聊赖，随便扭动着桌上收音机的旋钮。突然，一段熟悉的旋律竟然以一种陌生的交响乐的形态涌进我家，挤满了屋子。跑马溜溜的山上，一朵溜溜的云……音乐没有歌词，但我知道这旋律背后跃动着的词句。记得那是一个苏联电台频率，听得有些紧张，好在是纯音乐，没惹来什么麻烦。《康定情歌》的第一乐句随着小提琴一遍又一遍地反复摩挲，风情万种，牵动着我的心旌一起摇荡。

想到了跑马山，那里的天空总有白云，风大时，它匆匆飘过，风一停，它也跟着停下来，友善地陪着我们，就像这收音机里的音乐，生活的美丽就这样轻轻地逗留在我们身边。据说，早在 40 年代末，歌唱家喻宜萱就带着这"溜溜的云"去了巴黎、伦敦，在一次次的音乐会上，将康定美丽的云彩送给了世界。

自从康定成为商人们新的市场，这里就有了藏商不断地停驻。藏商到康定后，会立马找石头支锅熬茶——人以食为天啊。这些石头被称为安家立灶的"锅桩"——放锅的桩头。

康定人对此看在眼里，记在心中，脑子里有了新的盘算：开旅店。将锅桩搬进屋里，改善商人工作生活条件，自己也能赚钱，皆大欢喜，何乐而不为呢。

锅桩成了锅庄。

锅庄的意义不止于旅店、招待所，藏汉民族之间语言不通，交易困难，需要有中介，锅庄承担起了翻译与沟通的责任，这又是一桩生意。担当这种"中间人"角色的多为锅庄中年轻漂亮、精明能干的女子。女人主外，这在康区是常态。

康定的锅庄大多都有院子，小锅庄有一个，大锅庄有两三个。院子宽敞，除了存货，还可容纳运输之神——牛马歇息。

据史书记载，鼎盛时期的康定城有 48 家锅庄，到西康省成立的 1939 年，也还有 30 来家，其中最大的是位于折多河和雅拉河交汇处的包家锅庄，这家锅庄每年最低成交额在 30 万银圆以上，有人做过换算，一个银圆相当于如今的 11 元人民币，朋友们可算算这包家的生意有多大，据说，他家兴盛时年收入还曾高达过 80 万元。啧啧！

藏商在康定经商时段，食宿由锅庄主人负责供给，不计费用，主客犹如一家，关系十分亲密。在生意过程中，藏商们也分别同各家锅庄建立起了稳定的主客关系，如邓科、德格、白玉的藏商住白家锅庄；瞻对（今新农）藏商住王家锅庄，呷洛藏商住木家锅庄，等等，这似乎成了行业规矩。

到了晚上，锅庄的舞蹈功能开始呈现。主人家在场地中间放置牛肉、水果等食物，主要是酒，人们围成一圈，舞蹈歌唱，一定时间后，吃点东西、喝点酒，歇一下，接着再跳，一天的疲劳就在歌舞中烟消云散了。这样的锅庄差不多在所有藏族地区都流行着，古往今来，没有断绝，如今，它成了民族地区旅游的必有项目，也成了康定广场舞的舞蹈形态。

2006 年，锅庄舞被列为中国首批国家非物质文化遗产。

二

从康定沿 318 国道西行，大概 450 公里后，巴塘到了。

1904 年，面对英国人觊觎西藏的目光，清朝政府紧张起来，开始犹犹豫豫地施行起了康区经营计划。

凤全被派前往。按上方要求，他应该去到察木多（今天的昌都），可刚走到巴塘，他停下了，不走了。为什么？

35 年以后，电影摄影家孙明经也到了巴塘，巴塘县长赵国泰给了他一段题词：

一般把巴塘比作苏杭
它也是得天独厚的农场
它有二百里广和五百里的纵长
载着些原始生活的群众把它芜荒
请你告诉有志边疆的儿郎
这块生产事业尽够他们发皇

题词有些"打油"，但在其中，我读到了凤全不走的原因。

据说，民间流行的说法是"上有天堂，下有苏杭；到了巴塘，忘了爹娘"。这不禁让人联想到四川广元一带流行的"到了昭化，不想爹妈"，民间这样赞美地方的谚语很多，模式也差不多。但在苦寒的康区竟然有地方能同苏杭相比，真有一种天方夜谭之感。而且他们知道苏杭的价值，君不见谚语前面还有天堂挂着吗？有这么高的美誉，不喜欢才怪呢。

是的，比起昌都，这里无论是天气、地理都要好得多。在孙明经40年代拍的纪录片里有这样的解说词：

> 越此经白玉县而至巴安，旧称巴塘，系前清经边伟人赵尔丰拟建省会之地。巴塘为西康金沙江流域之最大都市。地势低洼，又得印度洋之暖流，故气候宜人，农产丰足。康属地区高寒，仅巴塘产稻。

就这，巴塘的留人秘诀昭然若揭。

巴塘的历史比康定古老。这里远古有一些很难查考名系的部落地盘，周朝时有了名，叫戎，秦改称西羌，汉朝时建起了国家，取名白狼。从此，经历三国、魏、晋、南北朝，巴塘一直以白狼的名字自立于西南部落林间。公元618年，唐朝甫一建立，白狼国便举国内附，成了中原王朝的一部分。

历史进入公元七世纪，差不多与唐王朝同时崛起的吐蕃，势力猛然壮大，667年，白狼被松赞干布吞掉，成了吐蕃王朝的统治地。

再后来，历史流荡，这里分别被云南丽江纳西族木氏土司和青海和硕特部固始汗统治。康熙三年（1664年），清王朝收复巴塘，雍正四年（1726年），巴塘划入了四川。

在代理川滇边务大臣傅嵩炑的《西康建省记》里，是这么记述巴塘的："康地数千里，惟巴塘一地，气候和暖，产粮亦丰，建城之所，可容数千户，左右两小河，绕城急流，西有金沙江，东有大阴山，南北亦层峦叠嶂，可称天险。卜宅于此，招商开埠，一年成集，二年成邑，三年成都，可以预卜。"对于西康省会的设立，他也作了比较："如理塘平原而高寒也，甘孜平原而偏于东也，稻坝、江卡偏于南，邓柯、石渠偏于北，均不可宅省。而贡觉、察木多、巴塘三处，以扼要论，则察木多为宜；以平原论，贡觉为宜；以足食论，则巴塘为宜。"

最后，他和赵尔丰敲定：省会设在巴塘。

巴塘有了省会的名分。对此，民国时期曾在理塘任过县长的贺觉非曾作诗咏叹：

> 雄都作镇首巴安，带水依山亦壮观。
>
> 尘世自来多变局，新衙古寺两心酸。
>
> 此间风物比苏杭，故老犹能话旧疆。
>
> 漫向岳公桥上望，省垣何日移巴塘。

作为拟定省会的巴塘，应该留有许多历史遗迹。是的，我知道的就有鹦哥嘴、川滇边大臣衙门、基督教礼拜堂……鹦哥嘴去过了，大臣衙门和基督教礼拜堂早都没了，贺老诗中提到的岳公桥呢？

岳公是谁？说起来你大概不会相信，他是大名鼎鼎抗金名将岳飞的第21代嫡孙，名叫岳钟琪。

继承了岳家的军事指挥才能，在清王朝的战将中，岳钟琪可谓声名赫赫，他曾跟随年羹尧收复西北和西藏。1719年，岳钟琪西征路过巴塘，在城南巴久曲河上修了一座桥，也许是出于军事考虑，但桥不会在事完后就拆掉，之后大把的福利就归巴塘人受用了。6年后，已当上了川陕总督的岳钟琪提出将巴塘划归四川，朝廷同意了他的建议，并在次年敲定了此事。做了好事，总有回报，这里的人记住了他。

康定也有座桥，名叫将军桥，那将军就是岳钟琪。

遗憾的是，巴塘的朋友告诉我，不要想去了，岳公桥没了，过去那里还有一块碑，但在"文化大革命"中打碎了。

据新编的《巴塘县志》记载，清末，赵尔丰时代，巴塘城已聚集起了三万六千人口，几乎成了西康第一都会。

无论是清朝还是民国，在好长的一段时间里，汉族官僚在整个康区建起了无数的学校，要求孩子们进校学习。这是好事，可康区人不领情，视读书为苦差。但这是硬任务，必须完成，无奈，他们只好花钱请人替读。此事唯独巴塘例外。这里的人心甘情愿，积极上学，文化气氛浓厚，在康区可算得是咄咄怪事了。后来，康区出了许多名人，几乎都是从巴塘学校走出去的。

1924年，川边镇守使张毅正要将使署移到巴塘，不料遇上驻乡城的边军营长陈步三兵变，事变在整个康区蔓延，影响极坏，张毅也因此丢了官。巴塘又一次同"省会"擦肩而过。

车还没进城，巴塘人早在城外迎接我们了。在藏族地区，差不多的县城外都立有牌坊式的城门，上面大字亲切，"××欢迎你"。比较起来，巴塘的城门更有魅力，立柱上是舞动着长袖的藏族姑娘。

我知道，这是国家非物质文化遗产——巴塘弦子。

热烈欢快的巴塘弦子在巴塘人血脉中荡漾

　　非遗是生长在人心中的情感，虽然也有蒙尘的时候，但很难被丢弃。康定有情歌与锅庄，巴塘则有藏戏和弦子。

　　弦子是一种边唱边跳的民间集体舞蹈，在康区颇为流行，而巴塘尤盛。所以，人们一听到弦子，总觉得前面少了两个字——巴塘。据说，弦子在巴塘已经有一千多年的历史了，早已深入人心，成了当地人流淌着的血液的一部分。1940年，孙明经在拍巴塘的电影时就拍了一段弦子歌舞，取景是在来自大邑的李牧师家院里。电影拍成后在巴塘广场放映，在孙老师的《西康手记》里记录着放映时的情景。

　　电影是默片，放映时需配上现场解说。电影每次放到此处，我就举起话筒咏唱，还会移动脚步，舞动身体，观众也都应和哼唱。

　　晴朗的夜空下，电影、观众、放映者，热情汇在了一起，现在讲跨界艺术，这样的场景就是最好的实践。读着孙老师的这段话，巴塘弦子似乎又在悠悠夜空中飘荡，令人神往。

　　进入巴塘，我们去了他们的金弦子广场。广场够大，差不多有半个足球场的样子，各种特色杂货铺和小商店拥挤在广场周围，看起来，这里是个热闹的场所。广场中间，一个老人拉着手中的胡琴，一帮子年轻人跟在他后面跳着舞着，据说，这是非物质文化遗产的普及传承活动。我这是第一次碰上巴塘弦子。看着他们尽情地跳着、唱着，煞是热闹，同去的人脚也开始痒痒起来。

音乐热烈，歌声浩荡，但不懂藏语，无法知晓歌词内容。突然记起了英国诗人威斯坦·奥登常说的一句话，"听弥撒的最好方式，是你不懂那种语言的时候。"我现在就体味到了诗人的烁见。但最后还是没守住这"听弥撒"的妙境，我问了旁边的朋友，请他告诉我这《金色弦子》的歌词。

他说：

措普湖等了我多少年，我便等了你多少年
见你独坐古桑抱石下，手握弦胡，轻吟慢唱
于是，我便在你身边翩然而舞，红袖添香
前世、今生、来世
一曲弦子，一世情缘
我们相约巴塘，一切便有了开始
……

很遗憾，这次到巴塘，没看到藏戏。

三

西昌任职省会时间不长，从1950年1月1日到当年3月27日，不到三个月。

怎么会这样？一定有故事。

没错。1949年12月9日，西康省主席刘文辉和川康绥靖公署主任邓锡侯、西南长官公署副长官潘文华在四川彭县联名通电：脱离蒋介石政府，起义投入到人民阵营。

这是一颗威力强劲的子弹，击中了正在成都构建"西南反共基地"的蒋介石。时事多舛，岁月一夜白发，令人不堪。蒋介石绝望了，留下他的十三太保、陆军一级上将胡宗南，希望由他再做垂死挣扎，自己匆匆乘机离开了大陆。

前两天，这位败落的民国总统发出了两道命令，一是"行政院"迁往台北；一是任命顾祝同为西南军政长官，胡宗南为副长官，代行顾祝同职权；将西昌警

备司令部升格为总司令部，以贺国光、王梦熊为正副司令。

"总统"一走，胡宗南也慌了。19号，他在新津召集部属开会，布置了各兵团退到西昌的路线及行动计划，然后带着亲信飞往海南，去了天涯海角的三亚港。

22日，蒋介石派出飞机给胡宗南空降"手谕"，可飞行员怎么也联系不上胡。当蒋获悉胡已"脱逃"，大为震怒，禁不住破口大骂"将领偷生怕死，无耻无志，如此尚有何望"，船已漏水，上下都是这样，骂有何用？

28日一早，胡宗南就收到了蒋介石的电文。电文里说："此时大陆局势系于西昌一点，而此仅存之点，其得失安危，全在吾弟一人之身，能否不顾一切，单刀前往，坐镇其间，挽回颓势，速行必成，徘徊则革命为之绝望矣。"看来，蒋介石激动的情绪有了缓解，毕竟他的垂死挣扎还得靠胡仅有的一点兵力。

蒋介石的话胡宗南还是要听的。当天，他乖乖地飞到了西昌。

康定是省府所在地，雅安是川康边防总指挥部所在地，都由刘文辉属下控制着。刘文辉起义声明一出，两地当即集会宣示拥护。

西昌则不同。早在1939年西康省甫一成立，蒋介石就在这里设立了一个国民政府军事委员会委员长行辕，将西昌视为第二陪都，如果重庆失守，国民政府将迁到西昌。这行辕不只是陪都后手，还是监视云南龙云、西康刘文辉的机构。有虎在侧，刘文辉也紧张，他马上成立了一个西康屯垦委员会，与之相对。但与中央势力相比，胳膊能拧过大腿？所以，刘文辉的起义声明在这里没有像在康定、雅安那样获得响应，反而是驻在这里的24军副军长兼36师师长伍培英部在同忠于蒋介石的贺国光的战斗中，伤亡了200多官兵，而后退走了。

一时间，西昌成了贺的天下。1950年1月1日，蒋介石宣布，对刘文辉及其起义人员一律撤职，新的西康省政府主席由西昌警备司令部司令贺国光担任，省会就设在西昌。

这显然是给他留在大陆的人马再打一剂强心针，然而已是强弩之末，只能是死马当作活马医了。

尽管这样，历史上，西昌仍然成了西康省的省会之一。

1950年3月初，蒋经国和顾祝同也曾飞抵西昌，想给留守者打打气，补补颓墙。可解放军一天天地逼近，让他们行动起来也显得心慌意乱，草草布置了一番后就赶紧离开了这"不祥之地"。

12日，人民解放军正式发起了西昌战役，6路大军，南北夹击，残破的蒋军土崩瓦解，望风披靡。26日深夜，胡宗南、贺国光等急急地赶在解放军进入西昌前的最后时刻登机逃跑了。半个月，西昌战役结束，西昌成了人民的天下。

　　现在走进西昌，怎么也想不到这座城市竟有这样的故事。美丽的邛海迷住了所有的游人，似乎这海就是西昌的全部。

　　近年来，"到西昌晒太阳"成了成都、雅安人冬天的口号。我也是在去年到邛海边去过了一个春节，天天偎着暖烘烘的太阳，在海边玩水，同海鸥们逗趣，惬意。生活在雅安，早就听到过"清风雅雨建昌月"一说。清风是汉源清溪的风，雅雨是雅安桥头那朦胧的烟雨，而建昌月则是挂在西昌天空明皓的月亮，历史上，西昌是曾被叫作建昌的。前两者我很熟悉，而西昌的月亮则是在看过作家高缨的散文《西昌月》后记住的。从那以后，西昌的月亮就一直挂在我的心上。到西昌后才听人说，西昌不只有月，古人描述的西昌景致是"松风水月"——邛海对面泸山的松，流经西昌的安宁河的风，邛海的水，当然，还有挂在西昌头上的月亮。

　　问起民国遗迹，朋友说，邛海边的泸山山麓，有个神秘的邛海新村，里面有200多间平房，据说是当年为国民政府第二陪都准备的机关驻地，其中有一栋柱廊式的青瓦土墙平房，是蒋介石的"特宅"，当年蒋经国和顾祝同到西昌督战，就是在这"特宅"里开的会。现在这一片房子都围在了军事管理区内，不对公众开放。远远地看了一下，也就是一片废弃的普通平房，它的意义不在建筑，在历史。

　　现在，西昌已是凉山彝族自治州的首府，城市的彝族风味比宁属时期浓了。1991年，我在这里参加过一次火把节的节庆活动。

　　活动在西昌边上的一个山坳里举行。

　　众多节目，时间一久，都不怎么记得了，但还是记住了两三个，其中一个是选美。

　　十多个彝族姑娘穿着花色俏丽的民族服装在表演场地中央走秀，她们就是"美丽"的候选人。地面不是很平整，姑娘也没受过训练，可有青山作背景，有热闹的节日氛围，还是蛮吸引人的。几圈下来，投票开始。票是要花钱买的，依稀记得，好像是2元还是5元一张。结果，出乎预料，大家认为最美的姑娘没选上。遗憾之余听人说，各个村子都在为自己的"美丽"购票、投票，谁有经济实力，谁就是胜利者。

　　喔，原来如此。

四

　　听说雅安门户金鸡关旁边，有一块"西康省东界"碑，可每次路过这里都没

终于看到了躲藏在草丛中的西康省东界界碑

能见着，心里不免生出疑惑，真的吗？后来到网上一查，原来碑竟躲在了山崖上的一片荒草中，坐在车上确实很难看到。

这应该是走进西康的第一景，到西康去，这可是 0 公里路桩啊。

金鸡关曾经是雅安的八景之一，相传有位尔朱真人在这里的山洞中炼丹修行，昊昊长天，漫日浸月，在一个金鸡报晓时，丹炼成，人升空，得道成了仙，于是留下了金鸡关一说。宋朝时有人为此留下了诗句："甘露灵根不老，尔朱丹灶空存。三十六峰好处，倚栏欲破诗魂。邛笮两关壁峙，蔡蒙四面屏开。云拥峨眉日出，江滚平羌雪来。"诗里堆积了好多景致，像蔡蒙屏开、峨眉日出、平羌雪来等，都是雅安的诱惑人处。

如今，金鸡关已经削平，炼丹之洞更是早就不见了，名山县成了名山区，和雅安已经同城化了。可金鸡关旁的这道碑却引出了一段历史：1939 年 1 月，一直属于雅州府的名山和雅安因此分裂，被锯成了更大的两块——四川、西康。

县界成了省界。

为什么会这样？事件原委在国民党西昌行辕政治部主任张练庵的文章《蒋介石派我回西康的前后》里有这样的披露：

刘出任西康省主席是靠汪精卫支持上台的。汪当时是行政院长。军政部长何应钦等激烈反对刘上台，但汪坚持在院务会上通过了对刘的任命。以后在划川、康两省界线时，名山县原是雅安区的一个县，理应划归西康，何为出口气，提出把名山留在四川，汪为了不把事情弄僵，搞了调和，便同意了。

真是这样？姑作一说吧。

1955 年 1 月，名山重回雅安，归于西康，可只半年，西康没了。

雅安身上烙有西康深深的印记。1935 年 7 月，西康建省委员会成立，委员会办公处就设在雅安。1955 年 7 月，西康省殒没，此时的省会是雅安。

"西康省有两个省会：康定是政治中心，雅安是政治重心。"这是 20 世纪 40 年代关心西康政治的人们认定的事实。从地理与人情出发，康定似乎更合适，而依发展的眼光看，雅安更有优势。历史在两者间颠荡。

对于许多人来说，西康是个神秘之地，进了"东界"，自然就进入神秘之境了。我们会遇到什么呢？

进雅安，经过的第一个社区叫汉碑社区，城区没扩大前，这里是孝廉乡。

汉碑何在？孝廉何谓？

先说孝廉吧。这是汉代考察推举官员制度的科目之一。在家为孝子，出仕做廉吏是当时的舆论风尚。据说，出生在孝廉乡的高颐就是一孝廉，也因此被推举成了太守。这乡也因他而更名为孝廉乡。

汉碑就是为他而建的，就在公路边。公元 209 年，担任着益州太守的高颐故去，一时间，"黎庶踊泣而忉怛"。筑阙纪念，这也是当时的风尚，是一种最体面最隆重的选择。高颐享受了这份光荣。阙建成并能留存至今，这光荣又归于了雅安。

2000 年的风雨冲刷，高颐阙挺住了，成了全国仅存阙中最完整最美妙的一座，匠人们以木雕的精湛手艺在石块上完成了心中的意境。古往今来，有无数的建筑与金石爱好者扑向雅安，伫立阙前，悉心观赏赞叹。

鲁迅好金石，对高颐阙的精妙早已心向往之，耿耿于怀。好友王叔钧急他之急，赠送给他 30 余张高颐阙拓片，解了友人的心结。

鲁迅视这些拓片若珍宝，平日里，时不时地将这些宝贝摊开桌上，细细观赏，悉悉把玩，好不怡然。

1961 年，这里成了首批国家级重点文物保护单位之一。

雅安在西康时代是什么样？1937 年，一个叫邢肃芝的喇嘛借道雅安去西藏学习佛法，在他 2003 年出版的《雪域求法记》里有一段描述：

雅安城区并不大，横躺在两条河中间，周围群山怀抱，从南到北，只有一条

1939年，雅安街头满布银行，中国农民银行是其中一家

街道，街的南端比较繁华，也就是雅安县的商业中心。各种商店、旅馆、饭店以及两家银行都在这条街上。另外还有电报局、邮局及一所警察局。平时街道上来来往往的人也不少，还有很多骡马驮着茶叶及土产。很多康藏的商人来到雅安采购货物，使这里的市面非常活跃。

雅安的河很多，大的有青衣江、周公河，小的有滨江、陇西河等，不知这位邢喇嘛说的是哪两条。至于先生说的那条最繁华的街道兴许就是现在雅安老城区的大北街了。从大北街往东一个街口就是顺城街（现在的文化路），那已是当时的东门城墙处了。

邢先生说得没错，这条街上的"西康饭店"门脸在周围建筑中确实有些耀眼，青砖脸面，"凹"字形状，呈怀抱之态，颇有揽客入内的意思。在我见到它时，几十年过去了，这里已经不再是旅社，而是一居民点了，里面住着几十户人家。建筑额头上的"西康饭店"字迹漫漶，站在门口看进去，院里黑乎乎的，有点阴森，小小的天井漏下的那点阳光似乎不够那几十户人家用。

它终于在2000年后的大规模城建中倒下了。

邢先生没看到的是，在他走后两年，大北街上的银行直如雨后春笋，不再只是"两家"能概括的了。像中国银行雅安办事处、中国交通银行雅安办事处、汇通银行雅安分行、济康银行、通惠实业银行雅安办事处，数数，五家了。

这还没完，大北街旁边的中大街上，如今的工商银行所在处1937年曾是中国农民银行雅安支行的办公地，在它的旁边是中央银行的雅安分行，同在中大街上的还有川康平民商业银行、重庆银行雅安办事处、福川银行雅安分行；往西去，西大街与八一路交会处的西康省银行一直坚持挺立到了2000年以后才无奈卧下。另外，小北街的银行也可以一数：四川省银行、美丰银行、和成银行、其昌银行等。

在孙健三编的《孙明经纪实摄影研究 1939：茶马贾道》里，孙老师为我们留下了这些银行中的6家形象：西康省银行、中国农民银行、中央银行、重庆银行、四川省银行、川康平民商业银行，还顺便让我们见到了当时这些路段的街景。无论是中正路（今中大街）还是中正北路（今小北街）都栽有行道树，这让

家　宅

当时的摄影家孙明经也很是感慨。在80多年前的中国农民银行前，一个小伙子正在为他的人力车打气，使用的打气筒同我们今天使用的完全一样，只是更小巧，更便于携带。

为什么会有这么多的银行聚集？在《孙明经纪实摄影研究1939：茶马贾道》里也有这样的纳闷："小城雅安给孙明经留下很多印象，其中'银行多'这一印象显得很有特色。"也许是日本人的入侵，东部国土沦陷，银行也只有跟着政府往西撤退。能赚钱吗？聊胜于无吧。也许是银行家们的误判，以为一个新省份的建立一定会有财力的蜂拥，岂知这里是经济的荒漠，要葱茏起来，没个十年八年的肯定不行。

事实是，没过两年，像美丰银行、重庆银行、通惠实业银行等就力不能支，纷纷打起了退堂鼓。

翻开《孙明经纪实摄影研究1939：茶马贾道》，有好多雅安的景致我根本就没见过，像雅安奎星阁、西康省立雅安中学校门，有的见过却已逝去，像浸礼会、小北街雅安教会医院……

这是过去的时间，我或者我们曾经拥有过的时间——西康时间。它们只能生活在书页里了。所幸现实空间中还有活着的，像私立明德初级中学、柯培德旧居……

城市的魅力何在？想起了过去读到的考古发掘文章里的词语——土层的文化分期。我就想，如果将土坑里这些竖立的分期文化平面摊开在我们的城市里会怎样呢？城市居民不仅希望拥有生活的空间，他们还想感受城市的时间。

把时间抛向空间，这是一项有趣的实践。博物馆？时间太集中，太挤；还是将它们撒向自然空间更好，人需要节奏，它们需要呼吸。

离开汉阙，沿着雅州大道继续前行，在朋友的指点下，我在一座叫"北纬30°"的公园里见到了一座清代牌坊。据说，当初公园建设时，有人坐在这牌坊下面，死活不让动土。工人们无奈，只能请示。上级倒是明智，接受了意见。而今，牌坊成了公园的一部分，城市也多出了一段时间的光亮。牌坊下，留影的人不少，历史遗物不是累赘，而是风景。

在雅安，许多"旧西康"的建筑已经经不起时光的折磨，倒下了，而几座50年代的"新西康"楼房仍健康地活着。新康路上四川农业大学的第三教学楼就是原中共西康省委的办公楼。有朋友说，他在里面拍过电视，很奇怪，一踩在那楼板上，一下就入戏了，不像在搭建的景区里，老找不到感觉。

这是个美学问题，讨论需要花大量时间。

这样的建筑在友谊路上的四川省档案学校里、苍坪山上的气象台里也有。

西方谚语说，上帝创造了自然，却把城市交给了魔鬼。我没查到这谚语的源头，猜想可能是20世纪初迷宫般的高楼耸起，阳光被拒绝进入城市，愤怒的人们发出的诅咒。

今天，我们的城市化速度前无古人。如何让城市更有魅力，是桩令建设者焦头烂额的事情。将世界堆积在一起，建设"世界公园"，这是一法；而将自己的历史摊在市民面前，这又是一法。前者好办，只要有钱；而后者不易，因为你得有历史。

近些年，"西康"在雅安成了热词，路有了西康路，旅店有了西康大酒店，商场有了西康广场，最近，在陇西河边，一个叫作西康印象的文化、商业综合项目正在展开。

那些消失了的，真的消失了吗？

绝路上的喟叹

一

宫保鸡丁是一道闻名天下的好菜。

山东人说这菜是鲁家的，贵州人说是黔家的，而四川人则说：川家的。

原因简单，它同一个叫丁宝桢的清朝官员有关，据说这是他家的私房菜。这丁宝桢出生于贵州，后在山东任职，之后又被调到了四川。

1876 年，登基一年后的光绪皇帝接见了丁宝桢。

这时的丁宝桢正在山东巡抚任上。面对日本等入侵者"船坚炮利"的严峻现实，他选择将自己抛进了体制内的洋务圈里，痛斥那些"墨守纲常"的庸官，提出了"精求武备""仿照外洋枪炮之巧如法制造"的请求，希冀以这样的方式，"弃我之短，夺彼之长"。

他以行动实践着自己的想法。征得朝廷同意，丁巡抚在济南北郊择地 300 亩，建起了山东机器局，引进国外机器设备，制造火药、洋枪，成了清政府里"师夷长技以制夷"的典范。

也许正是他的这些积极表现获得了新皇的青睐，光绪找他谈话，提升他为四川总督。

是的，比起四川，山东离国家政治中心要近得多，可四川地盘大，而且位置重要，当然了，总督的官职也比巡抚要高，四川总督，那可是全国九大封疆大臣之一啊。

尽管这时朝廷已经在西藏设置了驻藏大臣，但整个藏族地区的安全及后勤仍由四川支撑维护着。更要命的是，已经殖民了印度、缅甸等地的英国人，眼睛又盯上了中国的康藏之域。如此，四川的要害可想而知。丁宝桢感受得到，这新的任命是一种信任。一到任，从获得的有关英国人的种种情报中，丁宝桢敏感意识到，英国人怀上了觊觎西藏的鬼胎。就在他入川的那一年——1876 年——清朝

政府同英国人签订了《烟台条约》，条约附了这么一条："现因英国酌议，约在明年（1877年）派员，由中国京师启行，前往遍历甘肃、青海一带地方，或由内地四川等处入藏，以抵印度，为探访路程之意。所有应发护照，并知会各处地方大吏暨驻藏大臣公文，届时当由总理衙门察酌情形，妥为办给……"这意味着，英国人可以进入西藏内地旅游了。

同当时驻英公使曾纪泽等人的"英人只是利之所趋，并不危及中国在藏主权"思想相反，丁极力反对让洋人入境，可皇上却说"英人惟利是图，所称专为通商尚属可信"。

晚清时，朝中官员思想涣散，有死守根深蒂固旧习的，有担任外事工作，同外方相处融洽的，也有想仅引进西方先进工业技术而坚守国粹的。丁宝桢属于后者。

面对幻变的形势，朝廷大员们也随风摇荡，莫衷一是。

果然，第二年，英国人吉利（W. J. Gill）和巴贝（E. C. Baber）提出了落实条约的要求。他们要分别由重庆和成都前往西藏、云南游历。无奈之下，丁宝桢只能同意并派人护送。不过，丁总督把警惕英国人的眼睛擦得雪亮，并把这擦亮的眼睛交给了随从人员以及沿途各地的相关人员。这就像如今生活中无处不在的监控设备，你可以自由活动，我却令你无处遁形。而后，他得到的消息是，这些英国人，到处会见境内少数民族；每到一地，都绘制详细的地图；按其行程路线，大有探测从内地通往印度道路的企图。不管其他人怎么想，丁宝桢确信，英国人是打着"通商"的旗帜，在"察看道路形势，探明风土人情，以为日后拟由印度陆路出入川境"。他明白，洋人一入川，云贵危矣。他立刻向朝廷上疏，希望清政府对这样的游历"随时妥密防范"。

知己知彼，方能进退有据。丁总督也想了解对方的形势情态。

<h2 style="text-align:center">二</h2>

这样的机会来了。

御史谢祖源提出了《请派员游历外洋疏》，奏疏中认为，近世士大夫囿于见闻，对环球诸国全然不了解。要打破这种困境，需要做的事情就是派人外出游历。清政府接受了这一疏奏，并由总理衙门草拟了《出洋游历章程》，让各处举荐游历人员。

黄懋材被选上了。

这是位来自江西的贡生，也就是说，他是到京城国子监读过书的人，也算是

贡嘎在藏语里意味着常年不化的积雪，贡嘎雪山7556米的高度令路人吐出了这样的言语：风不得不停下脚步

有点见识了。黄贡生对外域有着浓厚的兴趣，但没有机会出国，只能从《海国图志》《瀛寰志略》之类的书籍中学习了解西洋知识，而这些国内人士笔下的"外国"与真实的外国差异甚大。遗憾之余，他想到了一个办法：去上海租界考察，那可是个活生生的外国人生活博览馆。

同治五年（1866年）三月，经人推荐，黄懋材在一家抚教局任了职。从此，他在上海住了下来，一有空就出入街头巷尾，乃至戏园、妓院，又跻身驿馆、洋行、夷场和教堂，大量搜索纪录外国人的生活情态。之后，他将所见所闻写成了一本叫《沪游脞记》的书。正是这本书让正担任着太常寺卿的许庚身注意到了他。许庚身曾任过江西学政，在任太常寺卿之前也曾在军机处的方略馆负责过图书编纂，这些经历令他对江西学人、对书籍有着特殊的敏感，《沪游脞记》在他心里烙下了印记。《出洋游历章程》一出，许庚身马上想到了黄懋材，立即将这是位来自江西的贡生推荐给了朝廷。

黄懋材精习舆图，熟谙算学，正是丁宝桢需要的人。1878年7月7日，也有说8月的，这也许是公历、农历之间的差异，黄懋材等一行6人组成的赴印度考察团从成都出发了。丁总督为考察团设计的路线是四川—西藏—锡金—印度。

考察团的兴奋很快就被路途的艰难浇灭。出了雅州，山扑面而来，水应接不暇，大小相岭、飞越岭，大渡河、折多山，雅砻江、沙鲁里山，金沙江……翻不完的山，过不完的江；山不仅多，而且高，不仅高，而且越来越高，这对从平原

地区过来的人，简直就是个残酷的折磨。一路上，黄懋材记下了他的心情，雅砻江边，"两岸石壁嶙峋，河流迅急"；沙鲁里山间，"过雪山，寒风凌冽，冻绽肌肤……巨石森立，横梗道途，满目荒凉，绝无人户"；而在理塘海拔6200米高的格聂雪山上，面对藏族地区二十四神山中的第十三女神，他却糟糕地产生了高原反应："此数日虽傍雪山而行，然天气晴和，不觉甚冷；惟山顶风劲，每致头疼而气喘"；到了海拔更高的巴塘藏巴拉山口，高反加剧，以至于夜间寒冷失眠："头痛目眩，气息喘急……晚宿黑庉幕中，冷冽特甚，偎火假寐而已"，帐篷里，偎在火塘边，头晕，无法入眠，只能坐等天明。这次第，如何是好？

走到巴塘河谷，疲惫不堪的黄懋材一行终于获得了一丝喘息，风中也飘来了一点暖意，就像我们今天流连在巴塘的苹果园里，空气中的香味伴着阳光，让人有些晕迷。而在140年前，考察队员们站在金沙江边，舒缓身躯，遥望前程，眼前又是高耸入云的芒康山。黄懋材蒙了，天哪，这何时是个尽头啊！情急之下，他发出了千古喟叹："真是横断山啊！"

原话是这样的吗？不知道。历来都说，横断山的名字出自黄懋材，可我至今没见到过他发出这一喟叹的实景纪录，也只有稍做想象，人云亦云了。

任务在身，再是横断，再是没路，也得前行。可天阻不及人阻，守在金沙江西岸的藏族人断了他们从西藏去印度的路。无奈，他们只能在巴塘粮台的陪伴下，向南，改走云南。上一年，英国人吉利也是在这里受阻，尽管握有《烟台条约》，还是没能打通关节，也是由这位粮台护送到云南，不同的是，吉利走的是金沙江西岸，而黄懋材等选择了东岸。

关于横断山，真正确凿的书面证据出现在1900—1901年的《京师大学堂中国地理讲义》中："阿尔泰山系与希马刺亚山系间之高原……有大沙积石山，迤南为岷山，为雪岭，为云岭，皆成自北而南之山脉，是谓横断山脉。"京师大学堂乃北京大学的前身，讲义的撰稿人叫邹代钧。这可是在黄懋材的喟叹之后了。

有人想关心一下黄懋材等行动的后事。

可以。

他们从巴塘去了中甸，然后丽江、大理、保山、腾冲，从这里出海关，经过野人山到了缅甸，之后，坐船沿伊洛瓦底江到了仰光港口，再改乘去印度的大轮船，终于在1879年的3月26日到达了印度最大城市加尔各答。

考察团发现，印度不再是国内史料上那个古老的国家，它已经展开了新的面貌。这里的火车"追风逐电，神速无论"；这里的电报"虽相距三千余里，然往复甚捷，无疑面谈"；还有彻夜光明的煤气灯、给予百万人方便的自来水……黄懋材继续着他的喟叹，他甚至发现，福建、广东的茶工已经流入了印度，英国人入侵西藏是迟早的事。这同丁宝桢的忧虑正相契合。

还可告知各位的是，黄懋材回国后，先后出任了云南平彝、弥勒知县，后回到京城进入清朝的外语学院——同文馆工作，也参与了会典馆的一些书籍编撰。工作之余，他将他的游历成果绘成了《五印度全图》《西域回部图》《四川至西藏程途》及《云南至缅甸程途》等，还将写成的《西轺日记》《印度札记》《西徼水道》和《游历刍言》等文章结集，定名《得一斋杂著四种》出版。

三

横断山是西康的中心地带。它是怎么形成的，有故事吗？不会是黄懋材的一声喟叹就能了结的吧。

大约在2亿多年前，青藏高原以及横断山区所在的这片大陆，都还被海水覆盖着。这片汪洋与东南亚海域、欧洲南部、非洲西北的海域相通，被称为"古地中海"。而后，在距今5000万—2000万年前，也有说是6500万年前的，孤悬海外的印度板块开始向北移动，对着亚欧板块不止一次地猛烈冲撞，造成了青藏高原剧烈抬升，一座座的高山由此形成。印度板块鲁莽的行为遭到了东面扬子板块的顽强抵抗，短兵相接处，大地互相挤压扭结，结果是地面大规模的褶皱与断裂形成，这些褶皱便是今天的横断山脉地区。在700公里宽的范围内，从西往东，伯舒拉岭—高黎贡山、他念他翁山—怒山、芒康山—云岭、沙鲁里山、大雪山、邛崃山、岷山七条山脉鳞次栉比、南北纵竖，雪巅深谷，隔断了东西交通。

这就是黄懋材等遇到的苦境。

这是科学的说法。我在康区朋友多吉的口中听到了另一种说辞。他说，也是在很早的时候，有一个巨人，拖着一条毛毯，从阿里向东铺展。走着走着，突然一个趔趄，手一下松了，毛毯掉落。巨人无法再将毛毯理平整，只好任它打着褶皱。于是，大地不再平缓，高山峡谷由此出现……藏族地区有着许许多多这样的感性故事，它们形象、生动，同这里的蓝天、山岭、草原一道，构筑起了一个别样的世界。这些故事同科学一起，丰满着我们的生活。

1922年年初，一个叫约瑟夫·洛克的美国人受美国农业部派遣，到云南寻找抗病毒的栗子树种，走进了这片土地。美国《国家地理》杂志社获悉这一消息后，大喜，马上同他取得了联系，答应为他提供资金，请他顺带为杂志撰写游记。收集标本、撰写游记，一石二鸟，何乐而不为呢？洛克毫不犹豫地签下了这一美丽的合同。

在19世纪后半叶及20世纪初，中国的门被敲开，这样的事多了起来。像

19世纪60年代在雅安宝兴捕获大熊猫，并将它带到法国引起了世界轰动的法国人戴维就是又一例证。

洛克在云南丽江招募了一些纳西族的队员，组建起了一支"美国国家地理协会探险队"。他听人说，从丽江出发往北，在横断山脉的深处，有一个叫木里的神秘王国，那里有着不为人知的雪山、森林和草地，景色宏丽，简直就是一处世外桃源。他的纳西族队员也告诉他，"木里"在藏语里本就是美丽、辽阔、深远之地的意思。

激动的洛克迫不及待地以"美国农林部专员约瑟夫·洛克"的名义，给木里王写了一封信，说准备前往拜访，并在那里采集一些草木标本。意外的是，木里王回信拒绝了他，"你不要来，木里山高路远，土匪横行，来了有性命之忧。"信虽收到，然心不甘。世外桃源的意象一直纠缠着洛克，令他接下来的现实生活味同嚼蜡。终于，在计划搁浅一年后，洛克又把探险的船推入了激流中。1924年1月，在中国农历新年前，洛克行动了。这回，他没再向木里去信，也不管木里王同意与否。

美国探险家洛克的故事至今仍是一种诱惑。照片是20世纪20年代的洛克同他的纳西伙伴们在一起

世外桃源，没人能拒绝。

5 天后，洛克一行到了永宁。在这里，他得到了一个好消息，这里的土司告诉他，谢绝他的老木里王在 4 个月前患浮肿病死了，现在是他的弟弟接任，新木里王性情和蔼，比他的哥哥要好客一些。这消息令洛克隐忧顿消，旅行的心愉快了起来，腿的速率也加快了。走了大约 11 天，一个队员手指着北方的一座山头告诉洛克，那里便是木里。

正如永宁土司所说，新的木里王果然热情好客。这位 30 来岁的新王身材高大，披着红袍，将洛克引进了他的宫殿，洛克则将一支步枪和 250 发子弹作为礼物献给了木里王。聊天中，久居深山的木里王向洛克提出了一些古怪的问题：从木里骑马是否可以一路走到华盛顿？第一次世界大战是否还在继续？你能算下我能活到什么时候吗？他还对洛克的眼镜产生了兴趣，发问道：它可以一眼看穿那浓密的山林吗？

洛克惊叹于木里王精美绝伦的藏式王宫建筑，这些肯定也是杂志社所爱。他端起相机，给木里王、王宫、僧人等一一拍照。在游记里，洛克是这样描述的：木里王统治着一块面积 9000 平方英里的地域，只有 22000 名居民。这里缺乏耕地，木里城由 340 间房屋组成，中心为木里大寺，居住着 700 名喇嘛。此外，境内还有 18 座附属寺院，僧人多达千人。

在木里停留了 3 天，洛克返回。热情的木里王派随从送出很远，还让人提前安排好了前方的宿营地。对此，洛克恋恋不舍，"油脂芳香的冷杉树枝搭起了一个美好的营地，清香的树枝覆盖了冰冻的土地，就在这里，我让美梦再次把我带回了木里群山中不可思议的神秘仙境。"1925 年 4 月的美国《国家地理》杂志刊发了洛克写的游记，他的旅行在美国引发了极大的关注。

1928 年 3 月，洛克再次进入木里，他拿出《国家地理》杂志，送给木里王，上面有木里王的照片。木里王很高兴。

顺势，洛克提出了要求：上次在这里远远地看到西北方向有呈品字形的三座雪山，很神奇，很诱人，不知丢失的梦这次能否圆满？木里王沉思了片刻，答应了洛克的请求。他解释说：没立刻答应是因为你要去的地方有点复杂，夹坝（土匪）猖獗，不安全。不过，幸运的是，我同夹坝的头目扎西宗本关系不错，我可以给他写一封信，让他不要为难你。

6 月 26 日凌晨，一场暴雨后，洛克被叫醒。夏朗多吉、央迈勇、仙乃日三座神山就屹立眼前，近得似乎可以伸手触摸。"万里无云，眼前耸立着举世无双的金字塔状的央迈勇，是我眼睛看到过最美丽的山峰。白雪覆盖的山峰原来呈现出灰白色，但是，她和仙乃日的山巅突然变成了金黄色，此时太阳的光线正在亲

吻她们！"

看到如此美景，洛克简直要发疯了。不知洛克知道不，他眼中的神山在藏族地区就是观音、文殊和金刚手的化身。8月，他再次去木里寻访三座神山。不过，雨季来了，神山一直笼罩在云雾中，不肯露面。到了年底，洛克又准备前往贡嘎岭目睹神山，他已经掉进了迷恋的湖里。启程时，突然有一封木里王的信送到了洛克手中，信上说，上次他去了之后，贡嘎岭遭遇冰雹袭击，青稞大面积受灾，扎西宗本翻脸了，说那一定是洛克惹怒了神明造成的恶果，夹坝头目已经放出话来，要杀了洛克。

洛克只能止步。

从 1924 年到 1929 年，洛克一共 4 次进入木里地区，还走到了康定境内，撰写了多篇文章，拍摄了上千张照片，其中包括不少彩色照片。这些文字和照片，为了解、研究康南地区提供了宝贵材料。

香格里拉是迷人的。1933 年，英国畅销小说家谢尔顿根据洛克的游记，写出了小说《消失的地平线》，由是，"香格里拉"这个美妙的词汇以及由它诱入的那片圣洁的乐土，成了时尚的追求，并由此兴起了一场回归自然的浪潮。

四

2005 年，《中国国家地理》杂志社做了一桩异想天开的事，他们邀请 100 多位专家，对中国境内的自然景观进行了一次"选美"。结果，天果然开了，《中国国家地理》2005 年第 10 期一出，竟在这个读书冷淡的时代，造成了"洛阳纸贵"的局面。不得已，杂志社只好以增刊的形式出了一期《选美中国》特辑。

我读到的就是这部厚厚的特辑。

在评出的最美十大名山中，横断山区独揽三席——南迦巴瓦峙立鳌头，贡嘎居二，稻城三神山排在第六。

黄懋材的苦难成了新的美景。

这意味着什么？

《中国国家地理》主编单之蔷先生在评选结果出来之后写了一篇文章——《中国的美景分布》。文章认为，中国最美的景观集中在川滇藏汇合处。还记得 20 世纪初的那个名号吗？川滇边务大臣衙门。那曾经就驻西康。

通过这次史无前例的活动，单先生还发现了一个秘密：1935 年人文地理学家胡焕庸先生画出的那条中国人口密度线竟然同目前的国家风景名胜区分布线一致。

　　胡焕庸从黑龙江瑷珲向云南腾冲画出了一条人口分布悬殊的界线。全国 96%
的人口分布在线的东南，而西北只有区区 4%。线以西是游牧民族粗犷、豪迈、
辽远的风情；以东则是农耕文明小巧玲珑、秀美细腻和略显局促的景象。

　　我一下子想到了那个美学名词——崇高。

　　公元 10 世纪，在罗马，有人发现了一本名为《论崇高》的书的残卷，貌似
雅典修辞学家朗吉努斯的作品。在这部非典型的修辞书籍中，一个触及文学与思
想灵魂的词语"崇高"像一道闪电划过。当时间来到 17 世纪，法国学者布瓦洛
将它翻译流传后，一个"伟大心灵的回声"开始在新的时代轰响起来。

　　郎吉努斯所谓的崇高主要指文章风格的审美特质，它有着高洁、深沉、激
昂、磅礴、豪放、雄健、绝妙、光芒四射的文采……

　　18 世纪，这是一个风气转变的时代，在这个时代里，文艺的动力开始从理
智转到情感，文艺创作也由平易清浅的写实主义转移到了追求精神气魄宏伟的浪
漫主义。

　　这时候，"崇高"关联的不再只是文章的风格问题，而是感性家园迎来了思
想的入驻，思想则插上了情感的翅膀。现在有一个时髦的词语——诗和远方，其
追求与朗氏雷同。

　　崇高迅速成了西方美学大厦的重要支柱。在朗氏时代一千多年后，英国美学
家伯克理出了一份清单，将传统的美同崇高进行对比：美的对象较小，崇高体积
巨大；美平滑光亮，崇高凹凸不平，奔放不羁；美轻巧柔弱，崇高坚实笨重；美
以快感为基础，崇高则以痛感为基础；美让人喜爱，崇高令人惊赞。

　　再对比一下胡焕庸线两边的风景形态，毫无疑问，我们将美留在甜得有些腻
人的东南，而将崇高赠予雄浑高耸的西北。

　　在崇高里，西方人找到了他们虔敬的宗教的圣洁，遍布欧洲的教堂尖顶总把
人们的视线不由自主地引向浩漫的天空，引向至高无上的耶和华。

　　康区也是块被宗教浸透了的土地，这里的居民们除了走进寺庙，还有一件神
圣的生命大事，那就是朝山。这里的山比西方的教堂更高，更雄伟，而当人们将
神圣的观音、文殊和金刚手赋予稻城三神山的仙乃日、央迈勇和夏诺多吉后，藏
族人民心中的神成了有形的存在：仙乃日山体平缓如大师安坐，雍容典雅；央迈
勇端庄娴静、冰清玉洁；而夏诺多吉则如刚烈少年，英挺俊俏。

　　美国人洛克也被三神山慑服，可由于他缺失佛教的礼数，心中没存有三位圣
者——观音、文殊和金刚手，他仅有喜爱迷恋，而康区的居民们则是虔心地顶礼
膜拜，真正的崇高在他们心里生长。

当下，我们正行走在当年黄懋材走过的路上，雅安到康定是高速公路，从康定往西，路也蛮好，旁人说，小轿车也能一直开到拉萨去。10 年后，这里将会出现不可思议的火车穿行之景。

我们身处的时代不再是一波碾压一波，所有的美都平面地在我们面前铺展。我们已经具有了欣赏各种不同形态美的能力和意趣，东部的苏州园林、乌镇流水能留住我们，横断山的耸峙高峰也是我们向往的地儿。

心广，景自然宽阔。

走廊：一边向南，一边往西

成都，出南门，往西，前面的城市叫雅安。这条通往雅安的路自然就被称作成雅路了。几十年前，成雅路的起点在老南门武侯祠附近，印象中，我是在那里候过车的。后来，车站扩建，迁到了如今的新南门。光阴飞逝，事新物异。2000年，成雅间筑起了高速，国家公路标记为G5。而在此之前，这条路背负着两个名号：国道108和318。

国道108由北京通往昆明，起点和终点与G5相同；国道318从上海到西藏日喀则市的聂拉木县，那里同尼泊尔接壤。这是中国最大的两个城市去往西南边疆的通道。在从成都到雅安的路上，它俩合为一体，到了雅安西门，两条合在一起的巨龙突然一扭身，一个往西，一个向南，使劲地飞去。

这是两条非同寻常的道路。一是它们的悠久，悠久的历史中藏着许多生命的故事；二是它们的艰险与美丽，艰险与美丽让它们获得了中国景观大道的美誉。

这些荣誉是从雅安开始的。

雅安博物馆是贮存这些故事的地方，它静静地坐落在雅安西门青衣江南岸。朋友介绍说，当年，博物馆的建设一提上议事日程，设计者们就开始了思虑：怎么摆置展品，怎么展开历史？显然，獭祭是不可取的，那样零乱，让参观者不得要领。有人说，当年西康建省时，雅安就是作为康属和宁属通往外面世界的钥钮而存在的，从这里往西、向南，是通向藏彝等同胞兄弟的民族走廊，也是联结西康省三属的厅廊，以这两条路为主题展开，不仅是雅安的历史展现，也是消散了的那片西康云彩的再现，这样的布展，一定会掘出一个又一个富有意思的历史故事。

事实告诉我们，这是明智的选择。

一

公元前126年，张骞在长安出现了。

张骞是谁？百姓也许不知，可上了些年纪的朝廷官员却记忆犹新。

15年前，16岁的刘彻登上了汉帝国的皇位。年轻的汉武帝一上位就大刀阔斧，铲除各种异己力量，巩固自己的权力。在此基础上，他任经济休养生息，自由生长。一时间，整个国家精神抖擞，充满活力。

然而，压制了汉朝几十年的北方匈奴问题却一直没能解决，成了之前历代皇帝头上挥之不去的浓重阴霾。年轻的新皇踌躇满志，发誓要驱散这片令人烦恼的乌云。

一个偶然的消息告诉他，匈奴西边住着与匈奴有杀父之仇的月氏人。刘彻动起了同月氏人联合，东西夹击匈奴的念头。真能这样，国家有幸，心病去也。可派谁去？那可是一段不知死活，难料结果的冒险旅程。号召发出，满朝官员王顾左右，无一应答。

这时候，27岁的宫廷侍卫张骞站了出来。

好，就他了。公元前138年，汉武帝亲自为张骞送了行。

不出所料，张骞进入匈奴地界不远就被俘虏了。匈奴劝降不成，为了消磨掉张骞的意志，给他安置了一个匈奴妻子。

这位匈奴女子是个善良人，她在生活中无时无刻不感受到丈夫对自己国家的思念，以致张骞脱逃时，她没有阻止，也没有报告。

脱逃的张骞没有即刻返回大汉，而是继续往西，他要去完成曾经搁浅的使命。在如今的乌兹别克斯坦一带，张骞找到了大月氏，可他们已经在那里定居下来，没有了东进的想法，复仇的意念也已磨灭。

张骞只能返回了。他在途经大宛、康居、月氏、大夏等西域数国后，又一次被匈奴骑兵俘虏了。幸运的是，他没被处死；更幸运的是，几经周折，他又回到了妻子——那个善良的匈奴女子身边。

公元前126年，匈奴军臣单于病逝，张骞再次出逃，这次，他成功了，同他一起回到长安的还有那位匈奴女子。

张骞向汉武帝汇报说，他在大夏国（如今的阿富汗一带）看到了两件东西：邛杖和蜀布，这都是出产于四川的物品。他问了当地人，是怎么得到这些物品的。回答是：当地商人从印度买回来的。司马迁在他的《史记·大宛列传》里记下了这一场景"臣在大夏时，见邛竹杖、蜀布。问曰：'安得此？'大夏国人曰：'吾贾人往市之身毒。'"

身毒，就是印度。

汉武帝听到张骞的汇报，惊喜交集，他怎么也没想到，在西南边地的山林中居然存在有一条通往外域的"蜀身毒道"。而且，张骞还说了，大夏国希望能与中国通商做生意，这真是天大的好事呵。

　　这是一条由来已久的非官方的民间商业通道。这样的通道在所有人群生活的地方都会存在。1977 年在昌都卡若发现的新石器遗址中的那些闪亮贝壳，据专家说是来自南方的海边，若真是这样，运输贝壳的路不早就存在了吗？

　　鲁迅先生说过，世上本没有路，走的人多了，也便成了路。生意是交流的一部分，这得走动，走动起来，路就有了。

　　张骞的汇报将汉武帝"南扩"的雄心激荡了起来。他马上派出"能干人"司马相如去拓展西南边域这条能通往身毒的道路。之前，为了南扩，他曾派出大将军唐蒙从僰人地（现宜宾）利用秦朝留下的五尺道往前拓展。可唐将军处置不当，行事手段太过强硬，险些造成一场地方叛乱。事情搞砸了。汉武帝召回唐蒙，臭骂了一通后，改派司马相如前往续职。没想到，这一招竟然管用，司马相如以其独有的智慧与能耐，不但顺利地将五尺道开通到了现贵州境内的夜郎国，还招降了沿途的僰、夜郎等一些部落，也赢得了"能干人"的称誉。

　　汉武帝心中的"蜀身毒道"被现代人称为南方丝绸之路。它有两条线路：一条为东线，从僰道（今宜宾市）出发，经南广（高县）、朱提（昭通）、味县（曲靖）、谷昌（昆明），然后一路向东南进入越南，另一路向西，在大理与"牦牛道"重合。

　　另一条西线从成都出发，经临邛（邛州）、青衣（芦山）、严道（荥经）、牦牛（汉源）、阑县（越西）、邛都（西昌）、叶榆（大理），在这里同东线会合后，向南到永昌（保山），再到密支那或八莫，进入缅甸和东南亚，继续往前，还可到达印度和孟加拉地区。

　　西线沿路有牦牛、灵关（越西境内），因此也叫牦牛道或灵关道。

　　西线与后来修建的 108 国道相伴而行。

　　2004 年 3 月，荥经冯家坝的两个青年教师在学校附近的荥河游泳，不经意间发现了 108 国道崖壁上有一方硕大的"印"，上面的文字有的认识有的不认识，难以

遗失了上千年的南丝绸路上的宝贝《何君阁道刻石》不经意间现出了真容

41

将文句读通，只是觉得事儿有些稀奇，平淡的生活也在忽然间平添了几分情趣。

消息传开，各路人马闻讯赶到。天哪，这竟是中国书法史上丢失了上千年的《何君阁道碑》呵！

《何君阁道碑》最早出现在宋代洪适的《隶释》一书里，书中称："东汉隶书，斯为之首。字法方劲，古意有余，如瞻冠章甫而衣缝掖者，使人起敬不暇。虽败笔成家，未易窥其藩篱也。"用现代汉语解读，竟是这样的意思：东汉的隶书，最早的就算它了。字形方正遒劲，古雅的韵味很是醇厚，就像那戴着殷商时代的黑布礼帽，身着儒士宽袍大袖礼服的人，一眼望去，令人肃然起敬。学这字呀，很难，恐怕写秃的笔堆成了坟堆，也不见得能触到它的门槛。

洪适是与欧阳修、赵明诚齐名的宋代三大金石大家之一，他的这番评价举足轻重，令千多年后的书家们好生振奋。

其实，洪适也只是见过该碑的拓片，令他万万没想到的是，这《何君阁道碑》竟不是碑，而是摩崖石刻。

在书家们探求书艺，朝崖致敬时，我等则读起了刻石文字的内容。

蜀郡太守平陵何君，遣掾临邛舒鲔，将徒治道，造尊楗阁。袤五十五丈，用功千一百九十八日。建武中元二年六月就。道史任云、陈春主。

55 字，讲了下面一个故事：公元 54 年春，蜀郡太守，陕西平陵人何君遵照朝廷命令，派遣他的下属官吏，临邛人舒鲔，率领一帮犯人来这里修路，建造起了用高脚木柱支撑的栈道，栈道南北向，长 55 丈，用了 1198 个工作日建成。

这是一方纪功崖刻。现代工程完工，也好这样立碑纪念的。

《何君阁道碑》的从天而降，让人们在兴奋之余，开始讨论起一个问题，它是怎么丢失的？这不仅是书家们的迷惑，也是丝路迷们的兴致。而它的出现，真相大白，皆大欢喜。原来是在何君尊楗阁完成以后的不知哪段岁月里，南丝绸之路改道了。它行到荥经花滩镇后便转向西南，走向了大相岭。这样，陪伴这条古路的《何君阁道碑》就被遗弃在深山里了。

这不只是书法故事，也是路的故事。

今天，走在雅西高速路上，一路都是桥，据说全程 240 公里的路上就有 270 座桥梁，驶过荥经腊八斤沟 182 米的高架桥时，我们停了下来，朋友们摆出了各种姿势，开始了"到此一游"留影，我却想到了《何君阁道碑》的故事。近2000 年前这里出现的尊楗阁，当年那一定也是令人惊叹的。

汉源湖上幸福流淌的雅西高速公路

二

20 世纪 30 年代，抗战事起，川康地理变得空前的重要。在西康的南边又有了公路的修筑。

1940 年春，蒋介石下令：上一年勘测筹备修建的乐（山）西（昌）公路必须抓紧在当年通车，否则以贻误军机论处。这一来是为了抗战的需要，让这条路尽快接通滇缅公路，支持驼峰航线，二来可能是为在西昌建立后备陪都"未雨绸缪"。

可这条路山岭险峻，沟深崖陡，地形极为复杂，实在难修。海拔 2800 米的蓑衣岭就是一道难关，它正好在川康边界上，终年多雨雾，晴天几乎没有，行人过岭，都要携带雨具，那时的雨具就是蓑衣，所以有了这样的地名。蓑衣岭不但雨多，还冷，从 10 月到第二年的 4 月，气温总是在零下 10 度左右，这时，雪是常客。对于施工，这是极大的不幸。当时有个技术人员写了一首打油诗记下了当时的情景：朝登蓑衣岭，风劲雾正浓；须眉皆雪白，幡然一老翁。

前年，我去汉源皇木镇，到蓑衣岭沿途看了一下，真是路在壁上，有的地方就是在岩上掏了个洞，而陡峭的山下，大渡河不理不顾，急急奔流。

严酷的形势，还这样严令催促，好些工程人员受不了了，有的干脆辞了职，

一走了之。

可还是有人留下来，路还是在增长。

"当年修筑乐西公路，平均每公里死亡8人，工人用'血肉'筑成了抗战的长路。"参加过乐西公路修建的老人刘成志说起当年的事儿，眼眶泛红。

据史料记载，为兴筑这条公路，乐西公路工程处先后从川康地区征调了彝汉等各族筑路民工20多万人，由于缺粮、疾病等原因，伤亡人数多达3万人。

"我那时候才15岁，个子小，体重轻，经常要吊着箩筐下山崖放炸药。"刘成志讲起了他的故事。他是跟着父亲一道参与乐西公路修建的，当时的他负责背炸药引线、扛测绘标杆，因为个头矮小，工人们让他蹲在箩筐里，用绳索将他从崖顶吊到半山处放置火药。麻绳和竹篾做的绳索禁不住山岩的撞击和摩擦，不时有绳索磨断，工人坠下悬崖的惨剧。

刘老幸存了。

刘老说，当时每天干活仅能换得相当于现在两三毛钱的报酬，后勤跟不上，缺粮断粮是常有的事，经常三天吃不到一顿饭，只能到附近居民家去讨口吃的。

蓑衣岭地理是难关，修建最艰难。这路段赶工期，要在冬天完成，工人们光着脚、吃不饱、住岩窝树棚，曾发生过一夜冻饿病死200多人的惨剧。

路总算说是完成了。1941年2月1日，公路管理处处长等决定上路试车。252公里路，按行车记录，用了36小时40分钟，每小时不到7公里。这还只是行车时间，要知道，这趟"试车"从1号出发，14号才到达西昌，路上开开停停，大多数的路段都需要车停下来，等待修补路面，有的更是需要几天时间，大动干戈，车才能继续前进，这路的质量可想而知。著名公路工程专家郭增望在他的《乐西公路修建概述》里透露说，通车实际上是应付蒋介石的"官样文章"。许多路段都没能按标准完成。试车一过，继续加宽降坡，车辆仍无法通行。

想想蒋介石的"必须抓紧在当年通车，否则以贻误军机论处"，这恐怕不只是应付蒋介石的官样文章，而是在想法子避罪。

乐西公路的修建给了西康当局一个机会。他们决定，从雅安修一条路到富林，同乐西路接起来，这样，雅属同宁属之间就有了现代公路了。

这条路叫雅富路，全长160公里，这是西康交通局成立以来干的第一件大事。工程的开工令全局职工振作起来，纷纷表示，要把这第一炮打响。但人算不如天算，1940年11月一开工，就遇上了恶劣天气，加上经费没能及时跟上，工程只能停下来。一开春，积极性尚未沉落的工程人员又开始热情地工作了起来。交通局骆局长也声言，已经动员了各县民工2万人，如果没有什么意外的话，年底可以通车。

可那"如果"始终让人提心吊胆。

记者段公爽说，当时他采访了骆局长。局长说，最困难的路段是翻越大相岭的那一段，"既无绕避之道，又不能无视技术标准，使行车安全受到损害，经反复勘测，择定在大相岭山脉的北段泥巴山通过"。这其实也是后来 108 国道所走的路线呵。

历史远去，前辈的辛劳与牺牲给宁、雅各族人民创造了便宜的生活环境。2012 年，在 108 国道的旁边，一道道的凌空高桥夺人眼目，更有那让人瞠目结舌的拖乌山螺旋飞龙，崭新的、划时代的雅西高速通车，让那古老的牦牛道、灵关道，乃至 108 国道相形见绌。

俱往矣，新的历史展开了。

三

我们已经知道，这两条古道，向南的以丝绸命名，往西的则是以茶为号，称作茶马古道。这样，它们不仅有数字代号，还有了生活的形象。

318 国道从迢迢上海出发，经过江苏、浙江、安徽、湖北、重庆，进入四川雅安，该路作为茶马古道的故事就开始了。

东晋人常璩在他的史书《华阳国志》里提到，先秦时，巴蜀地带的一些小国，有把茶叶作为礼物，向周武王进贡的习惯，到了西汉时，蜀地的一些人开始翻过邛莋山（今大相岭），把茶叶运到大渡河以西，也就是今天的汉源、石棉、泸定、康定鱼通一带以物易物。这一带也是今天汉族和藏族杂居的地带。

想想人工植茶的先祖吴理真就是雅安蒙顶山人，茶成为这一带的商品也就不言而喻。

这些商人的脚下就是路。有人就有路，只是大与小、豪华与简陋不同而已。

比起巴蜀地区的小商小贩，唐宋时期，内地输往涉藏地区的茶叶已成规模，其主要通道是青藏道，也就是著名的"唐蕃古道"。那是从长安往西走，经由甘肃、青海、西康康属北部，而后进入西藏拉萨的。文成公主和亲走的就是这条道。

翁之藏编著的《西康之实况》里说，唐代宗时，吐蕃进犯四川，开辟了由拉萨经昌都、巴安（巴塘）、理化（理塘）、泸定至雅州通四川的大道。这条道正是以后康藏公路的大道基础。西康就此成了西藏同四川间的走廊。

公元 964 年，大将王全斌占领了四川，想乘胜威震南下，去请示宋太祖，赵匡胤用手中把玩着的玉斧，朝着地图上的大渡河轻轻一画，说："外此吾不有

也"。对于西南边地，他心不在焉。尽管这样，民间百姓的生活依然照常进行，大道不修，小路却未断绝。

随着吐蕃王朝的瓦解，涉藏地区处于分崩离析状态，青藏道失去军事要道和官道作用，又以茶马通商构成了汉藏间来往新的主调。

名山新店镇 318 国道旁边有一座不怎么起眼的四合院，冷清寂寥，少人光顾。一棵似死似活的罗汉松，带着稀疏的几片枝叶站在院里，令这古老的衙门显得更加苍老与凄凉。可它是现今全国唯一留存的宋代茶马司呵，宋神宗熙宁七年（1074 年）修建的。

就凭这，也得留下脚步，细心观看一下。

院门口像屏风一样的"茶马司"石碑矗在那里，碑文讲述着遥远的故事：宋朝时候，朝廷连年用兵，同西夏及女真人打仗，其间，损失了不少战马。驻守甘肃的经略使王韶在给朝廷的奏书中提出，西戎番民喜好茶叶，而他们有马，可以茶马互换。朝廷觉得有理，于是在名山、碉门（天全）、黎州（汉源）、雅安等地方设了茶马司，负责管理茶马交易的事项。1071 年，宋神宗下诏"专以雅州名山茶易马"，三年后，在王安石的建议下，朝廷派李杞入川，筹办茶马政事，在名山建起了这座"茶马司"。

茶马司的陈列室里藏着比它本身更悠久的历史。陈列品说，最早的茶马互换记载在唐代就出现了，只是那时的规模要小得多。

为什么会选在名山建"司"，当然是因为蒙顶山的存在，是它造就了这里茶的丰盛及茶市的繁荣，况且这里离藏族地区近，藏族人喜欢这里的茶胜过其他地域。据 1995 年版《名山县志》记载：名山茶马司运营的茶马互市，在明朝鼎盛时期达到了"岁运名山茶二万驮"，每驮 50 公斤，那是 100 万公斤呵，占了官方统筹总数的一半以上。该县志还说，这里接待藏羌茶马贸易商队的人数有时一天竟会达到 2000 余人，场面蔚为壮观。

这本县志还温情地展开了茶乡名山人的生活图景：

清末到民国初期，在新店镇乃至整个名山县的大街小巷，经营茶叶的店铺已成为一道风景，名山茶现实地存在于当地人的生活方式中。在一些普通人家中、宾馆大堂中常挂的匾额已经不再流行墨书，而是"茶书"——用茶叶压成"芬芳的文字"，制成匾额、对联、挂画悬在客厅。老人在院落里，坐在茶树下，品着名山茶，下着象棋——连棋子也是茶叶所制；逢节庆、婚嫁、儿女出世等重要场合，一些人还会到茶庄订购一桶好茶，仿造葡萄酒存放方式，将名山茶在木桶里封存数年，再赠与自己珍爱的人。

四

打通川藏道路，使川藏连为一气，是清朝谋划边藏政事的边吏们的共同心愿。这些官吏甚至还有了修建铁路的想法。

光绪三十二年（1906年）12月，四川总督锡良在成都举办藏文学堂，设计课程时就把修建（四）川西（藏）铁路列入了课程内容。新任驻藏大臣联豫在从雅安急急赶赴西藏途中，沿途不停地考察着川边和西藏的山川形势，也提出了修建省炉、炉藏铁路的意见。他认为："论今日时势，无铁路即不能保其土地人民，亦尽人知之矣。"

这是形势逼迫。当时英国人已经在他占领的印度将铁路修到了中印边境的大吉岭，西藏已经能听到隆隆的火车声响了。

赵尔丰在1907年进藏时也有过如此设想。

想想如今正式开工的川藏铁路，早在100多年前就有人想开了花，让这工程顿时有了一种历史的厚重，令人感叹。

想归想，要真正在这"横断绝路"上修成铁路，绝不是那个时代能成就的。这些官员多的是政治思考，却没有技术支撑，所以只能算是乌托邦罢了。

修公路才是实在。

1907年，赵尔丰以"治边"为由，预算20万两白银，启动成都至康定的骡马车道。第二年，他突然受命担任驻藏大臣，进一步现实地感受到了西康这条走廊的重要，他和时任四川总督，他的哥哥赵尔巽商议，催促沿途州县抓紧修建，争取早日完成，为此，他专门在雅州设立了一个车务处，负责督办此事。

在他看来，修路并不很难，"不过将山路狭窄及陡险之处，稍微凿开，窄处须六七尺，宽处丈二三尺；其过陡者使之稍斜，过曲者使之稍直，平坝即有坑坎石子，亦无碍行车，不必修正也。"他想不明白，为何进展就不如他的预想呢？

事情实在没他想的那么简单，从雅州往西，沿途高山峻岭，施工并不容易，更严重的是各州县仅以敷衍了事，令他不得不另派官员沿途查勘；由于当时测量与筑路工程人才缺乏，未经勘测就盲目动工，以致事倍功半，许多路段不得不重新修治。

仔细想了一下，赵尔丰想的差错也不是很大，他要的不是汽车路，仅是骡马车道呵，在我们的生活经验中，这就是一种乡间小道。当然，在雅康道上，这也极难。

路还没建成，赵去了成都，接着又丢了性命，最后就没有了结果。

1912 年，川康公路成雅段开始筹备修建。这下不是赵尔丰的骡马车道，而是正儿八经的汽车道了。当时的四川军政府都督尹昌衡提出"川康国防所系，经略川康非从交通着手，不足以言进化"。经省议会提议，由川省发行纸币 20 万元，作为成康"军路"筑路经费，计划 1914 年修到雅安。

可此时的施工人员同赵尔丰时代差不多，既少勘测常识，又缺乏筑路经验，路基卵石，既不捶碎，也不夯实，铺在路上，再撒上盖土就算成了。这样的路被

20 世纪 30 年代芦山飞仙关雅康路施工场景

雨水一冲刷就现出了陋象，泥土流走，乱石裸露，行旅和骡马常在途中受伤，又是怨声载道，"军路"被叫作了"均怒"。

后来，尹昌衡倒了霉，不但丢官，还进了监狱。川康公路就此停工，此后 10 余年间，无人管理，路的扩宽部分又成了农田。

1925 年，国民政府军第 23 军军长刘成勋决定修筑成（都）康（定）马路。12 月，开工典礼在成都武侯祠举行，到第二年秋天，完成了成都至新津的 40 公里土路。

好景不长在，工程进行还没到一半，1927 年，刘成勋被 24 军的刘文辉打败，下野回了老家。好在刘文辉没停下手脚，继续修，151 公里路，修修停停，停停修修，到 1932 年夏天，先后费时近 8 年，派款银近 40 万两的成康路成雅段勉强打通了。

而面对雅安往西的高山荒野，刘文辉也没辙了，工程就此打住。

抗日战争爆发后，蒋介石于 1938 年 3 月电令重庆行营："大规模计划兴修西康省各公路，并拨款尽快先完成川康路……限于二十七年（1938 年）底以前通车。"

由雅入康，历来有两条路线：一条是由荥经经汉源的大路；一条是走天全的小路。大路里程远但施工相对容易；小路里程近施工难度却很高。工程开始，决定走小路。据说，某天全人在工程处里取得了发言的决定力，推动选择了经过家

乡的线路。这种说法在后来查出了工程处的贪污事件后变得响亮起来。

该线路分成 5 段。

第一段雅安经天全至下南坝，长 72 公里，征调雅安、天全各 12000 人，荥经、汉源各 4000 人，名山 7000 人，芦山 3000 人；第二段由下南坝经两路口至龙胆溪，长 36 公里，征调四川省丹棱、夹江、洪雅、蒲江、邛崃 5 县民工共40000 人；第三段由龙胆溪经二郎山垭口至干海子，长 23 公里，由天全县征调筑路及运输民工各 5000 人；第四段自干海子经泸定至冷竹关，长 60 公里，征调雅安、汉源、荥经、芦山 4 县民工 30000 人；第五段自冷竹关至康定，27 公里，征调名山、洪雅、丹棱、蒲江 4 县 15000 民工修筑。

1940 年 10 月 15 日，川康公路工程处主持试车，组织小客车及大卡车各一辆，从天全出发，小车颠簸 6 天，于 20 日终于到达康定。情况不理想。1941 年2 月，交通部又另行组建了川康公路改善工程处到天全，又经过一年，全线算是勉强通车。

据 1940 年《康导月刊》报道，当时的川康公路负责人于试车后在康定对新闻记者发表了谈话，说起工程的艰巨时，提到了伤亡人数，"职员死 7 人，伤10 余人，路工死亡约 3000 人，负伤者约 6000 人"。

《康导月刊》另附有一段记者的文字："近来因为陆续交工了，时常看见他们用竹竿或木杠抬着同伴的尸体回乡去，有些是用布和草席或芭蕉叶裹着尸体，绑缚在一片木板上背着走，另用一张红纸把死尸的头部蒙着，若不见了那一双赤足，简直不知他们背的是什么。抬、背，一天天络绎于途，令人看了，不禁悲从中来。"

五

二呀嘛二郎山
高呀嘛高万丈
古树荒草遍山野
巨石满山冈
羊肠小道难行走
康藏交通被它挡那个被它挡。

二呀嘛二郎山
哪怕你高万丈

　　解放军　铁打的汉

　　下决心　坚如刚

　　要把那公路修到西藏。

　　《歌唱二郎山》是 20 世纪 50 年代最受欢迎的歌曲之一。唱过后，发觉它歌唱的不是二郎山。你看歌里二郎山的形象——古树、荒草、巨石、小道，在今天，这些蛮荒很有滋味，够吸引人的，可在 20 世纪 50 年代，它造成的是人们生活的不便，更是山两边汉藏同胞交流的阻断。这可是负面形象呵！

　　1950 年前的康藏高原不仅没有一公里现成的公路，甚至连一张准确的地图都没有。《西藏始末纪要》里记载了一位探险家对西藏地理的描绘："山有千盘之显，路无百步之平。乱石纵横，人马路绝，艰险万状，不可明志。"

　　新中国成立后，康藏的解放一直是毛泽东主席思虑着的问题。1950 年 1 月 2 日，正在苏联访问的毛主席给国内发回了一封电报，其中有："既然由西北入藏每年只有 5 月中旬至 9 月中旬共 4 个月时间可以通行，其余 8 个月大雪封路不能通行，则由西康入藏之时间恐亦相同。而如果今年 5 月中旬至 9 月中旬不向西藏进军，则须推迟至 1951 年才能进军。我意如果没有不可克服的困难，应当争取于今年 5 月中旬开始向西藏进军，于 10 月以前占领全藏。"

　　刘伯承和邓小平根据毛主席的指示，选定了由张国华率领 18 军进军西藏。决定一下，毛主席又向进藏部队发出了"一面进军，一面修路"的指示。

　　1950 年 4 月，康藏公路在雅安金鸡关破土动工，11 万人民解放军、工程技术人员和各族民工意气风发，在人民共和国的第一个春天里，用铁锤、钢钎、铁锹和镐头，展开了降服险川大河的筑路壮举。

　　为了打通进藏天路，战士们夜以继日地干着，他们用绳索拴着身子在悬崖上开路，在冰河上架桥。如今，在川藏公路的帕龙天险段，万仞绝壁上仍可见到当年 18 军将士用来攀岩凿路的铆钉和木桩。据一位亲历者回忆："康藏公路一路修过来，我们从没坐过车，就是有一两台车也是送炸药、送粮食、送药品的。几个团修路，通一段就走了，再修好一段，又往前走了。就这样一段一段往前倒，背着公路走，到公路通车我们都没坐过汽车，我们就这样一段一段地修路修进西藏，走路走进了西藏。"

　　18 军的官兵们用了 4 年时间，修通了长达 2000 公里的川藏公路，同时也付出了 4963 名战士牺牲的代价，千千万万的车与人在这条路上通过，成百上千吨的货物从这条路源源不断地运进藏族地区。

　　二郎山，是我们需要致敬的地方，不是向山神，而是向那些为打通这条山路

1954 年 12 月 25 日，康藏公路通车，雅安剪彩现场热闹非凡

而艰苦卓绝奋战的英雄，向那些为了这条汉藏通衢献出了生命的英烈。

他们才是《歌唱二郎山》歌唱的对象。

1951 年夏天，西南军区战斗文工团在副政委魏风的率领下，到二郎山一带慰问筑路部队。指战员们的豪情壮志和英雄事迹深深地感动了文工团的团员们，男高音歌唱演员孙蘸白忽然想起由时乐濛作曲的大合唱《千里跃进大别山》中《盼望红军快回家》的一段歌词，情不自禁地哼唱起来："大呀么大别山，满山是茶花。青山绿水好风光，遍地是庄稼……"孙蘸白边唱边想，如果把这首曲子填上修筑川藏公路的内容，一定会受到筑路指战员的欢迎。他把自己的想法告诉了魏风。魏风一听，觉得这是个好主意，就把填词的任务交给了洛水。

洛水欣然接受了任务。很快，《歌唱二郎山》诞生了。

第二天登台演出，孙蘸白深情的演唱让这首鼓舞士气的歌曲赢得了筑路官兵经久不息的掌声和欢呼声。在官兵们的一再要求下，孙蘸白一连唱了三遍才走下舞台。

从此，川藏线的筑路工地上到处可以听到《歌唱二郎山》激昂的旋律。

今天，在泸定、在天全，在雅安，人民始终铭记着 18 军将士们的丰功伟绩和超人的意志，"二郎山"已经成了一种不屈不挠、永远向前的精神符号。

岁月

遥远的光亮

一

我们从哪里来?

这里问的不是生命终极问题,是西康历史的源头。

藏学家任乃强先生在他的《西康图经》里有这么一句:"西康土著,非汉族,亦非藏族也,盖羌之遗裔。"

这种观点在民国时期很普遍,像李亦人编著的《西康综览》、梅心如著的《西康》、翁之藏编的《西康之实况》等都是这么说的。说法来自《尚书》里的"窜三苗于三危"。这话在《山海经》里说得更易于理解:"舜逐三苗于三危。"在后来的《新唐书·吐蕃传》里也有这样的记载:吐蕃本西羌属。

故事发生在 4000 多年前。这件事在《史记》中是这样记述的:"三苗在江淮、荆州数为乱,于是舜归言于帝,窜三苗于三危,以变西戎。"

一般人认为,三苗是居住在洞庭湖边江州、鄂州、岳州一带的百姓,而按《史记》的说法,安徽、江苏也是他们的居留处。这些人凶猛彪悍,心性火旺,总好惹事。当时,恰好遇到了尧要让位给舜,他们不高兴了,心中的火又一次蹿了出来。首领驩兜一声召唤,三苗们聚集而起,造反了。造反队伍一路浩浩荡荡,从洞庭湖一直打到了中原。事最终没成,而他们这样三番五次地"为乱",也惹恼了舜,于是他决定将一大批三苗人流放去三危。

流放身边的倔强豪族去边疆以减小威胁,这是古代统治者通常的举措。

三危在哪?这是一个在学术界众说纷纭的话题,有说是如今甘肃敦煌附近的三危山的;有说是甘肃天水附近的鸟鼠山的;也有说是在今陕甘川三省交界嘉陵江附近的;还有说是在川甘交界岷江、岷山一带的……

学术圈外,大多数人相信第一种说法——敦煌附近。原因简单:旅游知识所致。去敦煌旅游的人多,导游说,敦煌原名就叫三危,莫高窟对面就是三危山。

公元 366 年，高僧乐尊经过这里，见三危山状如千佛，于是住下来开凿莫高窟，也有说是他看见了三危山有佛光升腾而为之，总之，这是个奇异的地方。

按任先生的说法，三危是位于青海西北的一个古国，地处高寒，民众只管放牧，不识农业。流放过去的三苗族人带去了先进的农牧知识与技能，让这里的原住民不再只畜牧，也懂得了稼穑，生活内容变得丰富起来。在长期的历史过程中，三苗人与当地人杂婚混血，演化出了一支高原草地的强族。这一强族就是羌族。汉书里也是这么说的："西羌之本，出自三苗。"

恋土和迁徙都是人的本性，羌人先辈就有过长途流徙的经历。三苗的心火是原生的，很难止息，他们不想固守三危，在势力逐渐覆盖了青海以后，他们选择了往东南拓展，走进了横断山区，在一条一条互相隔绝的高山峡谷间形成了一个个的部落，这些部落有叫烧当的，有叫白马的，有叫丁零的，还有叫党项、白兰、多弥的……按任先生的说法，这些散在于横断山区的部落，当时的学者们称之为西番，他们就是西康的先民。

真是这样的吗？羌人进入横断山区时，那里竟然空空荡荡，虚位以待？

没有原住民吗？

1977 年前，这问题一直没有响亮的回答。

二

到了昌都，不能不去卡若。

1977 年，这个至今看起来仍有些萧索的"卡若"，因为几个工人的机敏，一下子成了天下皆知的名词。而今，它又成了动词，驱动着无数的人纷至沓来。

这里离昌都中心城区有十来公里，过去的卡若村，卡若镇，现在已经是昌都市的一个区了。可是，卡若区在，"卡若"却关着。门口，一座高高的、碉楼似的建筑在阳光冷风中接待了我们，碉楼身上的"卡若遗址公园"几个大字简单地告诉我们，西康最早的一段历史就关在里面。

好在这些故事我已经读过，来卡若，只是想看看环境，站在离它最近的土地上静静地听听那遥远历史的声音。澜沧江就在旁边流过，水流汩汩，似乎在告诉我们：我经历了一切，江边台地上的所有故事我都清楚。突然间，我傻傻地质疑起了人类的能力：我们为什么听不懂江水的声音？

可我听说过这条真理：人类文明大多都是在江边长大的。

卡若在藏语里的意思是"城堡"。传说在元朝年代里，有一个名叫多达的将军看上了这块土地，想征服它。当地居民拒绝交出自己的土地，拒绝投降，他们

全民动员，修筑城墙，坚决抵抗，最终，实力不济，城堡被攻克，被摧毁，只留下了"卡若"这个名字。

历史迭变，卡若不朽。

公园门口那冷冷的碉楼是否就是"卡若"？没有权威解释。我思忖，这就是"卡若"，一个不屈的历史象征。阳光还强劲着，风中的它，直挺、倔傲，身上是典型的卡若石片垒砌，头上戴着一项刮不掉的帽子，让人想起了那些至死不屈的卡若居民。

回到城里，我开始复习之前读到过的故事。

1977年某天晚上，位居卡若村的昌都水泥厂又放电影了。那时放电影，正片前总要加映一些短片，有新闻片，还有一些科教纪录片等等。

那天晚上加映的短片是有关出土文物的。看着看着，有人发现，电影里的那些出土文物和这几天在厂子扩建工地上挖出来的一些东西好像好像。电影一完，几位好奇又性急的工人就打着手电到工地寻找那些被漠视的东西，居然还在。第二天一早，他们带着这些东西搭车到了昌都，走进了昌都文化局。

这些貌似文物的东西在专业人员手里一下就发出了耀眼的光芒。

巧，这时正好有一个西藏文物管委会派出的"文物征集小组"在昌都征集革命文物，就住在文化局。仁青、欧朝贵、索朗旺堆看了工人们带来的东西，问了一些出土时的情况，便迫不及待地同报信的工人们一道赶回水泥厂工地，挖了一条1米宽5米长的探沟，果然，又出土了一些类似的东西。

卡若的发现非同小可，几位专业工作者已经隐隐地意识到，这极有可能是迄今为止西藏自治区境内保存最好、遗物和遗迹最为丰富的一处新石器时代聚落遗址。

1978年，遗址开始试发掘，初试230平方米，不想竟一下子挖出了5座房子，喜出望外的发掘人说，这在他们的考古工作经历中是极为鲜见的事儿。第二年，西藏自治区文管会邀请来国家考古研究所、四川大学历史系、云南省博物馆的专家，联合组成卡若遗址考古队，进行正式发掘。这次发掘成果更丰满，出土了28座房屋、数万件文物，还有大量植物标本和动物骨骼。

2002年、2012年，卡若遗址又进行了两次发掘。

4次发掘，卡若袒露出了它几乎全部的秘密：31座房屋，3条道路，3段石墙，2座圆石台，2座石围圈，20处灰坑，1条水沟，还有3万余件文物，包括石器、玉器、骨器、陶器、粟米、动物骨骼等。

碳-14测定数据昭告世界，这是一处距今5000至4000年的新石器时代遗存，村落延续了至少1000年。

专家告诉我们，在漫长的 1000 多年时间中，卡若居民与周围其他地区的居民有着不断的交往交流和交融。

何以见得？且看卡若遗址的出土——产于南海的贝壳。这是我国史前考古中经常发现的装饰品，它们出现在卡若，意味着卡若居民与我国其他地方同时期的人们有着相同的审美，这大概率是文化相互影响的结果。南方的贝壳出现在这里也意味着卡若同其他部落间有着物品交换的生活习惯。

可卡若、南海，这是多遥远的空间啊，怀疑和想象同时在脑袋里不停地翻卷。

卡若建筑遗存也很有意思：它们同现今康区和川西高原地区广泛使用砌石技术建造的石墙、平顶方形住宅竟像出自同一手笔，于是有人说，卡若遗址房屋建筑是藏族民居建筑的滥觞。我们刚才看到的公园门口的建筑就是这种技术风格的标志。

技术是环境与智力的选择，交流也是一种可能。

据说，卡若最骄傲的一件文物：双体陶罐现在就摆放在拉萨的西藏博物馆里，成了该馆的镇馆之宝。

卡若出土的双体陶罐成了拉萨西藏博物馆的镇馆之宝

我看过这件双体陶罐的图片，奇异美妙的造型以及身上考究的纹饰打动了我。它与我们常见的单体陶罐有着极大区别：它只有一个瓶口，却有两个连接在一起的瓶身，有专家将这美妙的陶罐与古人的图腾联系起来，认为双体与女性的臀部非常相似，表现原始先民对生育、对女性的崇拜。

不管如何猜想，远古人类的美感能力着实令人钦叹。

面对新的历史发现，四川大学教授、四川大学博物馆馆长霍巍撰文指出："卡若考古从根本上颠覆了旧史学中有关西藏早期历史的认识，全面重塑了西藏史前史。"

民国时期，或者说在 1977 年之前，学术界所有关于西康历史的述说都因卡若遗址的发现而变得晦暗。意大利学者克罗齐有著名论说："一切历史都是当代史。"新的发现让我们有了新的历史。西康有了新的历史源头。

霍教授说的"西藏早期"其实就是"西康康区早期"。康是一个历史地理名称，古代的昌都就被称为"康"或"喀木"，这是康区的中心。在行政管理上，昌都曾经属于西康，现在是西藏的一部分。

卡若遗址的发现显示，早在五千年以前，这里就已经有了人类居住，并已形成了初级村落。当地的居民已开始在这里种植小米，饲养家畜，同时也以狩猎狐、青羊、马鹿等作为补充。

三

寻找遥远文明的信使总喜欢在江河边蹀步，就像康德总喜欢在他的"哲学家小道"上漫步一样。

1988年初夏，中国社科院考古研究所四川工作队的叶茂林、唐际根又来到了大渡河边，在汉源县麦坪村的狮子山、麻家山一带蹀起步来。

"蹀步"是有缘由的。1960年，雅安地区地质普查时，曾在这附近采得了100多件石器材料，经鉴定，地质时代距今约2万年，这是我国南方发现的第一个距今10万至1万年前旧石器时代晚期的文化遗址，被中国科学院立了名——富林文化。

"蹀步"是有成效的：他们在这里又发现了古蜀文化遗存的影迹。

2001年，麦坪遗址开始试探性发掘。这时的发掘有点小打小闹，像康德的沉思——思想在流动、在集聚，可还没有火山样的热烈喷涌。

兴奋总会来到。2003年，国家西部开发标志性工程——瀑布沟水电站开工在即，麦坪一带是淹没区。

抢救性考古发掘，这意味着时间的紧要，意味着需要比过去投入更多的人力，意味着需要更大规模的展开，因此也意味着需要有更充足的经费保证。

有人说，这是一场堪比三峡考古的工程。事实也是这样，麦坪遗址考古发掘成了当时四川省考古发掘工作的重中之重，全省最大限度集中了人力物力，两年前就已经开始的"小打小闹"演变成了一场"浩大的工程"。

抢救是从2006年开始的，5年8次发掘，文物工作者发现了商周墓葬及新石器墓葬173座，房址182处，同时发现了陶、石、铜、玉石器上万件，成果显示，这是一处大型的古代聚落遗址。

麦坪文化在很多地方不同于三星堆文化，它有着自己独特的风貌。这里的房屋遗址数量和种类之多，不仅在横断山区，就是放在全国都非常罕见。在这样局促的地带，居然有数量庞大的房屋，不能不让人刮目相看，难怪有专家认为，从考古学上来讲，麦坪遗址的意义甚至大于三星堆遗址。

三星堆的奇特已经让我们有了"外星人"活动的感觉，麦坪遗址意义胜于它，这让我等外行人很难理解，只有"不明觉厉"了。

有人说，汉源麦坪遗址发掘出了一座遥远古代的城市，看这场景似非虚言

在 2010 年 3 月的新闻发布会上，主持人宣布：考古工作者们在麦坪遗址上掘出了一座"城市"。

这是一座距今 4500 至 2500 年的城市，3000 年前是它的繁荣期，年代比卡若稍晚一点，可掘出的房屋却比卡若多得多，竟有 182 座。

麦坪人住的房屋是多样的，有的住着平面呈圆形、长方形或接近方形，用木头和杂草修成类似栅栏的围墙的房屋；有的住着开挖有基槽，用木头做墙壁骨架，上面糊着泥巴的木骨泥墙式房屋；也有的住着泥土垒筑而成的房屋；贫穷的人家则住简陋的窝棚。

这些房屋门的朝向一致，北部墙体处在一条直线上，面前的空间好像我们生活中的街道。专家说，这可能是最早的街道雏形了。

麦坪遗址内还有成片的烧制陶器的作坊区，集中生产，好像如今的高新工业区。居民们使用的陶罐、陶钵、圈足器、平底器，以及尖底杯，都从作坊里产出，但不知道它们是怎样到达居民手中的，分配？交换？还是……

生活区、墓葬区、作坊区划分明确，彰显出当时的麦坪已经有了"城市规划"的概念。新闻媒体也兴奋地拟出了"耸人听闻"的新闻标题——"麦坪发掘出了一座史前特大中心城市"。

专家说，这是一支单独发展的文化，它没在其他任何地方出现过，有着大渡河流域的土著特色。

奇怪的是，同曾经创造了辉煌蜀文化的古蜀人一样，曾经创造麦坪文化的麦坪人也神秘消失了。

遗憾的是，随着大渡河瀑布沟水库的蓄水达到851米，2010年6月，海拔830米的麦坪村大部分土地被淹没，重见天日的麦坪遗址也沉到了20米深的水下。

麦坪遗址的故事就要这样完结了吗？

在当年的新闻中，我看到了麦坪留下的一团团的谜。

200多座房屋基址呈街道状分布，在这个"中心城市"里，是谁在进行规划，其经济生活发达到了什么程度。

为什么死者脚旁放置三个尖底罐？这种尖底罐与我国其他地方出土的完全不同，既没有实用性，又不像祭祀用品。

4000多年前生活在麦坪的人类，是从哪里来的，又到哪里去了，既没有找到麦坪文化的源头，也没有找到它的延续者。

汉源县可能曾是一片海洋，考古人员在海拔830米的麦坪遗址，发现了明显的卵石和粗砂层沉积，这样的地质结构很容易让人想到海洋和湖泊。当地村民中也有传说，称该处以前是一片海洋。

这让我想到了卡若的贝壳，那真是产自遥远的南海吗？

四

西康可不止大渡河、澜沧江，流过这里的还有雅砻江、怒江、金沙江。

从昌都回到雅安，又一则消息惊到了我：稻城发现了13万年以前的大型旧石器遗址。

颠覆又一次被颠覆。

消息来自2021年9月27日国家文物局举行的"考古中国"重大项目进展工作会。会上，相关人士兴奋地宣布：在四川稻城发现了一处面积约1平方千米的旧石器遗址。

曾几何时，卡若遗址公园那黑灰色的碉楼还在头脑中盘旋，而今就又要进入稻城的手斧时间了，

历史，被考察的历史与考察历史的历史，江水激越，滚滚东去。

稻城击中人脑的首先是"香格里拉"。越过谢尔顿的小说，人们对约瑟

2021年，在稻城皮洛发现了13万年前的旧石器时代遗址

夫·洛克的探险经历产生了浓厚的兴趣，重走洛克路，成了一道迷人的旅游线路。

比香格里拉更令人神往的是仙乃日、央迈勇、夏诺多吉三神山，它们不仅雄奇美艳，而且代表着藏传佛教三怙主观音、文殊、金刚手，当年，洛克也因痴迷于神山的绝美而一次次地前往稻城贡嘎。

而现在，又一道古文化潮水涌来，"三危"暗淡，卡若、麦坪逊色，西康历史的源头出现了？

新发现的遗址位于稻城县城附近两公里处的七家平洛村。据四川省文物考古研究院旧石器研究室主任郑喆轩介绍，在2020年10月之前，他们就来过这里。当考古人员爬上海拔超过3750米的阶地时，他们惊喜地发现：那些裸露在地表的"石头"尽管部分风化严重，但依然能清晰看出其中有古人类打制过的痕迹。这些石器包括了石核、石片、工具等，总量竟有200余件。

更让考古人员兴奋的是，他们没有挖掘，在地表就发现了手斧。

2021年4月底，四川省联合北京大学考古文博学院在这里展开了进一步的发掘，更多发现接踵而来。

他们成功揭露出中更新世末至晚更新世以来连续的地层剖面。在发掘探方里，他们清楚地看到，两米多深的地层呈现出了红、黄、灰白等不同的颜色。郑主任说，不同地层对应的时间以万年计，根据测年，即使是最上面的地层，距今至少也有13万年以上。

专家认为，皮洛遗址是一项具有世界性重大学术意义的考古新发现，将在国内外产生重要的学术影响。

在西方考古学界，美国学者，哈佛大学人类学家莫维斯提出的"莫维斯线"被奉为圭臬。莫维斯认为，在旧石器时代，位于该线以西欧洲、中东和非洲地区是早期人类文化的先进地区，标志就是阿舍利手斧，这在当时是一种先进工具，能掌握制造它的技术理应划为先进地区，而位于该线以东的中国等地区，则只能制造简单的砍砸器为特征被划为"文化滞后的边缘地区"。

最近几年，中国考古人在广西百色、洛南等地也发现了手斧体系，然而，数

量较少，技术也稍显粗糙。像洛南手斧，相对粗大，没有去薄、精致的技术。

皮洛遗址发现的手斧惊世骇俗，这些手斧两面对称均衡加工、薄化处理，是在中国甚至东亚发现的最典型、制作最精美、组合最完备、技术最成熟的一套体系，完全可以和西方晚期阿舍利遗存媲美。

莫维斯线已被皮洛手斧抹去。这是一段崭新的世界历史。

专家认为，皮洛手斧不仅扯断了莫维斯线，而且对于认识远古人群迁徙和文化传播交流具有特殊的价值和意义。

亚洲东部包含阿舍利技术遗存的遗址，星星点点分布在印度次大陆和中国广西百色、广东郁南、湖南洞庭、湖北郧县与丹江口、陕西汉中与洛南、山西丁村等地区。皮洛手斧填补了该技术体系的一个关键空白区和缺环，连接起了印度次大陆、中国南北方直至朝鲜半岛的阿舍利文化传播带，意义广阔而深远。

青藏高原，一直因为海拔和高寒环境，被认为不适宜人类生存。因此，学术界曾经的主流观点一直认为，人类在约180万年前以及约15万至10万年前两次"走出非洲"扩散至世界各地，迁徙路线都绕过了这片土地，以致有了"三苗窜三危说"，以后随着卡若的发现，有了人类在五六千年前进入青藏高原腹地的言说。

皮洛遗址的发现，明确了远古人类征服青藏高原复杂的历史进程。按郑喆轩主任的说法，在他们的发掘探方里，最上面的地层至少距今也有13万年以上，以此，专家推测，皮洛遗址最下部年代或许超过20万年。

据报道，与皮洛遗址同时进行的考古调查工作也在原西康所属的理塘、稻城、康定、道孚以及炉霍等5个县域进行，调查中先后发现了旧石器遗址点多达60余处。

西康的历史源头到底在哪里？

又想起了克罗齐的那句话："一切历史都是当代史。"

掀幕人之死

一

到西藏，大多数人都会沿 318 国道行进。

人到高原，会遇上许多考验，目下，在不在理塘住宿就是个问题。4010 米，县城的高度令几个同伴有些心怯，想到要在那里睡上一宿，长长的夜晚，到时不知会发生什么事情，恐惧感油然而生。有去过的说起话来很轻松：没问题，即使有点高反，一会儿就适应了。都说这儿是世界最高城，其实不然，我去过青海的安多，那儿海拔 4800 米呢，晚上照样睡。可人心是肉做的，道理很难解救。最后，强者服从弱者，躲过高城，继续前行。

翻过海子山，前面就是巴塘了。

问过许多到过巴塘的人，知道鹦哥嘴吗，见过鹦哥嘴吗？基本上持否定回答。也难怪，鹦哥嘴是个贮存历史的地方，可观光者的眼睛紧紧粘在自然景色上，对历史大多熟视无睹；况且，鹦哥嘴在巴塘以东，理塘来巴塘的路上，一片蛮荒山沟，车一晃就过了，没见着也挺自然。别说游客不知道，就连当地的一些年轻人也不清楚，走在路上，连问了俩人后，旁边才有一个搭腔的，说：是不是电站那儿啊？周围的人恍然大悟：哦，对，就是那儿！

可对于我，这很重要。想了解西康，鹦哥嘴是个不能丢掉的地方。

鹦哥嘴边的巴塘人有着自己的生活

我们去了。在县城东南三公里处的东隆山脚下。同行的当地人说，这里山地形状很像鹦鹉的嘴巴，我们这里把鹦鹉叫作鹦哥（听他的发音，像是linger），这地方也就成了鹦哥嘴。我眼拙，没看出来，但地方记下了。远眺，东隆山与喇嘛多吉山隔着巴久曲河互相张望着，山高谷深，地势凶险，相见容易牵手难，估计峡谷窄处宽不过 10 米，河水汩汩滔滔，打着漩儿，挤着拥着，向远处流去。

巴塘的老年人说，自打有路起，这里就是进出巴塘的交通要隘，而巴塘则是通达川、滇、藏的枢纽。汉藏官员、商贾客家，来往穿梭，煞是热闹。

现在，人们给了这条路这样一个名字——茶马古道。

唐宋元明清，民国，再后来是人民共和国，一代又一代，人们和马、和茶，还有牦牛，在这条路上走着，走着；光阴也如是，走着，走着……终于，路有了尽头，1958 年 9 月，川藏公路巴塘段通车，路改了道，鹦哥嘴落寞了。

尽管站在阳光下，身子没有了寒意的袭扰，但除了风，身边没有更多的人走动，鹦哥嘴确实有些冷清。附近电站的机器声响没能惊动它，远处忙着收割麦子的农民们也顾不上它，各人有各人的生活，就像许多边远地区的历史遗迹，鹦哥嘴也只能自得其所了。

我查过资料，这里是 2013 年公布的全国第七批重点文物保护单位茶马古道的一部分——鹦哥嘴段，而我们眼前这一片荒山草莽里囤积着的山崖石刻的命名要更早一些，是 2007 年由四川省人民政府公布的省级文物保护单位。

这又能怎样呢？冷清缠绕，摆脱不易。还是寻找一下历史的遗物吧。毕竟，鹦哥嘴留下的不仅是我们已经读到过的那些文字和听到过的一些传说。

最先见到的是刻在一块巨石上的"竺国通衢"。刻石有三米多高，长大概有六七米吧，字雍容肥厚，看界面，是清朝道光六年的遗物，按公元，该是 1826 年。竺国，指的是印度，竺国通衢，自然就是通往印度的道路了。据当地方志记载，"竺国通衢"的路段是自巴塘县城向东南方向，沿巴久曲河谷地往前延伸，大约有 50 公里，路宽 1.2 米到 1.5 米。自打有了新路，这老路就逐渐地堕入了苍老荒凉的生命之境。

往前走，电站旁边一处石壁上，

历史远去，边军将领罗长裿的崖刻《易简师超》似乎有些冷清了

有人着意在那儿打磨出一方地盘，刻下了"易简师超"四个字。比起"竺国通衢"的雍容，"易简师超"显得瘦削刚劲一些，也更个人化一些。

这是清朝宣统元年的事儿，也就是1909年吧，字是边军五营统领罗长裿写的。

在湘西王陈渠珍的《艽野尘梦》里，我见到过这位边军统领。罗统领也算得是个志向高远的人物了，身为名将之子，身处边远康区，他没有因循苟且，颓丧萎靡，却是暗下决心，要像出使西域的班超那样，改造这里的文化空气，"易简师超"就是他朝向天地的呐喊。

罗长裿学习班超是全方位的，当然也包括了班超那不拘小节的脾气。治军严厉得罪人，这在罗统领那儿是常有的事。1911年，清朝崩塌的消息传到拉萨，边军军心混乱，袍哥势力在军中疯长，罗长裿正要准备严厉处置，不料袍哥头领们倒先下手，杀了他们的罗统领。一段时间里，罗长裿的死是个悬案，有说是皇族将领钟颖风闻将被罗取代，指使人杀了他，还有人说是陈渠珍杀的，此案诉到了袁世凯处，最后是以处死钟颖为结局。这已经是1914年的事了。

山道转弯处，山坡上挂满了各色的经幡，风大，经幡也跟着使劲地摇荡，有蓝天作背景，景致好看。山坡下，古道依稀可辨。

抬头，半山，几十米高处，"凤都护殉节处孔道大通"刻字很惹眼。

字是由清朝光绪时期的川边学务总办吴嘉谟题写的。这是将不同的两个事件分两行刻在了同一片崖壁上。下面的"孔道大通"同"竺国通衢"意思一样，都是为道路的开通庆祝纪念。而上面的"凤都护殉节处"几个触目惊心的大字则唤醒了一个100多年前的血腥故事。正是那场战事将赵尔丰、尹昌衡、刘文辉等一干人物引进了康区的历史，也因此有了更多的西康故事。

二

早前上历史课，粗略地知道了"土司"这个词。唐宋时期，各朝统治者在西南、华南等少数民族地区设置了许多羁縻府州，任命当地部落首领为世袭的官长管理地方，取名叫刺史、知州之类的，以此划定了中央王朝的势力范围。元朝后，这种"以土官治土民"的羁縻办法逐渐形成了成体系的土司制度，土司的官职名也有了改变，变成了宣慰使、宣抚史、安抚史、招讨史、千户、百户……不一而足。在清代，宣慰使司的职衔是从三品，宣抚使司为从四品，安抚使司为从五品，够显赫了。

让既有的生产方式亘古不变，只管征税纳贡，既省去了管理的烦心事，又可

以满足高高在上的"太上皇"心态，何乐而不为呢？对于中央皇帝，有时赏赐的比接受的还多，却心满意得，毫不在乎。

到了清代，尽管土司制度在全国已渐趋瓦解，但在康区，由于其紧靠西藏，朝廷一直"宽大为怀"，没对这里的土司进行改土归流，据统计，这里大大小小的土司有138家，最大的是这4家：明正、理塘、巴塘和德格。

进入20世纪，清朝走到了生命的擦黑儿时段，年轻时的光辉逐渐昏暗。沿海，西方列强的勒索一阵紧过一阵；而在西部，列强的逼迫也在边疆出现。英国已经占领了印度、缅甸，将铁路修到了印度的大吉岭，火车的隆隆声响已经震动了西藏以至整个康区。一个接着一个的危机涌来，朝廷感受到了从来没有过的慌乱。

一旦英国人进入西藏，四川怎么办？

光绪二十九年，也就是1903年，有人向朝廷献策，认为改变尴尬局面的办法是在川属土司的地盘上"因垦为屯，因商开矿"。这意味着要改变康区历朝历代走廊通道的性质，要在这里竖起篱笆"扎寨经营"了。

比这更激进更详细的改革主张，几年前的川督鹿传霖就提出过了，他要改土归流，可是朝廷举棋不定，加上同僚——庸碌懈怠的成都将军恭寿妒忌诋毁，鹿总督的主张不但没被认可，自己还下了台。不过，官没罢，卸了总督职位，鹿传霖又坐上了比之更有权势的军机大臣椅子。啧啧！

在国防危机之时，把社会改造作为一计，内外兼修，真的行吗？如今朝廷慌不择路，随手将这"办法"甩给了刚刚上任的四川总督锡良，要他"察看情形，妥筹具奏"。

锡良是1903年7月16日到成都的，20日，"办法"接踵而至。思忖下，他将"办法"抄给了布政司、商务总局、盐茶道、按察使司、洋务总局、矿务总局一干部门，让他们去会商，这算是"察看情形"了吧，而"妥筹具奏"如何了呢？一个多月过去了，各方的答案是：行不通。锡总督没有责备部下，为啥？这答案同他的思想不谋而合。比起鹿传霖等一些激进人物，锡良在处置西藏和康区事务上怀揣的是一颗谨慎的心。可能他也意识到，面对国防危机，稳定内部至关重要。

可刚上任，对上谕就这样，怎么行呢？这可难不倒老官僚锡良。他让人把各部门的意见整理出来，那可是好大一堆呢，够有说服力了吧；不够，行动也还得有：在条件较好的巴塘辟出200亩地试行垦务，如此云云，回复了上方。

其实，新总督重视康区建设的行动还是很快的。三个月后，1903年10月29日，锡良上奏，将原属雅州府的打箭炉同知升为直隶厅，不再属于雅州府直管，

巴塘老人说，自打有路起，这里就是进出巴塘的交通要隘，现在改了道，少有人光顾了

这样，遥远的巴塘也脱离了雅州府的管理而隶属于打箭炉厅了。四川矿务局派出的官员也去到了巴塘，同巴塘文官粮务委员吴锡珍、武官都司吴以忠商议规划起了垦务工作。

1904 年，工作有序进行。2 月，巴塘《开办垦务六条清折》送到了锡良处，绿营兵出动了，从雅州府募集的垦民也到了……

而这时，西藏方面竟日益紧张起来，形势发展比锡总督的行动更快。英军上校荣赫鹏率领的人马正在向江孜挺进，刚上任不久的驻藏大臣有泰按朝廷意思，努力劝说达赖喇嘛（此时该是十三世土登嘉措吧）采取谈判方式解决同英国人的问题，土登很干脆——拒绝；有泰又电传锡良，希望能派出 4000 军队，以此胁迫土登同意谈判，得到的回答还是拒绝；更不幸的是，早说好移驻察木多（昌都）的帮办大臣迟迟不到任，而今出现问题，连个商量的人都没有，有泰难了。

终于，拖到 5 月 21 日，久居成都不愿到岗的驻藏帮办大臣桂霖发声了：我眼睛有病，无法工作，请求解职。他的职倒是卸了，可这匆匆忙忙的，一时间，谁上呢？

三

凤全。前川督岑春煊推荐。

凤全是谁？这儿有他的基本档案：满洲镶黄旗人。同治十二年（1873年），以举人出身捐官到四川，先后在开县、绵竹、蒲江等县和崇庆州、邛州、资州、泸州及嘉定府、成都府做官，从知县当起，一直干到了知府。

这人精力充沛，工作勤勉，深得上司信任。前后两任川督——鹿传霖和岑春煊就曾分别向朝廷反映，一个说他"性情劲直，办事勤能，治盗安民，立志向上"，一个说他"明决廉能，胸有经纬"。这样，凤全早早就在朝廷挂上了号，升职是迟早的事儿。

到四川20多年了，凤全虽然没在藏事一线工作，但他这个层级的人物对边藏危急应该也有风闻。如今被任命为驻藏要员，凤全着实感受到了朝廷的春风在心中荡漾，禁不住踌躇满志，巴望能早日上任。艰苦的地方易于建功立业，这是常识，对于凤全这样热情浩荡的人物，职位的到来恰是梦寐以求。他当时的心情，当任川督锡良有这样的形容，"自蒙简擢，感怀时局，激发忠诚，即有奋不顾身之慨"。简擢，就是提拔的意思。

一个豪气充溢的人物就要到一个陌生的地域去把控形势，固边经营，气概令人钦羡，但忧患忽隐忽现。据说，凤全在资州、泸州、嘉定府等地当政时已暴露出性格中的刚愎自用，直而少委蛇，更致命的是性急，易发火，这些都躲藏在他的政绩与光荣后面，少人揭露。这也许是八旗子弟的优越感在作祟，据说他还是某亲王的亲戚呢，也可能是性格使然。这一路西去，凤会继续怡然还是将陡升凛冽，不知道。

1904年8月8日，凤全离开成都，走到打箭炉几天后，消息传到，英国人已经攻进拉萨，达赖逃亡去了蒙古。他不由加快了自己赴任的脚步。

11月18日，凤全到了巴塘。

从打箭炉过来，折多山堆满积雪，高尔寺山仍然积雪，到了剪子弯山，还是积雪，一路茫茫，满目苍然。翻过海子山，下到山脚，突然，一片绿色光亮铺满了他冻僵的眼帘。"上有巴塘，下有苏杭"，不知这话的来处，但它确实是凤全这时的心境。

听过粮员吴锡珍等试办垦务的报告，凤大臣心里开始长出翅膀，有了新的计划。

他不想离开巴塘了。

　　尽管在吴锡珍等的努力下，垦务试办工作超过计划，达到了 300 余亩，可凤全的心更大，一下提出了在三四年内开出水旱田地 50000 亩的目标。

　　天哪，这怎么可能！吴锡珍的眼睛一下瞪大了。是的，康区地域广阔，可这些地都已划给了土司和寺庙。在这里，山是神山，地是庙产，这 300 亩是好不容易才从他们口袋里掏出来的，现如今一下子要提升 160 多倍，行吗？

　　庙产，庙产，这正是凤全耿耿于怀的事情。按傅嵩炑在《西康建省记》里的说法，康区的土地一半归了土司，十分之一进入了寺庙。寺庙有着广阔的土地，掌握着大量的贸易，还有不错的放贷收入，经济实力强大；更重要的，喇嘛是这里精神的权威。对于大多数当地老百姓，宗教已经成了他们生活的重要内容，日常的宗教行为需要引导和帮助，谁能承担此责任？当然是寺院喇嘛了。

　　凤全不信教，不了解康区百姓的情感，来到康区时间不长，对这里寺庙强大的势力反应强烈。听说，在他到来之前，丁林寺的喇嘛就为垦地一事同粮员吴锡珍等发生过冲突，他来巴塘后，又发生了巴塘法国传教士蒲德元被劫的案件，虽然劫案发生在里塘地界，但风闻劫匪与巴塘丁林寺有关……这样的处处掣肘，令他反感至极，凤全认定，遍布康区的寺庙就是改革的障碍，祸患的源头。

　　他制定了对寺庙的限制：凡土司地方，大寺喇嘛不得超过 300 名；以 20 年为期，暂缓剃度；年龄在 13 岁以下的喇嘛，由家属领回还俗。

　　这其实不是凤全的发明。180 年前，抚远大将军年羹尧在平息青海蒙古和硕特部罗布藏丹津叛乱时，发现青海、甘南等地有许多僧侣参加了叛乱，为稳固平叛成果，防止寺庙势力坐大，提出了"寺庙之房不得过二百间，喇嘛多者二百人，少者十数人，仍每年稽查二次，令首领喇嘛出具甘结存档"等措施。清廷当时虽然批准了此事，但实际上藏族地区各寺庙并未严格执行。不久，年羹尧被处死，此事成了流案。

　　凤全决定再施此招。

四

　　这投向寺庙的炸弹会飞向哪去呢，很多人都在观望，而寺庙里的人不甘就范，他们密议着，阴谋逐渐长大。

　　凤全依然在热情地、一厢情愿地工作着。招来的兵士穿着洋装，敲着洋鼓，扛着洋枪训练着；垦务忙碌着；新的计划也在拟定：察木多实在贫瘠，没地可垦，也没人可用，缺乏必要的物质基础，不能作为行政驻地，而巴塘正好。以后他要一半时间在巴塘，一半时间在打箭炉。

69

他要把改革重心放在巴塘。

这样，其身份还是驻藏大臣吗？巴塘可是四川属地啊。有人说，他这是在打小算盘，想离拉萨远一点，让自己施展抱负的空间大一点。我倒不这么看，这么耿直的哥们儿不至于那么小心眼儿吧，恐怕是好大喜功、刚愎自用的毛病复发了。不管怎么说，提议没通过，朝廷的回复是"着仍驻察木多，妥筹办理"。

但凤全没动，仍我行我素，继续留在巴塘施政。看来，他是要将他主张的三件事——招勇练兵、屯垦、限制藏传佛教势力在巴塘——落实。刚点燃的火岂能熄灭，一定要烧出个名堂来，建功立业、建功立业，这理想一直笼罩着他，控制着他。

当凤全在12月21日把他的计划上报以后，康区最敏感的一根神经跳动了。风暴袭来，喇嘛不断地在各处垦地骚扰，法国教会的牧师也受到了攻击……

抛向寺庙的炸弹飞了回来。一天，又一天，各种袭击就没有过停歇。凤大臣意识到了事态的严重，新一年的2月19日，他飞报打箭炉，请求刘同知派兵增援。这时，他仍然自大，请求的不是大兵，而只是他离开打箭炉时暂留在当地的50名警察兵。

2月21日、22日，巴塘正副土司及丁林寺所属地盘上突然聚集起了500多人，一阵抢掠后，人群又去到了巴楚河谷的茨荔陇垦场。茨荔陇是凤全最看好的一片土地，丁林寺喇嘛却说那是神山，不可动。凤全不认，招来了一些汉人，强力在那儿开垦。

面对骚扰，凤全不屑谈判，直接派出兵丁弹压。可吴都司手边没几个兵，闹事的人太多，火没法扑灭。

这样的场景在我们生活的时代也不鲜见。而在1905年初的巴塘，它被新任驻藏副大臣凤全遇上了。眼看乱局没有好转的影迹，这位高高在上的人物有些手足无措了。

随着山间寒风的凌厉嘶吼，寺庙里的阴谋变成了光天化日下的行动。

28日，闹事的人已经有了3000多。当晚，他们按计划分头行动：一部分人烧毁法国教堂，绑架牧师；一部分人封锁街道，阻断朝廷驻巴塘官员士兵的集中；还有一部分人则径直扑向凤全住所。在都司衙门，吴都司、秦委员等十余人寡不敌众，殒命阵亡。钦差行辕设在粮台，可粮台也不安全，凤全被兵丁护拥着，转移到了正土司罗进宝的官寨。

闹事者不依不饶，又紧紧地围住了土司官寨，还不时地在官寨外面放枪示威。

官寨内，正副土司罗进宝与郭宗札保两弟兄"苦口婆心"地游说着凤全：形势太乱，这里太危险，希望大臣快些离开巴塘，至少先去理塘，这样风暴才有可能停歇……迫不得已，一向威风八面的凤全放下身段，听了土司的建议，同意离开巴塘，返回打箭炉。

3月1日，还没到达察木多岗位的凤大臣要往回走了，这对于怀揣着建功立业雄心的强势人物凤全来说真是难堪啊，可事已如此，也只有这样了。兴许他正想着，哪天老子又杀回来呢，毕竟自己设计的大树还没茂盛啊。

他带上随员和兵丁50余人走出了土司官寨大门。粮员吴锡珍出现了，他拦住凤全的轿舆失声痛哭，不愿放行，说是担心有诈，这一去恐怕凶多吉少。旁边的罗进宝土司说，没事儿，有我护送。

凤全不傻，知道这土司不喜欢他，前些日子，他可是用烟杆头敲着罗进宝的头狠狠地斥骂过的呀，他心里清楚，他们不是一路人，可他堂堂朝廷大臣，高傲着呢，直而少委蛇的尾巴又露了出来。他没接受吴锡珍的劝阻，跟着土司的马队出了巴塘城，钦差大臣的优越感还在作祟。谅他们不敢把我凤老子怎样！这是他经常挂在嘴边的话。

出城不远，罗进宝人影不见了。队伍却没停，继续走着。不到一个时辰，到了鹦哥嘴。山开始聚拢，两山之间，风呼啸而过，音调凄厉；太阳冷冷的，没劲，似乎察觉到了要发生什么事儿。

凤全在轿里坐着，看不到他的形象和思考。

突然，有石头从山顶滚落下来，石块越滚越多、越来越多……枪声和吼声四下响起。凤全落入了圈套。

几个月来，凤全的天空中一直是他那掀动康区变革大幕的手在不停地挥舞，一直是功绩与荣誉的旗幡在浩然飘荡，没有一丝丝严酷的影子。不是没有，是被他倨傲的心给滤掉了。而今，面对眼前这不可挽回的局面，他的倨傲与刚直仍然硬撑着，他只有与自己的事业同归于尽了。凤全走出了轿舆，让护卫的兵士们各自逃生去，自己则向着北方——那是他来的地方——一次次地稽首叩拜，直到被枪弹击中倒下。

掀幕人死了。

五

吴锡珍是第二天才听到凤全被杀的消息的。他知道巴塘惹下了大祸，赶紧请人转告正副土司，要他们设法遣散闹事群众，将凤全的尸骸运回城内，赶做棺木装殓，暂时停在城内的昭忠祠内；都司吴以忠、委员秦宗藩等的尸身，抬到城隍

庙内，雇木工做棺装殓；其余卫队死者50余人也分别埋葬。

想不到的是，当天午后，一大群人涌进了粮站，向吴锡珍递交了四份"公禀"，请他转禀打箭炉厅的刘大人和远在京城的大皇帝。

"公禀"控诉凤全教练洋操，袒护洋人，应以诛戮，而且宣称：他们的行动是为国除害，出于无奈，请求上方善办此事，不要发兵剿杀；如再派官兵进来，百姓已发咒立盟，会将东至里塘，西至南墩等十余个朝廷粮站全部捣毁，来往公文一概阻挡。"公禀"发誓，就是官兵将巴塘斩草除根，他们也无所遗憾。

"公禀"上盖了正副土司印信和各乡村头人的图章。显然，土司与丁林寺堪布等早已串通一气。并且，他们还派人把住了巴塘通往外界的险要隘口，造成了实际上的"此路不通"。这样，打箭炉厅接到此噩耗已是事变发生半个月后了。

巴塘早就是四川属地，百姓对中央大皇帝十分忠顺，要想令他们起来公然反抗，甚至杀死大皇帝所派的钦差大臣，不是一件容易的事，只能另想他法。

凤全带卫队进到巴塘时已是清政府下令"新政"的第四年了。新政下的"新军"训练就是下洋操、行洋礼、敲洋鼓、舞洋枪，这同以前进藏的那些穿红色号褂、吹莽筒大号的清军全然不同，加上凤全蓄着金黄色的胡须，与驻巴塘的法国神父竟有些相似，说他不是钦差而是洋人的帮凶，这极易迷惑当地的百姓。

事实证明，这招奏效了。

其实，百姓后面，对峙双方都明了，这是现实利益的角逐，是守成与改革的较量。如果说，之前鹿传霖等人的建议与措施是徐徐扯动康区改革的序幕，那么，凤全就是急切地掀开了幕布，可惜还未来得及登台开唱，演出就谢幕了。

真的谢幕了吗？

凤全之死，打箭炉震动、成都震动、清朝廷震动。军机大臣奉了光绪皇帝的上谕，电令川督锡良，派出得力干将，飞驰前进，察看情形，进行剿办。

凤全之死也让锡良的求稳态度发生了改变，改革的火也在他那儿燃烧了起来。看来，康区社会的大变革已经不可避免。

风云突变，历史就要有新的选择——赵尔丰登场了。

据说，凤全死后，曾有一出叫《寒窗梦》的剧目在成都上演，情节悲恸感人，说的不是凤全，却是凤夫人的事。

凤夫人姓李。凤全死后，她带着儿子，千辛万苦，一路奔波，到打箭炉取到丈夫的尸骸，回到成都，向昭觉寺购得驷马桥一带土地80亩，10亩治茔建祠、余下的出租，用于建茔祠开支。此后，一千多个日日夜夜，她事无巨细，亲力亲为，含辛茹苦，心力交瘁。终于，在凤全死后的第三年，茔祠落成。

典礼完毕，深夜，凤夫人将诀命诗放入奁匣，自己悄悄地走到祠南隅荷花池边，去了。

两个不第秀才的西康梦

一

我喜欢在傍晚阅读旧史籍。

夕阳穿过阳台上的花草，洒落在茶几中间的那些旧书上。温煦的光影瑟缩着，游走着，情致暧昧，让人想起米兰·昆德拉小说《不能承受的生命之轻》里的那句话："橘黄色的落日余晖给一切都带上一丝怀旧的温情，哪怕是断头台。"

《西康建省记》这时正感受着落日的温情。这不是一本文学类书籍，书中的内容没有文学家抒写得那么浪漫。可它提出的"西康"一词，划破长空，震烁一时，尔后竟成了无数人念念不忘的一段历史。而今，在这段历史快要沉落的时候，它出现了，它躺在阳光的残辉里，书里那些诉说，那些曾经热烈滚烫的历史已经慢慢老去，正像这徐徐褪去的阳光，不温不火，隽永。

太阳落山后又会升起。历史一样，不会消失。

书不是原版，是根据1968年台湾成文出版社版本再做的影印本，上面记录着，原书由中华民国元年（1912年）9月四川官印刷局排印。作者叫傅嵩炑，四川古蔺人。

傅嵩炑以《西康建省记》记述了他和赵尔丰在西康的努力

古蔺，这是郎酒的故乡。

光绪二十一年（1895年），26岁的傅嵩炑终于考上了秀才，可混乱的社会打断了他读书的节奏。心境坏了，很难扶正，他得另找出路。这时的古蔺属永宁道，唐朝以来一直属于羁縻州，是土司管辖的地方，民风彪悍，动乱阵阵。生在这样的地界，要想潜心读书，走科举之路，难！傅秀才决定改弦易辙，放弃柔弱的书本，改以强力来护卫现实生活。

很快，一支由这位不再"追求上进"的秀才作团总的团练队伍组建了起来。队伍护院守家，打击盗匪，古蔺境内社会治安大为好转。傅秀才也走上了另一条为社会服务的路：乡邻的矛盾过节，他出面调解；街道毁坏，他倡导乡绅整修……

傅嵩炑成了地方名人。

1903年，跟随锡良来到四川的赵尔丰当上了永宁道道员，奉命率军到古蔺"剿匪"。大军到来，傅嵩炑仗着人熟地熟的优势，为赵尔丰出谋划策，"进剿"很快获得胜利，傅嵩炑也收获了赵尔丰的情谊，两人由此建立起了亲密的关系。

1904年，赵尔丰转到建昌道就任，他希望能带上傅嵩炑。傅嵩炑也意识到了这是他生命的重要转折，35岁，阳光该升起了。

他答应了。惺惺相惜，两个不第秀才走到了一起。

同书中的主角赵尔丰一样，傅嵩炑也是个能力极强，且有抱负的人物。赵尔丰选择捐官之路，在实际工作中节节进取，而傅嵩炑则在情势混乱的家乡，毅然放下书本，组织起了保乡为民的团练队伍，解民于涂炭。对于有志向的人，科考不是唯一的人生路途，失意只能影响一时的情绪，所有不幸都不能熄灭掉两人积极向上的人生热情，反而化作了他们在事业上的孜孜努力。

西康建省是什么时候开始的？这是许多人感兴趣的问题。按《西康建省记·序》中"今者西康建省六载"一

建昌道道尹任上的赵尔丰脸颊尚显丰腴

说，答案应当是 1906 年，即清政府设置川滇边务大臣并由赵尔丰担任此职务开始。

何谓川滇边？它由两段历史事件造成。

公元 1700 年，打箭炉营官昌侧集烈野心膨胀，发动叛乱。他霸占打箭炉地盘，盘剥来往商旅，苛虐周边土司，甚至杀死了炉区明正土司奢扎寨巴，不仅如此，喋巴昌侧集烈竟然还越过大渡河举兵东进，骚扰雅属汉源、宝兴、天全等地方。

川陕总督席尔达上疏请求讨伐，希望将他驻扎在泸定化林坪的部队移驻到打箭炉，并派参将李麟督兵前往镇压。然而，叛军并非俎上之肉，官军受阻，只能与叛军隔大渡河对峙。到了年底，清廷再度发力，由四川提督唐希顺领兵进剿，到 1701 年初，叛乱平息。

该次战役，清军收复了 50 多个蕃民部落，将他们归属于四川，称为西炉。

另一段历史发生在 1723 年。青海蒙古和硕特部右翼首领罗布藏丹津趁康熙去世，镇守西宁的允禵回京奔丧之机，发动叛乱。清廷命年羹尧、岳钟琪等率军镇压，次年平定。

这次平叛又收复了康境百余部落。

庆贺胜利之余，新登基的雍正帝慨然允诺，将宁静山（今西藏芒康一带）以西赏给达赖，称为西藏；山的东面作为四川管辖的土司地界，称为炉边。

西炉和炉边合称川边。

而在康区南部，巴塘以南的维西、中甸等地属于云南，称为滇边。

这样，在青海、四川、云南、西藏之间，一个被一些人谑为"边角余料"的地盘出现了，这就是赵尔丰即将接手的"西康"地界。

二

《西康建省记》讲述的是一段在康区闹得沸沸扬扬的历史。1905 年，钦差大臣凤全在巴塘被杀，使得清政府正在酝酿的康区改革受到了严重挫折，事件也使大清朝形象坍塌，颜面扫地。尽管造反者说，他们反的不是清政府，而是洋人，谁叫凤全长得像洋人，做派也像洋人呢？这都是托词。上年，英国人闯进拉萨，清政府再没能像过去横扫廓尔喀人那样迅速出兵，而是不知疲倦地劝说着达赖同英人谈判，这就让造反者生出了这样的感觉：清政府没过去那么强大了，碰一下能怎么样呢？

他们这样做了。

　　可他们没想到，清政府虽在衰落，但面子是不能这么伤的。他们也没料到，他们的行动竟促使一直在对是否马上在这块土地上施行改土归流犹豫不决的清政府下定了决心，正如凤全被杀第二天，粮员吴锡珍对着这些土司们说的：事情闹大了，不好收拾了。

　　凤全死后半月，清廷获得信息，立刻将雅州府知府联豫调往西藏，接续凤全之职，同时向锡良下旨："委明干晓事大员，添派得力营伍，飞驰前进，查察情形，会同马维骐分别剿办。"同过去的迟缓延宕相比，这次可是雷厉风行，迅捷多了。

　　迅速的不止朝廷。一向对藏事持谨慎态度的锡良也怒了，接到命令后，没再像一年前那样审慎调查研究，而是立马通知正在泰宁（今道孚）处理金矿乱事的提督马维骐作为前驱尽快赶往巴塘，同时派出建昌道赵尔丰为后援跟进，驻藏大臣参赞钱锡宝襄助，剿杀戡乱。

　　巴塘进剿还算顺利，只是在理塘雇用乌拉时，遇到了正土司四郎占兑的抵制。这四郎占兑是巴塘土司夫人的私生子，他拉上副土司一道，命令头人们不支乌拉。"乌拉"是藏族的说法，就是为官府服劳役。没有劳役，在横断山区，粮草没法转运。

　　面对窘境，赵尔丰没有犹豫，当即杀了两名头人，将土司四郎占兑逮捕就地关押，副土司则被看管着随军前行，乌拉改由毛丫和崇喜两处土司调遣，问题得到解决。

　　赵尔丰到达巴塘时，马维骐已经杀了两位土司。还记得《掀幕人之死》中的罗进宝和郭宗札保吗？就是他俩。赵则继续杀戮，寺庙的堪布喇嘛及凤全事件中的主要人员都被剿杀。

　　傅嵩炑在《西康建省记》的《巴塘改流记》里是这么写的：

　　锡良奏派提督马维骐、建昌道赵尔丰，督兵攻剿，赵为后援，镇摄理塘，马为前敌，直捣巴塘，于六月十八日将巴塘克复，擒两土司而诛之。赵尔丰于八月初间抵巴塘，杀堪布喇嘛及首恶数人，祭凤全与两司铎。因粮运不济，马维骐率兵回川，赵尔丰搜剿余匪，办善后，乃派兵剿七村沟，救平后，清户口、查地亩……

　　赵尔丰依仗着强劲的武力，很快就稳定了巴塘局势。这是赵尔丰第一次进入康区执行任务。

　　凤全的死是改革既有制度的一次敲门，但门没敲开，只响了一下，敲门人被

杀了。

如今，赵尔丰来了，他不再敲门，直接把墙给推倒了，改土归流成了一桩正大光明的事情，同意者，改；不同意者，用武力强迫改。

《西康建省记》就是一部康区改土归流的史记。

夕阳还亮着，读书继续，历史继续。

三

巴塘既定，接下来就该是理塘了。理塘正副土司都在赵军笼中，改流应该是既定程序中的事情。

不料，赵尔丰突然接到川督锡良和四川将军卓哈布会衔来电，说是关押在理塘的土司四郎占兑杀伤看管人员，越狱逃跑，缉捕未获。现听说他已逃往稻坝，勾结乡城桑披寺喇嘛普中扎娃，聚集起了两三千人，准备与清军对抗；四郎占兑还在稻城啸聚人枪，声言要乡稻联合，进攻巴理二塘。

这位普中扎娃早有前科。1897年，桑披寺与理塘的长青春科尔寺发生械斗，清廷派理塘都司李朝富前去调停。谈判破裂，普中扎娃为泄愤，将李都司和随同他一道前往的两个儿子一并杀害。听到噩耗，当时的川督鹿传霖迅速派遣游击施文明前往剿抚，不幸，施也被俘。施文明死后被剥皮贯草，悬在寺门外示众，然后作为年底驱鬼节庆时逐祟斩杀的道具，残忍至极，骇人听闻。之后，普中扎娃愈加骄横，"掳掠抢劫，任意纵横，人民受其害者不知凡几，以致商旅裹步"。这是赵尔丰的描述。

来电命令赵尔丰"速率所部驰往乡稻，相机抚剿"。赵尔丰改变了行动方向，暂时搁置理塘，先取乡城。

理塘、巴塘，一路顺风顺水，随心杀伐。赵尔丰怎么也没想到，在乡城，自己竟遇到了康区最惨烈的一场战役。

这就是发生在1905—1906年间的桑披寺之战。

时值冬令，草枯雪深，行军艰苦，尤其是粮草运输尤其困难，军士们只有自己背负着粮食前进。

部队走到一个叫火竹乡的地方，遭遇了普中扎娃提早布防在这里的地方武装。仗打了几天，地方武装的土枪实在难以同边军的七子快枪抗衡，死伤惨重，只能退到桑披寺里。

桑披寺是西藏著名的甲登寺属下寺庙，修筑在桑披岭的山腰上，四周的围墙有六七尺厚，高有两三丈，貌似城郭，因此，该地取名为乡城。

普中扎娃带着他的人马闭门坚守，赵军一时难以攻下，只能死死围住，盼等寺里粮尽自溃。半年过去，形势依旧。桑披寺里粮草充裕，安然无恙，而赵尔丰军中却快断粮了。他四次急电川督：粮草、粮草、粮草……却无回音。赵尔丰心里有些发毛了。

怕什么，来什么。1906年2月13日，运输员杜文杰来报：每次电报专稿都在半路被打劫；四郎占兑的人马抢去了400驮粮草，还截断了粮道。

当时，官军的电报只能通到河口（今雅江）。

到了4月，官兵们已经开始到处寻觅树皮草根，杂以苞米牛皮，煮食充饥。赵尔丰到各营巡视，见此情景，忍不住泪水扑面。

普中扎娃趁火打劫、落井下石，知道赵军断粮，时不时地骚扰攻击，使饥饿的赵军倍感艰难。伤神的事接踵而至。一个被河口局以重金买通的当地人送来了川督电令，老上司锡良毫不客气地斥责赵尔丰："挟故自重，攻占不力，久围无功，虚糜粮弹。"

是啊，围城已经半年多了，却毫无进展。而今，粮草被劫，粮道又断，眼见官兵忍饥挨饿，如何是好？万一有兵士忍受不了，哗变逃跑，其他人闻风响应，全军覆没恐怕是大概率事件了。怎么办？赵尔丰内心惶惶，寝不能寐，一夜之间竟愁白了须发。

文案傅嵩炑突然想出来一计，说寺里僧众不下千人，藏族人主食糌粑，喝茶特多，水消耗量很大，可这么长时间却没有缺水，一定是有寺外水源流入。当下最好的进攻方式就是寻找这水源，断绝它，寺里没了水，城不攻自破。

赵尔丰愁眉舒展，脸一下亮堂起来，马上带领十来个亲兵，到寺庙后面山上寻找水源。山上乱石纵横，荒草没胫，一连几天，没有结果。

形势像钝刀，一分一秒地割着赵尔丰的心。正在众人沮丧的时候，突然听到一声"有了"。一个亲兵偶然踩到了一片松土，腿陷下去了好长一节，他把耳朵贴近地面，竟听到有咕咕的水流声音。大喜过望的赵尔丰赶紧叫人挖土，挖到两尺多，发现了一铜管，有水流进管口。他让兵士们挖出一条沟，把水引向了他处。

这下轮到寺庙里慌乱了。断水赛过了断粮，口渴比饥饿更难熬，有人干脆将酥油当水喝，可这却是饮鸩止渴，越喝越渴。

慌乱中的普中扎娃派了几个人，悄悄从城中缒下，去稻城求援。风向转了，这回是赵军截获了信件。赵尔丰让兵士穿上藏装，扮成援军，涌向寺庙。这时，普中扎娃已经忍受不住，上吊自缢了。没了首领的僧众乱作一团，见有援军到来，顾不上辨别真伪，立即开门迎接；更多的则是蜂拥而出，争先恐后地四处寻

找水喝。赵尔丰早有准备，凡有水的地方，兵、枪候着，干渴至极的僧众已顾不上这些了，见水就伏地牛饮。

据《西康建省记》说，有百余人就在这样的场景中死去了。

回过头，赵尔丰要找劫了他粮草的四郎占兑算账了。四郎占兑的人多，可武器不行，都是土枪，敌不过赵军的洋枪，四郎占兑在混战中被击毙。稻城兵失去了头领，四散逃窜。

回到理塘，赵尔丰对被他暂时扣押的理塘副土司说，理塘需要改流。而今四郎占兑叛逃已被击毙，你作为副土司，属于胁从，没大罪过。改流之后，你可世代承袭官职厚禄，但你必须搬到成都去居住。

副土司同意了。可他的夫人心生疑虑，不愿远迁，用毒酒毒死丈夫，自己悄悄地不知去了什么地方。

这样一来，理塘正副土司都没了，这正是赵尔丰期待的。他趁此在理塘驻兵派官，管理理塘一切事务。副土司有一个过继母亲，赵尔丰命令，将她赡养起来。

理塘也被改名为理化。

四

康区最大的四家土司——德格、明正、巴塘、理塘，而今改流了两家，就剩德格和明正了。

德格是康区土司中最大的一家。它地处金沙江上游，有着数千里的广袤土地，在康区，不少人钦羡它的广大，于是有了"天德格，地德格"的称谓。该土司拥有宣慰司的职衔，相传已有四十七年了。

理塘改流以后，幸运就跟上了赵尔丰，1906年农历的七月初三，他被升任为新设置的准省级行政区川滇边的大臣。这新机构是为在新形势下援藏固川，筑起的西南大门第二道防线。

幸运接踵而至。这不，德格土司主动上门要求改流了。

怎么回事？这里藏着一个复杂的家庭故事。

早前，德格老土司罗追彭措同妻子玉米者登仁加生有一个儿子，取名多吉僧格。后来玉米者登仁加又与一头人私通，也生了一个儿子，名叫降白仁青。因为这事儿，夫妻反目，两人各带一个儿子分开居住。这时，鹿传霖担任着川督，想在德格实施改土归流，他利用解决土司家庭矛盾的机会，将这一家四口先送到打箭炉，接着又送到成都，问题拖着，却不让人回家。

不久，鹿传霖川督职务被撤，德格的改土归流流产了。土司一家人被送回。可在回家的路上，两位老人相继病逝了。

多吉僧格和降白仁青回到德格，接到了朝廷下旨，由哥哥多吉僧格暂时管理地方事务，待几年后可承袭土司职务。弟弟降白仁青则入庙成了僧人。

多吉僧格性情柔弱，不好争斗，继承土司之职后，大权落在了负责协助他处理日常事务的大头人手中。

降白仁青则相反，个性强悍。虽已为僧，但对柔弱的哥哥承袭土司之职本就不满，如今大权旁落，更是气愤，于是同驻瞻对（今新农）藏军联系，以武力相威胁，逼迫哥哥让位。多吉僧格被迫交出土司印信，逃往西藏出家为僧，以求身心安宁。

降白仁青坐上了土司宝座，呈请清廷准许他承袭土司职位。降白仁青还请来了驻瞻对的藏军为他造势。

德格的湖水并没有因为多吉僧格避去而平静，多吉僧格也没能因离开而获得安宁。在失势大头人的带领下，德格百姓以降白仁青不是老土司的亲子，而且统治残暴为理由，到西藏迎回了多吉僧格。

大头人等同样以武力夺回了德格土司的权位，多吉僧格重新执政，降白仁青则被丢进了监狱。

不料，降白仁青越狱了，他不服气，聚党为乱，德格的拥多与拥降两派打得不亦乐乎。见此情状，多吉僧格选择了携眷避祸，财物却被抢劫一空。

降白仁青再次坐上了土司位子。

这场争位战争打了几年，德格百姓也死了无数。

看到瞻对藏官毫不掩饰地支持降白仁青，避祸的多吉僧格不想再往西藏去了。他派出头人，去赵尔丰处控告弟弟降白仁青违抗大皇帝意旨，残害百姓，表示愿意交出土司印信，接受朝廷改土归流。

对于赵尔丰的改土归流计划，多吉僧格的主动"请改"真是天赐良机。他当即率领军队分多路挺进德格。拥多派也组织了800土兵以为内应。兵到之处，降白仁青的队伍土崩瓦解，四野溃散。赵军不停歇地追杀降白仁青，一直追到青海的卡纳荒原，最后，降白仁青逃进西藏了事。

战后，多吉僧格表示愿意呈缴印信号纸，辞去土司职务。

赵尔丰求之不得，立刻应允。

1909年，清廷下旨，授予多吉僧格世袭都司之职，保留二品顶戴花翎，每年发给膳银三千两。条件也有：不能留在德格，迁去巴塘，朝廷将巴塘前土司官寨和寨外马场、草场和一些菜地拨给他使用。

这下，多吉僧格追求的安宁生活终于有了。他迁到巴塘后，向赵尔丰兴建的新学堂捐了 2000 两银子。为此，他受到了朝廷的褒奖，赏给一品顶戴和"急公好义"匾额一块。

德格土司废了，周围剩下的一些小土司，像春科、高日、灵葱等也很知趣，纷纷交出印信，接受改土归流。

四大土司，仅余明正了。

这里很平静，没有什么复杂的事件发生，还算顺利地完成了改土归流。

这样，康区大地，根据不同情况，有的改流、有的投诚、有的收回，一个新省区的规模基本成型。

<h2 style="text-align:center">五</h2>

改土归流只是走完了西康建省的第一步。在赵尔丰看来，要想真正稳藏安康，让原本事故频发的康区成为稳定可靠的后方，还有更长的路要走。雄心勃勃的他开始了在康区的改革与建设。

移民开垦，这是老节目了，却也是不可或缺的节目。康区地广人稀，开发建设需要很多的人力。赵尔丰令人到川中各地招募移民，口粮、种子以及农具房舍，全由政府发给。

开设工厂是康区走进新时代的必须。康区资源丰富，可物尽其用。像澜沧江畔的盐就是现成的开发项目。赵尔丰屡次拨款，恢复并扩大现有盐井的生产，他还新建了制革厂和印刷厂等近代企业。

横断山阻挡了康区以及西藏和内地的联系，这也是造成土司尾大不掉的重要原因。为此，赵尔丰决定发展交通，通过交通加强三者的联系。

首先是架设成都到拉萨的电线。此前电线已架到了雅江。此工程需要继续延伸。赵尔丰还请来比利时专家，在雅江建起了一座大桥，可还没来得及剪彩，他被调去了成都。

康区以前没有学校，文化为寺庙所垄断，人民蒙昧，民智未开。赵尔丰设立了学务局，每新置一县，立即开办新型学校。到傅嵩炑时代，短短几年间，康区的学校就从 0 开始，发展到了 170 多所。

改土归流前，康区各色人众等级森严。土司对治下人民，生杀予夺，悉由己意，甚至，就连土司上下马时，也必须要奴隶匍匐马旁，土司踩踏其背，称为上马石。

可民众认为这是天经地义的事。

赵尔丰不认可,他发出了公告:"现汉民与藏民已一律平等,藏民与藏民岂有不平等之理。"

在深入灌输平等理念的基础上,赵尔丰推行基层自治。即每一个大的自然村或数个小的自然村,选举一位公允忠厚者充当头人,主持村中事务。头人的报酬由村内各家各户依据贫富而凑集一定的青稞,此外不得另行征收。头人三年一换,称职者连任一次,不称职者撤换另选。

康区按赵尔丰等的思想向前走着。

1911年,赵尔丰极其无奈地丢下正在进行着的改土归流及西康建省工作,匆匆赶往成都,接任四川总督一职。

近7年的经边努力,眼见初具规模,却尚未完成,如今就要离去,赵尔丰有些彷徨。他向上司发出了电文:"奉旨迅速赴任,自应赶将边事清理,立即进关。惟边务紧要,必须代理有人,查有已保道员傅嵩炑,才识优长,随尔丰出关,先后六年,经手银钱数百万,一丝不苟,每遇战阵,奋勇先登。去年委剿三岩,调度悉协机宜,诚属难得之才,请准将该员以道员代理边务大臣事宜。俾尔丰得以星速入川。尔丰为人才边事起见,并无丝毫私意,谨请代奏。"在他的坚持下,傅嵩炑接替了他的川滇边务大臣一职。

4月,就要离开康区的赵尔丰同新任川滇边务大臣傅嵩炑一道,从巴塘起程,取道康北,经白玉、绒坝岔……将川边巡视了一遍,才依依不舍地离去了。

赵尔丰等勤力经营川边,精心谋划建立西康省

　　傅嵩炑则留了下来，继续为这块土地的新生，为他俩梦寐以求的西康省的建立呕心沥血。

　　川滇边务大臣衙门在巴塘建起了，《奏请建设西康省折》拟定并送出了，赵尔丰走前还没完成的改土归流扫尾工作也成就了……

　　正在这时，赵尔丰在成都遇到灾难的消息传到。傅嵩炑急忙安排好巴塘、昌都、康定等地驻兵，自己带着一队人马，紧赶慢赶，要去成都搭救他共同建设梦中西康的合作者、他的上司赵尔丰。

　　走到雅州（今雅安），傅嵩炑遇到了尹昌衡的兵马和保路同志会民军的围攻。1911年11月22日上午，民军攻入城内，傅嵩炑躲进一天主教堂，被搜了出来。这时他已获悉，赵尔丰没了。

　　傅氏被解送到成都后，没有下狱，受到了军政府的礼遇。尹昌衡的"诸葛军师"胡景伊对傅的才干很是赏识，特别是他对川藏边界情形了如指掌，对川省防务很有意义。因此，胡勉励他著书立说，"以为吾蜀边筹，即以为国防大计。"傅嵩炑受到感动，不长时间就写出了《西康建省记》一书。也有一种说法，认为傅嵩炑坚决不投降，被监禁，在狱中写出了该书，作为对自己生命的交代，也是两个不第秀才西康梦的一份纪念。

　　据说，胡景伊看过此书后留下这样一段话语："傅君华封以介子雄豪兼上马杀贼，下马作露布之才，从事西康，历有数年，此书之成，足以补帷幄之运筹；足以补方乘之阀略。即谓此书为马伏波之山，也可为李赞皇之楼也可。"

　　傅嵩炑自由后，和几个友人相偕去了趟北京，拜望了时任清史馆馆长的赵尔丰二哥赵尔巽。赵力邀傅嵩炑等留下，傅婉拒了赵二哥的好意，他不喜欢当政的袁世凯。

　　傅嵩炑回到了古蔺，又干起了他离开家乡前干的事情——为乡民服务。他办过碗厂、油房等实业，守着家乡，服务乡梓，不亦乐乎。

　　1929年，傅嵩炑病故，享年61岁。

　　阳台上的余晖正迅速地消退，暮色开始隆重，我合上了手中的《西康建省记》。

谁是赵尔丰

一

是日，予随队出迎，候甚久，始见大队由对河高山疾驰而下。有指最后一乘马者，衣得胜褂，系紫战裙即是赵尔丰。既过桥，全军敬礼，尔丰飞驰而过，略不瞻顾。谛视之，状貌与曩在成都时迥殊。盖尔丰署川督时，须发间白，视之仅五十许人也，今则霜雪盈头，须发皆白矣。官兵守候久，朔风凛冽，犹战栗不可支，尔丰年已七旬，戎装坐马上，寒风吹衣，肌肉毕见，略无缩瑟之状。潞国精神，恐无此矍铄也。

——陈渠珍《艽野尘梦》

这是1909年赵尔丰率军西征时的一幕，地点在昌都城外。陈渠珍当时正在军中，他记下了这一场景。

好多人都说，此处的"潞国"恐怕是指宋朝宰相文彦博了，因为文的性格与赵尔丰颇为相似，他在嘉祐三年（1058年）被封为潞国公，这是中国古代最高的爵位，历朝历代可考的仅有10人享有这份尊荣。

"潞国精神"在哪呢？文彦博在退居洛阳后，仰慕白居易九老会的雅事，邀约在洛阳的一些年事已高且又道德高尚的卿大夫们组织起了一个"洛阳耆英会"。洛阳多景致，耆英们不定时地在这些水竹林亭间置酒赋诗，谑戏取乐。这伙人头发眉

川滇边务大臣赵尔丰

毛雪白，仪表神态端庄，每次聚会，总能引来众多洛阳百姓驻足观望。

高洁之士，多有雅会，这又让人想起了此前七八百年晋代书家王羲之等的兰亭集会，由此诞生了天下第一行书《兰亭集序》。

这时的文彦博已是七老八十了，却依然精神矍铄，老而弥坚。感动之下，清代诗人孙思敬留下了"潞国精神真矍铄"的诗句。陈渠珍的文字大概就来自这里。但文潞公享受的是和平环境中优厚待遇下的安逸，而赵尔丰却是在险恶荒辽的山野征战，相较之下，"精神"一词盛装的可不只是身体的健康状态了。立于征战队伍中的陈渠珍前后思量，感慨油然而生："潞国精神，恐无此矍铄也。"

书读到这里，唐宋时期的好些边塞诗一下子飘荡起来，陆游的"戍楼刁斗催落月，三十从军今白发。笛里谁知壮士心，沙头空照征人骨"，岑参的"故园东望路漫漫，双袖龙钟泪不干。马上相逢无纸笔，凭君传语报平安"……

比起陈渠珍的描写，诗人们的苍茫寥廓里似乎多了几分心意的婉转，这兴许就是诗人同战士的区别。倒是同样出于唐代的书法家张旭的那幅《残秋入洛阳帖》让我更真切地看到了赵尔丰此时的风韵。

"残秋入洛谒明君，身事成来愧添尘"，张旭书写该帖一定又是像往常一样，喝过了酒来干的，提笔就是一阵浩荡恣肆。接下来，"若说此生勤苦甚，等闲欲走是何人"，这时候，张旭已经是酒意涌动，立意暴走，"何人"两字竟等

经营康区就不得不与各类人等打交道，焦虑的赵尔丰瘦了

不及蘸墨，由着枯笔直上，苍劲情态，直逼朔风凛冽中"霜雪盈头，须发皆白"的赵尔丰。最是那帖上的"人"字，枯笔丝丝，像极了迷茫中赵将军的胡须，挂满了雪霜。

同文彦公等有些相似，张旭拦不住的意气在悠闲的书艺中浩荡，而赵尔丰却是在苍茫的西康高原上，背负着军人责任，在横断山脉极其艰涩的自然环境中进行着生命的挣扎。年轻的士兵尚且"战栗不可支"，而赵帅仍"无缩瑟之状"，这看起来像是身体的强健，而实际上更是一种气质的张扬，一种精神的坚持。虽然文中的"尔丰年已七旬"与真实情况有些许差距，当时——赵尔丰年届65岁，但凡今天走过青藏高原的人，读到这段文字，莫不为赵尔丰的英姿呼好。再说一遍，难怪作者陈渠珍会情不自禁地发出"潞国精神，恐无此矍铄也"的慨叹。

在湖南以外地域，知道陈渠珍的人不多，可说起沈从文却是有口皆碑。但在湖南，陈渠珍却是大名鼎鼎，他是与民国总理熊希龄、著名作家沈从文并称的凤凰三杰，世称湘西王。

15岁的沈从文离家出走，在社会上飘荡了一阵后，到了时任湘西护国军联军第一军军长陈渠珍那里，给陈当起了秘书。

陈渠珍是军人，却好读书，好收藏。据沈从文讲，陈的"书房里有四五个大楠木橱柜，装着百余轴宋至明清的字画，还有几十件铜器、一大批碑帖和古瓷以及十几箱书籍"。

沈从文的文气有很多都是从陈渠珍那儿吸入的。

陈渠珍的《艽野尘梦》是他1909年及以后两三年跟随赵尔丰的边军在西康征战的记录，有较高的可信度。

该书还记录一段作者同纯真藏女西原徒步羌塘，赴死求生，挣脱死境的生命历程，读来令人唏嘘，虽然全书行文文白相杂，但其中的生命故事诱人、感人，读着竟不觉困倦。在看不到头的苍茫荒野上，断粮、苦寒，部众接二连三地暴毙，及至过通天河时，竟发生士兵与狼争食腐尸的惨事……但生命仍在坚持，最后，我们看到了这对爱人——陈渠珍和西原，终于走出了羌塘无人区。

故事还没完。新的低海拔环境没有接纳西原，一天早上，西原对陈渠珍诉说她夜里做了一个梦，"梦至家中，老母食我以杯糖，饮我以白呛，番俗梦此必死"，言语间已是泣不成声。当天晚上，西原走了。是科学还是宿命，不知道。这恐怕是现代读者成为《艽野尘梦》拥趸的原因之一吧。

二

早前，曾见过另一个赵尔丰，那是他在成都末日的形象：瘦削，眼睛一只睁着，一只微闭，疲惫却保有着很难丢失的刚毅。

我问过不少人，对于赵尔丰临刑时照片的观感，我相信这比文字描述更真切。结果是：大多都说，那是一副沮丧、疲惫的脸孔；可有一位年轻人却说出了"不服"和"遗憾"这两个词，让我大吃一惊。

不服，意味着什么？个人性格的自然流露还是另有隐情？不服里裹着遗憾没有？有，恐怕也是推导，能看出不服已经出类，而要辨出遗憾，真不容易。

1911 年夏天炽热的天气里，成都城里的赵尔丰有些局促，甚至有些不知所措。正在川边热火朝天地进行着改土归流，建设理想中的西康省的他，怎么也没想到四川总督的帽子就砸在了他的头上。

这可不是一份美差。尽管比起他目前担任着的川滇边务大臣，四川总督的职级要高一些，名声也要响亮得多，四川总督，那可是全国九大封疆大吏之一，而西康仍是一个"哪里哪"的未知省份。

但时机不对，到手的是一枚比天气烫得多的山芋。

四川各地已经堆满了不安的柴薪。邮传部大臣盛宣怀提出的"川汉铁路路权收归国有"这一看似"洋务派"的改革主张，遭到了川省民众强烈的抵拒。这时，四川总督，赵尔丰的二哥赵尔巽刚调走，新总督一时还没有，留下来的摊子由总督护理王人文打理着。以老百姓的话说，王人文是个好人，亲民，心慈手软。面对民情激荡，他的举动就是一个劲儿地上奏中央政府，不断地申述川路国有一定要量力而行——他知道，国库已经空虚，难以完成此举——考虑好善后措施，也就是说，如果一定要收，民间的集资得偿还，这

临刑时的赵尔丰

是政府的基本责任。岂知这时的清政府早已囊中羞涩，根本没法考虑"善后"了。

怎么办？朝廷茫然四顾，只有停下西康建省的步伐，将救火的水枪捆到赵尔丰的身上。为什么是赵尔丰？因为他强悍。8年前，他在总督锡良属下剿杀古蔺乡匪时"捕杀数百人"，挣得了一个"屠夫"的名号，在川边，又是他，大杀四方，"屠夫"的名号更加的响亮，已经成了家长震慑小孩子的武器——"再哭！再哭赵尔丰就要来了！"这非常时节，再让他当一回"屠夫"又如何呢。况且，前几年，他也曾代理过几天四川总督，计较起来，任命也不算突兀。

其实，川汉铁路本就是锡良在任时搞起来的一个项目，当年，他还曾策划授予赵尔丰三品卿衔，让他担任该项目的督办，可朝廷没同意。

赵尔丰匆匆赶到成都，调查了一番，认为四川百姓争路是极正常的事，出了钱当然得享受权利啊。他一面开导民众，一面电请内阁，筹商转圜之策，接着又代转民意，参劾盛宣怀，认为是这个邮传大臣乱出点子，引起了社会的混乱，请求朝廷查处盛宣怀。

赵尔丰的这些作为同王人文有什么区别？朝廷怒了，不问青红皂白，电饬赵尔丰：立即解散群众，切实实施镇压。

赵尔丰毕竟不是百姓的头，而是朝廷的狗。他逮捕了谘议局正副议长蒲殿俊、罗纶及川汉铁路公司董事，封了保路同志会、铁路公司办事处所。消息传出后，民众纷纷前往总督府请愿。卫兵与民众发生摩擦，卫兵开枪镇压，"成都血案"酿成。紧接着，武昌起义爆发。1911年11月27日，四川宣布自治，赵卸下包袱，将民政权交予蒲殿俊，军事权交给了朱庆澜，准备仍回川边搞他的"西康建省"。

可不知为什么他没离开成都这如火如荼的是非之地。据一个与他极为亲近的叫周善培的人说，是他的夫人病了。当时，朋友和下属都劝说，你离开吧，夫人留在成都我们会照顾的，等她病好后给你送去。他回答说，我同内人是50年的患难夫妇，大局如此，我丢下她不管，她没话说，我实在不忍。说话间已是泪流满面。

他留了下来。接着是12月8日的兵变。兵变一起，书生蒲殿俊不知了去向，朱庆澜也因是外省人，受到川军的抵制而离去。成都城里一片混乱。

有人疑是赵尔丰主使了兵变。一直以来，"有人疑是"充斥各种书籍，真相呢？据说，兵变第二天，在成都军民恳请下，赵尔丰贴出告示，维持秩序。这恐怕是"疑是"的来源。是啊，一个逊位下台的人物居然又操弄起政事来，不得不让人生出疑窦，况且，他手中还有3000兵丁，而"军民恳请"也是不好查证的

事。

这时的赵尔丰已不自觉地被推到了历史的风口。

乱世得有强人。青年军官尹昌衡站了出来。这时，他仅仅 27 岁，却被川籍军官"公选"成了大汉军政府都督。他深谙，收拾局面，赵尔丰是个不得不面对的人物。于是有了下面的故事。

12 月 21 日，尹昌衡去赵尔丰府邸单独面见了这位退役大帅，他说：我现在虽然做了都督，但未来之事尚属未定之天，究竟大清是不是倒得下去，民国是不是建得起来，都还是很大的问题。今天我来是想同大帅秘密约定，将来如果清朝彻底倒下了，我负责保全大帅；如果民国没有成功，就由大帅负责保全我；这样，无论谁成谁败，彼此都可保全。接着，尹昌衡向天起誓，声言海枯石烂，此志不渝。

尹昌衡是赵尔丰哥哥赵尔巽从广西挖过来的川将，获得赵尔丰的信任也属自然，而且，尹昌衡这一席话说得那么诚恳，赵尔丰没有理由不相信，也就与他指天盟誓，同意如此了。

可这一番誓词并没有什么具体内容。是的，话还没完。接着，尹昌衡又说了，现在大帅身边还有 3000 多巡防军，他们的存在不能不引起川民和士绅的疑虑不安，最好请将这 3000 人名义上交由军政府接管，人马仍驻督署南苑保护大帅。"面子"是"面子"，"里子"是"里子"，这样就可以对付四川的绅民了。

既然都指天立过誓了，那还有什么说的。赵尔丰没做更多思考，当即写下一纸手令，将 3000 巡防军交由军政府接管，听尹都督指挥。尹昌衡拿过这纸手令，立马赶到南苑巡防军驻地，宣布自己接管这支部队，并命令部队继续驻扎南苑"保护大帅安全"，同时发恩饷一个月，让官兵们当晚饮酒狂欢。暗中，却调集了忠于他的部队，将南苑军营包围，用火炮形成封锁，让他们成了瓮中之鳖。

当天深夜，尹昌衡派他的警卫部队冲进赵尔丰的督署，这时的赵尔丰身边只有一个叫慧姑的藏族婢女，正要拔枪抵抗，被尹昌衡副手陶泽琨击毙，赵尔丰被抓获。第二天上午，尹昌衡在成都明远楼广场召开群众大会，当众将赵尔丰斩首，并将他的头颅挂在树上，示众三天。

这真是无毒不丈夫，尹昌衡借头树威的计谋成了。

然而，将这事件放到更大的历史背景中，就不只是个人的故事了，那是全国风起云涌的辛亥革命的四川部分。

尹昌衡平了兵变，又杀了赵尔丰，一时声名大噪，群情慑服。留下的就是赵尔丰那"不服"与"遗憾"的神色了。

三

赵尔丰也属八旗，且是官宦子弟，父亲曾在山东泰安府任知府。

他的脾性同死去的凤全有些相似——勤勉、耿直，以他自己的话说，"言语戆直，重干部怒"。但有一点他不及凤全，凤全是及第入仕，而他却是屡试不举，在"文凭"上有点吃亏。要说家里人笨，不擅读书，可赵家兄弟四个，三个都中了进士，就他，连举人都没能考得，直到 30 岁，才找到了一份抄抄写写的誊录工作。无奈，考场对他太绝情，家里也只有纳了点捐，让他到广东做了个小小的盐官。

有意思的是，赵家三个进士能考，可都没能生出儿子，而落第者赵尔丰的夫人李氏竟生下了四个男孩，于是，四弟兄一人一个，都有了子嗣。

入官场，年龄大点就不行了吗？没"文凭"就一定不行吗？赵尔丰以他的勤勉纠正了这一偏见。他是差不多 40 岁才步入官场的，调到山西是他的机缘，从此，他紧跟巡抚锡良，努力工作，积极表现，终于在 1884 年，当上了静乐县的知县，一个七品芝麻官，这时，他已 39 岁了。4 年后，他去永济县作县令，品级由七品升到了五品。接着，1898 年，河东河道监制同知，副厅；护河东道，正厅……其档案也"交军机处存记"，成了中央管理的干部。

1903 年，锡良升任四川总督，赵尔丰成了他必带之人。事实已经证明，赵尔丰是这位新总督离不开的幕僚。

在入川担任建昌道道员期间，赵尔丰写出了《平康三策》，由锡良审阅后上奏朝廷。这是一篇治理康区的绝佳文章，赵尔丰在奏折中提出：将四川腹地三边的猓（今彝族）收入版图，设官治理，使之"一道同风"，"改康地为行省，改土归流，设置郡县，以丹达为界，扩充疆域，以保西陲"，"仿东三省之例，设置西三省总督"。如此这般，就可以断绝英国人染指西藏，进而由康区进入内地的企图，按奏折里的说法，即可"籍以杜英人之觊觎，兼治达赖之外附"。这样的眼光与才气恐怕是好多中举者没有的吧。

1906 年，赵尔丰被任命为川滇边务大臣，一个准省级单位的一把手。历史已经将他置于独立执掌省级行政机构的地位。

他没彷徨，他对康区事务已经有了具体实践，他胸有成竹地将三年前的理性思考《平康三策》化为更具体的"经边六事"：设官、屯垦、兴学、练兵、开矿和通商。

清中枢批下他的"经边六事"计划时，他正在成都。从 1907 年 2 月到 1908

年 5 月，由于新任川督赵尔巽没能及时到任，赵尔丰到成都护理川督，待了 15 个月。这期间，他有些心猿意马，清政府的认可令他热情的翅膀扇动起来。想想之前的凤全，也是个勤勉之人啊，可是，唉……历史就是这样，前仆后继，滚滚向前，谁是牺牲品，谁是幸运儿，天也难知。

赵尔丰身在川，心却在康，他在成都遥控指挥着康区各项事业的落实：修建关外旅店、招募关内农民出关垦地、奏派吴嘉谟出关办学、聘人勘探金矿、拟办巴塘制革厂、筹划建设雅江铁桥……

也是在成都期间，又一道任命下达：赵尔丰为驻藏大臣，兼办边务。

是清廷没人还是赵尔丰太能干？没人回答。按现在的说法，这叫官运亨通，红潮涌来，挡都挡不住。

对朝廷这一不同寻常的任命，赵尔丰一阵惊喜：自己那边藏连为一气，统筹规划的梦想竟就这样来到了吗？喜悦不长，惶恐的影子飘了过来。想到自己的纳捐出身和戆直的脾气，这在科举年代的清朝官场里，是不受待见的，尽管有兄长凭借其威望帮助弟弟撑着，但"无论身在何处，皆不免谣言"。而现在，一道又一道的任命接踵而至，是谁将自己推上了高楼？

他找不到答案，开始出现疑惑，竟然在收到任命的第二天，鬼使神差地致电军机处，请求上方收回此任命。

对赵尔丰的"不识好歹"，军机处也没怎么在意，而是专门下旨：这是朝廷顾念西陲紧要，以期固我藩篱，苦心筹划，再三斟酌的结果。紧张的边藏形势急需一强有力的人物，而这非赵尔丰莫属。这才是朝廷的决策之心。

历史将赵尔丰钉在了康区的土地上。西康老人冯有志在他的《西康史拾遗》中这样描述赵尔丰："经边只有七年，但因他立志经边，锐意经营，时间虽短，建树颇多，把沉睡千年，宛如一潭死水的边境搅得沸腾万丈，百故鼎新。"

在那位曾在 1904 年带兵打进拉萨的英国军官荣赫鹏写的一本叫《英国侵略西藏史》的书中认为"赵尔丰在藏东（康区）所为对于中国威权的树立确有成就"；英国亚非研究学院 Adsheacl 的文章写道："赵氏兄弟在晚清帝国被普遍认为衰弱时却展示了帝国强大、现代化及民族独立性"。

章士钊先生则有诗说："晚清知兵帅，岑袁最有名。岂如赵将军，川边扬英声。"

于是，有人开始设想，假如接到川督任命后，赵尔丰晚到成都几个月，他的命运和那场轰轰烈烈的运动，会是什么结果？他的功劳会不会和左宗棠收复新疆齐名？

不知道，历史没有假设。

四

　　陈渠珍的《艽野尘梦》里有这么一句，说赵尔丰"晓畅戎机，尤擅文艺"。真的吗？这样一个霸道横人竟然"尤擅文艺"？陈仅此一句，没展开说，也没举出例子，却勾起来我的好奇心。为此，我八方寻觅，终于找到了赵的一篇随记《灵石记》，抄录如下：

　　余癖石性也。幼居东海之滨，极易搜求，于文登、蓬莱毛公山等佳石，收蓄极富。及长，足迹几遍各行省，凡石之著者，如粤之英德、滇之大理、豫之镇平，以及灵璧、和阗、宜昌等石，无论大小罔不购置。其有地不以石著而多佳品，或为身所未历而得之传闻，亦必亟托友人代为罗致，且每行于路，遇清溪浅濑，辄下马寻觅，俯拾满袖，虽酷日烈风汗体垢面弗顾。友人曰："何取乎而癖若是之？"余应之曰："石体坚贞不以柔媚悦人，孤高介洁，君子也，吾将以为师；石性沉静，不轻随波逐流，然即之温润纯粹，良士也，吾乐与为友。安为无所取。"友人闻之，一笑而罢。

　　然余聚石虽众，形质不一：瘦绉者有之，秀润者有之，丑怪者有之；其纹理则无甚奇异。偶有山水人物，大都意为附会未能明显，明显者又多人工伪造，而能成文字尤鲜。以余所闻见，间有一二字，求其过五字者不多觏，而况乎多数？纪文达公见友人一石有"山高月小"四字，叹为造物之巧，益以见石之成文难。

　　宣统元年己酉，余奉命督师至察木多，为川军入藏后援，其地左为杂渠江，右为澜沧江，两水环抱，形胜地也。其明年庚戌二月卯朔，偕僚佐于观演炸药事讫，时冰冻初解，江水未发，临流小立，浅碧澄清，乱石磷磷见于河底，水日相映，五色必备，辉星耀目。扎千总绍先就取数石，乃出水后枯燥不堪供览。蛮方天寒地燥，石性故如是。嗣获一枚，色深绿，白纹纵横其上，仓卒未暇细审，同人视之皆目为常石。然余觉其到手温润，迥异恒品，且爱其纹理屈曲遒劲，有折铜屈铁之势，携归置案头水盂中，其纹益显，顿现龙蛇之状，亟取谛视，纵横颠倒，悉成文字，且篆籀行草真楷以及清文番书，无体不备，指以示众，皆大惊异，互相传观，始叹神奇。

　　……

　　石生于数千年之前欤？数百年之前欤？吾不得而知。而造物不惜大泄精华，胎灵孕秀，乃独钟灵于此石，成其瑰玮之奇者，亦岂偶然？然石不生于清流碧沼之中，而独生于昏波急湍之下；不产于含辉蕴玉之山，而独与乱石瓦砾为伍；且

复不生于通都大邑以待识者之求，而独处于荒寒蛮貊之地，虽举世无知而不悔，此虽抱朴含真，石之本性使然，不亦惜哉！以是推之，天地之大，生才何地蔑有，固不必尽在仕宦富贵之场也。深山空谷之中，湮没而弗彰者，盖比比矣。

夫古人显身庙堂之上，皇皇焉求才若弗及，盖以岩穴之士，遁世为高，求之而恐弗得。自后世奔竞之风起，各私所私，而人才遂不为世所称重，弓旌下逮之风，杳不复闻，其抱道怀才之士，耻于自见，甘老死牖下者，不知凡几。古今人才消长之机，大抵如是矣。石或阅历已深，慨千载如出一辙，故甘寂寞于不识不知之域，而与穷庐氂幕者为伍也。

余自得石，憬然于天地间不患无才，患在有才而不知求，求才而不识举，日以为兢兢焉。吾视石为良师友，良有以也。惟是察通衢也，生于斯者，不知凡几，莅于斯者，不知凡几，即徒行于斯者，也不知凡几。而石独于数千百年间韬光养晦不待余来而不见，其亦有数存耶？抑余固癖石，石毋亦因余之癖而癖余，遂不惜挟其精英以自见耶？爰志得石颠末，详释其参互错综之妙，部位反正之奇，及字体大小之度，一一详注，并绘图于后，以免观者目迷神骇，仓卒不得尽石之妙，而滋疑惑；且籍以征求海内风雅之士歌焉咏焉，使灵石传于千世万世而不朽，此固余之深愿，尤石之大幸也。是为记。

同文人名家相较，赵尔丰的文章不算高乘，但文中追求的做人品行却很朴实。

赵尔丰是杀人不眨眼的"屠夫"，可眼前的这一幕也着实令人感动。

1909年8月20日，高原没有暑热。赵尔丰带着他手下的官佐、兵弁到德格改土归流一战死者灵前致祭。他跪在灵前，泪流满面，一字一句地读着他亲自撰写的长篇祭文，"生者为勇，死者为英；无论汉土，皆作国忠"，一个65岁老者嘶哑的声音在苍茫高原飘荡。看到这一场景，陈渠珍描写的昌都城外那一幕突然插进了我的眼帘，可这时的赵尔丰没在马上，也不再有潞国英姿，这时候，人心中最柔嫩的情感已化作渠水，汨汨流淌，"尔有父母，我养其躬，尔有妻室，我恤其穷，尔有幼子，我抚其成"。

谁是赵尔丰？

提问之际，突然想到了那个古老的问题：我们是谁？

走进民国的西康

一

1912 年元旦，孙中山在南京就任中华民国临时大总统，中国社会穿行过 2000 多年漫长的封建暗夜，走进了民国。

辛亥革命的火烧毁封建王朝，火光映出了"民国"两个大字，照亮的是未来的天空。眼下，社会正在经历着时代分娩的阵痛：各地竞相宣布独立，军阀间争斗绞杀，混乱缠绕着欲求走向新社会的中华大地。正如孙大总统后来说的那样——革命尚未成功。此时的北京政府力量远比南京临时政府强大。没有钱，没有枪，新的力量只能等待，孙先生也很无奈，仅当了 3 个月的总统就辞了职，总统归了清朝内阁总理袁世凯。

东方乱云翻卷，西部情形怎样？在刚刚起步建省的西康域界，积极筹划建省的两位主将——赵尔丰死了，傅嵩炑回家了，留下的军吏们嗷嗷待哺，一时却没有了主心骨。

傅嵩炑的《奏请建设西康省折》不知还有人想着没有。

武昌首义的消息是由英国《泰晤士报》经印度传到拉萨的。一时间，康藏各界，人心晃荡。那情形，陈渠珍的《艽野尘梦》里有过描述。

10 月 27 日，《泰晤士报》消息传到拉萨，驻藏大臣英文翻译是参赞罗长裿的熟人，他将此事密告了罗。罗赶紧找来陈渠珍："大局已生剧变，三数日后消息传遍全藏，军队恐生动摇。奈何？"

"余踌躇久之，乃言曰：'塞外吏士，原非孝子逊孙，公所知也。此信传出，兵心必变。彼等皆川人，哥

尹昌衡放下四川都督职位，顶着征西大将军的帽子去了康藏

老会势力之大，亦公所知也。不如委而去之，径出昌都，以观其变。'长裪默然。"

陈渠珍接着写道："次日午刻，炮队队官湛某，四川驻防旗人也，忽被士兵杀之。继而官长被杀戮、被殴辱、被驱逐者踵相接。盖今晨已得拉萨密信，各部纷纷扰动。幸余素得兵心，数月战役，甘苦与共，又有新兵队多湘西子弟，故军队虽变，犹莫敢余侮也。"

不幸的是，罗长裪，这位名将之子，终没躲过死神的纠缠，还是被乱军杀了。

混乱时世，不管是军人还是商民，无论是主张勤王的还是主张革命的，抑或是仅仅想着亲人的，心里似乎都在翻滚两个字——回家。

然而，可能吗？回得了吗？

还是先说说两年前的一些事儿吧，那是事件的序曲。

1909 年 8 月 6 日，一支由陆军协统钟颖率领的川军队伍从成都出发进军西藏，该队伍初始任务是协同赵尔丰的边军到波密、白马岗一带剿匪。鉴于驻藏大臣联豫同十三世达赖关系紧张，钟颖听命带军去拉萨给予联豫支持。

1910 年 2 月 12 日，钟军进入拉萨，这可吓坏了回到拉萨还不到两月的土登嘉措。他在 1904 年英国人侵略西藏的战争中惊慌失措，逃去了蒙古，却在相处中与蒙古大活佛哲布尊丹巴搞坏了关系，转而想去俄国，又遇上俄国在同日本的战事中吃了败仗，沮丧的沙皇没心情接待他。落寞的土登嘉措只得调整思路，重新取悦大清皇帝。在获得谅解并恢复了封号后，他一路辗转，于 1909 年 12 月 25 日回到了拉萨。

没想到，身心尚未平复，川军又来了。

驻藏大臣联豫的卫队出城迎接新来的川军。有人提醒联豫，钟颖带领的这支队伍兵源复杂，不好管，得留点神。尽管联豫也听进这耳边风，但让他没想到的是，他自己的卫队队长郭元珍就是一反清的哥老会成员，还是首领之一。

出事儿了！迎接的那天，正赶上拉萨有大型集会，也就在这时，不知是因啥事儿引起，军队开了枪，结果死了人，其中还有一些大喇嘛。

达赖的心又悬挂起来，他又要逃了，不过，这次他选择的不是北方，而是 4 年前令他逃亡的英、印。

2 月 25 日，土登嘉措逃往印度，这天刚好是他返回拉萨两个月的纪念日。

二

辛亥年，保路潮起，湖北和四川相继大乱，康藏也受到了影响。

土登嘉措逃去了印度，拉萨城里却是一片混乱。谣传的川军兵士来源复杂果然是真，他们中大多是临时在成都招募的流民，袍哥居多。面对思想混乱，想回家的兵士，袍哥头目有事儿干了。兵士们想回川，可回川需要钱，而此时军队已欠饷数月，怎么办？郭元珍和驻藏大臣秘书何光燮等先是以勤王回川的名义，向西藏管理财政事务的机关商上借了6万钱币，后又说要拥护革命，唆使兵士们闹饷，9月25日，乱军蜂拥而上，劫了联豫，抢了刚拨下来的30万库饷。

驻守江孜等地的川军也闻风向拉萨开进，局势愈发严峻。

革命令清军中的保皇派同革命派分裂内讧，互相厮打，钟颖皇族出身，本就性情懒散，根本无能力控制他带领的川军，加上土登又在暗中命令西藏商人不准卖粮食给川军，在此情形下，兵士们开始四处劫掠。城里抢过，又转去郊区。1912年3月，他们瞄准了富裕的色拉寺，那里躲着许多避难的达官贵族。然而，围攻三天，一无所获，反而被数千僧众突然冲出，打了逆袭，大败而去。

商上对乱兵的行为深恶痛绝，开始组织武装，与川军对抗。他们想方设法打听到了谢国梁的躲藏处。

谢国梁何许人也？他曾是罗长裿的部下，也是一名将后代。当初，清廷为保卫西藏边疆，决定在拉萨创办武备学堂，训练新式藏兵，谢国梁被联豫选中，作了教官，他同藏

才华横溢的尹昌衡一路征讨，一路作诗遗墨，此为他留下的征西碑

兵情同手足，深得藏军的信任与好感。

拉萨的乱象，谢很是无奈，想携眷出藏，不料被乱军追杀，行李被劫，陷入窘境。这时的商上已招募了上万兵士，他们将谢国梁"劫回"拉萨，让他当上了藏军总司令，一起向钟颖开战。

躲在哲蚌寺的联豫把驻藏大臣的印信交与钟颖，自己溜了。

见拉萨城里乱作一团，土登嘉措的人马在英国人的挑唆支持下从印度杀了回来。几年过去，当年的敌人如今成了靠山，达赖傍上了英国人。1911 年 11 月，亚东驻军被迫以每支 50 印度卢比的价格出卖了 30 支步枪，然后取道印度回到了汉族地区；1912 年 4 月，江孜驻军以 144 支步枪换得 9250 印度卢比，取道印度转回汉族地区；不久，日喀则驻军也"见贤思齐"，照方抓了药。

1912 年 4 月开始，拉萨爆发了激烈战事。藏军集结数万军力猛攻，而钟颖所部兵力唯"手下马弁二十余人，郭建勋马队百余，赵本立兵百余，张文华之士兵数十"，加上前来支援的汉、回民众，最多也就千人左右，粮弹俱缺，实难长期坚守。尽管求援信件发出了一封又一封，可没见到一兵一卒前来增援。

8 月，拉萨驻军在廓尔喀官员调停下与西藏官员达成了和约四条：川军交出武器；陆军全部退伍，由印度回转，钦差、粮台、夷情各官可以留藏；钦差可留枪 30 支，统领可留 60 支；赔偿兵变造成损失。当看到兵士们交出的武器，钟颖大吃一惊，竟有步枪 1500 支，火炮 3 门，机枪 1 挺，子弹 80 箱。这些枪弹怎么在交战中没见到啊？士兵私藏枪弹，他却浑然不知。这官当的！

1912 年 5 月 9 日，清军协统钟颖被民国政府任命为驻藏办事长官，可任命艰难辗转，直到 9 月 3 日才到达钟颖手里。他将此告知西藏方面，回应竟是"只知钦差，不知长官为何物"。他们不知，这位钟颖可是同治皇帝的表兄弟，论"钦"也够"钦"了吧。兴许知道，只是隔日馊饭，不好吃了，回应够冷。不成，战事再开。钟颖不敌，被迫撤离拉萨，12 月 12 日退到靖西，1913 年 4 月出藏。

此次战乱，各方势力陷入大混战，汉方中有班禅后藏系统、哲蚌寺、第穆活佛系统与擦绒噶伦父子支持，藏方有汉人谢国梁充当总司令帮助。

美国学者梅·戈尔斯坦在他的洋洋大著《喇嘛王国的覆灭》中这样写道："哲蚌寺尤其是郎色林的喇嘛们拒绝同中国军队作战。而且，丹吉林的喇嘛们还让大批中国军队进入了他们在拉萨的寺院。此外也有迹象表明，大批高级贵族官员已同中国人合作共事；他们当中的噶伦察绒同他的儿子一道，于 1912 年被亲达赖喇嘛的武装所杀。很显然，忠贞不二地效忠达赖喇嘛并不是人人都能自觉自愿的。"

　　战乱以土登嘉措的胜利结束。之后，他开始秋后算账：班禅被罚款制裁，这也引起了其后来被迫出走；第穆活佛系统、哲蚌寺系统被铲除，擦绒噶伦父子被杀，妻子和所有财产由土登嘉措亲自封赏给了那个在逃往印度时救了他性命的无名小卒达桑占东，小木匠摇身一变，成了赫赫大贵族。

　　在进攻拉萨的同时，藏军向赵尔丰拟定的西康省域大举进攻。这时，他们已有了从英国人那里买到的新的来复枪，军事实力比之过去强大了不少。1912年3月，乡城失守；4月，定乡失守。

　　土登嘉措一面指示藏军东侵，一面秘密派遣人员到康区煽动土司、头人及僧人起事。一时间，在赵尔丰改土归流了的川边，被废除了的土司、地方头人及寺院上层喇嘛乘机复辟，各地普遍爆发武装暴乱，6月，定乡乱军攻下江卡、乍丫，南敦僧人武装连克稻城、三坝、南敦等地；7月，理塘、河口、盐井失守，昌都被围，到1912年7月，川军未被藏军攻陷的南路只剩泸定、康定两县，北路只有道孚、瞻化、炉霍、甘孜、德格、邓柯、石渠、昌都等8个县。

三

　　尹昌衡总是在乱局时出现。上一年是成都，而今是西康。

　　是青春的热流还是新任四川都督，承担着监护西藏、康区的重任，抑或是被自己杀掉的赵尔丰的影子在作祟？康藏的形势令年仅28岁的尹昌衡情绪激荡，他接连向北京政府发电，要求赴康挽救危难局势。这热情好像当年赵尔丰。

　　与西康接壤的云南和受甘肃管辖的青海也通电中央，要求派兵出征。

　　新生的民国政府却在犹豫。总统袁世凯疑虑重重：怕耗费款项；怕川滇军队乘机扩大军备；怕川滇军队入藏后争夺地盘，再起冲突；怕引起外国干涉……

　　西康建省的梦人亡政息，可动乱已经威胁到了川滇两省的安全，形势岌岌可危。在全国舆论特别是川滇军政长官、两省人民的强烈要求下，民国政府总算在6月14日正式电令四川都督尹昌衡率军西征，命令云南都督蔡锷"迅拨得力军队，联合进藏，竭力镇抚"。

　　7月5日，人高马大的尹昌衡把四川都督的官位托付给胡景伊，自己戴上一顶西征总司令的帽子，率领2500川军从成都出发，西征去了。

　　尹军到达康定，稍事整顿，便兵分两路向西挺进：北路由刘瑞麟带领，循道孚、炉霍、德格西进，支援昌都；南路由朱森林带领，出河口、理塘、进占巴塘，南北两路在昌都汇合。

　　由蔡锷的留日同学殷承瓛率领的滇军由维西出盐井，经察隅、珞瑜直入拉

萨，去解救钟军。

经历过改土归流的西康人早已领教了赵尔丰的强势，想不到如今来的竟是要了赵尔丰命的尹昌衡，莫不畏其威势，望风慑服。

赵尔丰离去后留下的边军队伍听说援军来到，士气大振，胜利的风帆开始扬起。

将军尚未到达，英名已经风卷，尹昌衡进军一路顺畅。到河口，过雅砻江时，他踏上了赵尔丰请比利时工程师在此修建的钢桥。桥落成不久，尚未剪彩，当地官员请尹将军操刀，尹欣然答应，当场题下"平西桥"三个大字，让人刻在西岸桥门额，接着又撰了一联："劈开两岸清风，凭他飞起；锁定一江秋水，迓我归来"，命令随军参赞，也是他夫人的哥哥，书法家颜楷书成，刊在桥门两侧。就这样，还未尽兴，尹将军又吟成五言律诗一首："万里归云拥，轻骑出塞门。天心骄将帅，人力定乾坤。入穴虎可得，卧波龙欲奔。临流据天堑，此去百蛮吞。"

刀剑笔锋，洋洋洒洒，尹将军文气骄人，一路风流，意气酣畅。

9月3日，巴塘攻克，16日，进达昌都，接着就要去江达，然后便是拉萨了。

得知尹昌衡要入藏，袁世凯吓坏了，急电阻止。9月12日，民国政府国务院致电尹昌衡："藏事迭经英使商阻进兵，尚未解决，刻国务筹议办法，该军已到察木多之队，务饬切勿过该处辖境，致酿外衅，牵动大局。"20日，又致电云南都督蔡锷："所称援藏一节，现饷款难筹，英人干涉，民国初建，岂容轻启外衅，已交国务院速议办法，保我领土主权。"

软弱的新政府不愿动武，希冀依托外国势力进行谈判。

国内事务竟要招引外人调停，真是咄咄怪事！

尹昌衡没按国务院的"勿过察木多（昌都）辖境"办事，而是去了赵尔丰主政时的康藏界城太昭。如今走进太昭，人人传说，他们的太昭县名就是尹昌衡改的，他的"号"就是太昭。9月25日，尹昌衡向中央报告，他要在康定设立边藏镇抚府，由他任镇抚使，以此"控制江达以东，飞越岭以西，振军外视，设官分治"，并再次恳请中央批准入藏，"西征军队，大集昌（都）、巴（塘），前锋已行，瞬据江达，如以藏务相委，自然万死不惜"。

这不得不让袁世凯再次急电尹昌衡："民国初建，万不容轻开外衅，应仍恪遵迭次电令，暂勿深入，再候进止。"至于设立边藏镇抚使一事，袁也怕招致英人不满，下令改为川边镇抚使。对着总统指令，尹大胆地表述了自己的看法："川边名称，对内固为适宜，对外则有利弊……他人反可籍口川边二字，蹙我范围，一经失败，不可收拾。"提出："边藏皆在炉关以西，不如定名为关西镇抚府，目前字义浑含，外人莫由干涉，将来努力充足，凡事便于扩张。"

袁世凯不再讨论，9月28日直接下令设四川关西镇抚府，命令尹昌衡："暂以川边为限，毋得轻进，免生枝节"。

尹昌衡的年轻气盛显得有点"少不更事"，其下场一定不会好，这是经验还是常识？兴许就是历史的一部分吧。同袁总统讨价还价，算是义气，不过，最后还是总统意见算数。

11月15日，西征被迫停止。人人都知道，这是英国人干预的结果。见西征军风卷残云，英国人坐不住了，他们照会袁世凯，不得将西藏改为行省，不得派军队驻扎西藏，否则英国将不承认中华民国。

不被承认，就这一条，勒死了袁世凯。

西征结束，尹昌衡的征西总司令帽子没了，不久，胡景伊被正式任命为四川都督，尹昌衡想回也回不去了。

他勃然大怒，却无济于事。

1913年11月，尹昌衡同蔡锷一起，被召去北京，说是要议决边藏事项。两人一入京城，立刻被软禁了起来。接着，尹以"亏空公款"罪被判处了9年徒刑。

袁世凯为何要收拾尹昌衡？有人说，是尹昌衡的强势吓住了袁世凯；也有说，袁世凯同赵尔丰是儿女亲家，儿媳要公公为自己父亲报仇；还有说袁世凯正延揽赵尔巽编纂《清史稿》，赵尔巽也提出要为弟弟正名。

历史总藏在雾里。这样也好，可诱发更多的思考。

尹在他的《止园自记·思过记》里检讨了自己："予数谓色不足以害德，酒不足以丧行，狂不足以损明，傲不足以长非……不思保泰持盈，而轻率喜功……"

这让人想起了尹在离开广西张岐鸣部时酒席上的一段对话。张告诫尹昌衡："不傲不狂不嗜饮则为长城"；尹铿锵回曰："亦文亦武亦仁明终必大用"。

世故的大门挡不住青春的狂暴，尹有着让人羡慕的豪情，又有着令人不屑的轻率。

就这样，一个被世间认为"性格豪放、胆略过人，才华出众、能诗善文"的雄健人物在30岁上就结束了其政治生命，呜呼！1930年，尹昌衡回到成都，淡泊闲居，不再过问时事，潜心文学，唯与禽鱼为侣。

1940年1月，民国老人贺觉非在成都拜访了尹昌衡。其时，贺30岁，尹已56了。这时的尹昌衡似乎已经意识到了自己的个性与社会之间的矛盾，"尹自

责太无含蓄，折得太快"。

1949 年，四川解放，尹被请出，担任了西南军政委员会的委员。

1953 年，尹昌衡病逝，享年 69 岁。

生命复杂，众说纷纭。好在经过西征，康区局势得以安定，只是所辖范围远没有赵尔丰时代那样广阔了。

四

尹昌衡去了，接他班的叫张毅。

这时，袁世凯任命熊希龄为总理，熊内阁开始重新规划全国行政区域。热河、察哈尔、绥远，川边这四个地方怎么处置？这颇费了他一番心思：它们小于省而又大于道，且有少数民族杂居其间，若建省，条件不够，若设为道，也难处置；几经讨论，决定把它们设为四个特别行政区，每个区设镇守使一员，军地统管。

张毅成了川边镇守使，属下军队有一个旅，下辖三个团，旅长稽廉，率一个团驻防康定，另两个团，一个由团长陈遐龄率领驻防理塘，镇守边南，一个由团长朱宪文率领，驻防甘孜，镇守边北。

张毅会理财，上任伊始就将军政分开，军费依旧例由四川协济，政费则利用汉藏之间旺盛的生意，收取契税，居然能勉强自给。不幸的是，上任不久就遇上了乡城叛乱。他赶紧让稽廉带着留守康定的部队前往平叛。他为什么不派陈遐龄而舍近求远呢？不知道，这让专家们去研究好了。乱民武器拙劣，不堪一击。事毕，张毅又让稽旅留下，稳定局势，自己则考虑将镇守使府移至巴塘，方便管理。还没来得及行动，另一场叛乱又掀动起来。这一次可不是普通乱民，而是自己的武装。

稽部营长陈步三借口稽廉克扣军饷杀了旅长，带着叛兵直迫康定。过了雅江，他们怕驻守理塘的陈遐龄率兵追来，竟然将赵尔丰好不容易建成的雅砻江钢桥炸毁，钢索散落江中，回归天堑一道。叛兵进入康定，张毅已无兵可调，只能逃跑。可怜的康定城没有了保卫者，被陈步三人马洗劫一空。

叛军也没力量驻守任何地方，只能一路抢劫，一路逃窜。

时间不长，陈步三在乐山被捕，张毅被撤职。

接替张毅的是刘锐恒。吸取张毅教训，他留了一个营的兵力在康定自己身边。可这并没有给他带来安宁，上任不到一年，身边的这营兵在营长傅青云的率领下又哗变了。与陈步三叛兵如出一辙，也是大肆抢掠，康定商民再遭涂炭。

下台，这次是刘锐恒。

这是 1916 年的事了。

民国初始的军阀混战导致了川边局势的糜烂，过去军吏依赖的四川经费如今时有时无，难以保障，于是军纪涣散，乱象弥漫。1914 年，蒙藏事务局曾派遣李明榘前往川边调查，他在呈报中指出："今上至与青海接界之三十九族，下至与云南接界一十八村，其线内之军士，日诈金钱，夜事奸淫，逼成藏人反抗之心，攘出边地丧蹙之乱。故于九月二十三日有乡城之乱，旅长与定乡知事全家被杀。于军人非军律不严，军纪不正故耶……苟不从速严正军纪，则边藏地方无保全之日矣。"

刘锐恒去了，接下来是谁呢？正好这时蔡锷的护国军进入四川，于是由他指派殷承瓛率滇军一个团进驻康定，做了川边镇守使。这样，陈遐龄、朱宪文的部队也归属了殷镇。

又是不到一年，蔡锷在日本病逝。留在四川的滇军被川军熊克武赶走，殷承瓛也待不住了，只能留下边军，带着他的滇军回了云南。

殷一走，陈遐龄升为旅长，成了新的川边镇守使。

5 年 5 任，走马灯转得太快了。

其实，这代表了民国初期的社会景象。北洋政府统治的 16 年，仅元首就出了袁世凯、黎元洪、徐世昌、曹锟、段祺瑞、张作霖等，总理更是可以编上个加强排，应接不暇啊。

对于现代人，历史也是一段旅程，路上，总想有个人物作为支点，总想有点故事铺开画面，这样，旅途不至于枯燥，风景也会生动起来。

1917 年 9 月，故事又来了。

事儿发生在昌都西边的类乌齐。这是如今昌都市所属的一个县，也是著名唐蕃古道上的重要节点，风光甚好，好多旅游者将它与瑞士相比。很遗憾我的旅行仅到昌都，没见到类乌齐的真实容貌。

一天，两个藏军士兵偷偷地越过约定边界来到边军辖区割马草，被驻类乌齐的炮兵连长余清海抓住了。他把他们押到了昌都。第二天，藏军派人来到昌都要求放人，可他们收到的却是两颗人头。这"玩笑"开得是太大了一点。

藏军不依，立刻发起了攻击。要知道，如今的藏军拥有了英式来复枪，今非昔比了。边军正好相反，同赵尔丰时代相比，现在是将老兵衰，武器简陋，连战连败，不得不退到了昌都城里。驻守昌都的边军管带彭日升，一面组织抵抗，一面向后方求援。可后方也有事儿，陈遐龄正参与川滇军阀的成都巷战，不得脱身。彭日升只能孤军作战了。

康藏纠纷中的藏军已有了英式装备

战事进行了 5 个月，打得十分惨烈，最后边军弹尽粮绝，昌都城破。营长张南山认为是自己下令杀死割草人的，责任重大，于是抱着机枪投水溺亡；彭日升见兵死城破，无意偷生，欲自缢，被家人发现，未成，最后被俘，押往拉萨，囚死狱中。彭死后，同他一起被押往拉萨的藏族妻子四郎竹马改嫁他人，儿子没了下落。

藏军不但趁此攻下了赵尔丰时代在金沙江西岸设置的 13 个县，还渡过金沙江，攻占了康北的大片土地。张云侠编著的《康藏大事纪年》里引了《达赖喇嘛传》和《西藏六十年大事记》里的记载，"藏军由昌都以破竹之势，分南北两路进攻。所到之处，边军望风披靡。以致德格、邓柯、石渠、白玉、贡觉、武成（三岩）、宁静七县，相继陷落。是时川边镇守使陈遐龄，以南北各路告急之故，委员唐光裕递书达赖，劝其各守边境，无效。"

该书继续引道，"指挥官朱宪文大战藏军于甘孜之绒坝岔，血战二十余日，始据雅砻江之东，与藏兵扼守。"

事情闹大了，陈遐龄不得不从四川抽身，专注于自己的川边"主业"。他知道，藏军背后有英国人，这事需得中央出面才能解决。于是，他选派了康定大茶商姜公兴的掌柜姜郁文、充家锅庄的老板充宝林二人作为民间代表，川边财政分厅厅长陈启图为官方代表一同进京请愿。

这时的总统是徐世昌。他听了代表们的陈述，感到了事情的严峻，不可轻视。徐总统立刻命令外交部约见英国公使，要求他阻止藏军东进，否则，将调集川、滇、青三省兵力，共同讨伐。见北洋政府态度强硬，英使也怕事态闹大，不好收拾，况且，第一次世界大战还没结束，英国人暂时无力东顾，乘胜利停火收兵，也不失为好的时机。

在大总统的命令下，边、藏两军宣布停火，在甘孜绒坝岔举行了和谈，喧嚣一时的类乌齐事件平息了下来。

五

这次藏军东侵，一下将赵尔丰建立起来的西康33县夺去了18县，这等场景不能不令已居家度日的"西康"草创者傅嵩炑心凉。

陈遐龄丢了那么多土地却没下台，这是奇事。既然没被处理，他开始理直气壮起来，向北洋政府直言："川边内卫川滇，外控西藏，倘川边不保，不但川滇不安，西南国防，亦难巩固"。

北洋政府认了这个理，不管谁当政，国防不能不顾。于是拨给陈遐龄汉阳造3000支、子弹100万发，山炮3门、炮弹10万发，命令四川沿清末旧例，协济边军粮饷。

陈遐龄因祸得福，力量反倒强大起来。可经费不足仍是个老大难问题。尽管北洋政府沿袭了以川济边的成规，但川局混乱，长官常易，协边经费难以保证。与其仰人鼻息不如自力更生，陈遐龄想到了向东扩展。

1923年，四川军阀又开始混战。陈遐龄瞅准机会，挑选精锐，由他亲自率领，入川参战，意图在乱中舀得一杯羹。可理想美丽，现实无情，新都石板滩一战，陈的人马被新晋省长刘成勋打得溃不成军，陈只得带着残兵逃回川边。偷鸡不成蚀了米，追兵不舍，一直跟到了雅安。陈遐龄命令驻雅安的贺中强旅扼住青衣江，自己则逃回了康定。

陈遐龄心慌意乱，不停地给北洋政府发电求援，没有回复。无奈，他将镇守使一职托付给旅长孙涵，自己带着几个亲信，取道青海，去了北京。

这次可没上次的好运了。现在是吴佩孚和张作霖联合执政，人事大变，川边太远，没人理睬这川边的镇守使了。陈遐龄得不到援助，也很无奈，只有丢弃他的管辖之地，流浪北京，做起了寓公。

比起前几任，陈遐龄做了 7 年的川边镇守使，任职算是长的了，可如此下场仍不免有些黯然。

这时的刘成勋刚当上了四川省的省长，正在得意时，拿下雅安后，仍不收兵，继续向着康定进发。

驻守西昌的羊仁安趁镇守使脱逃，局势混乱之机，自封为靖边司令，将宁属土地割据了。孙涵也因失去了上司，有心没肠地在康定同刘成勋的部队签了城下之盟，归了刘成勋。

这是 1925 年春天的事。这时，四川省长的接力棒也分别在杨森、邓锡侯的手里握了一阵后，传到了赖心辉的手中。

刘成勋接管了川边的 15 个县，加上自己原有的雅、宁、嘉、邛等属的 23 县，一下有了 38 个县，"川边"这一名称显然已装不下他的地盘了，也限制了他以后的发展，于是他向北洋政府报告：恢复西康称谓。

北洋政府同意了刘成勋的报告。14 年后，西康这一名字又闪亮登场了。刘成勋也成了西康屯垦使。这时的西康西边没赵傅时代广阔，东边可是增加了不少地盘。

刘成勋在康定住了一个多月后，感觉还是住雅安好。也有人说，刘成勋的脚根本就没有踏上过康区的土地。

他到了雅安，一眼看去，市容太差，街道竟还是清朝时砌的石板路，上百年的日晒雨淋，人踩马踏，既凹凸不平，还狭窄拥挤，太不体面，这对于当过几天四川省长的刘成勋来说，未免太寒碜，必须光洁一下脸面。

刘规定，从东门到西门三官祠为正大街，街宽应达到 10 米，现大北街口南北两段府街和大北街，小北街南北两段马草街和小北街宽需达 8 米，其他像县前街、田所街等也要酌量增宽，宽度不够的，店面拆迁，石板路也要改为三合土路面。

除了修路，他还把雅安东南西及大小北门的城墙全部拆了，墙砖用于建设学校。

1927 年春天，刘成勋筹办的上川南高级中学开学了。学校设了三个班，文科班教授文史哲，聘请了荥经人陶世杰主持；理科班教授数理化，聘了资中人刘必勋主持；预科班则是为没有开设初中的县准备的升学补习班，由雅安人刘北海主持。

有了"文校"，还得有"武校"。他又在南门武侯祠内办起了一个"西康陆军军官学校"。

经过 10 多年的钻营，这位有着"水漩"之称的川军老滑头终于积攒起了一定的实力。

刘成勋还做了一桩好事，那就是修建川康公路成都至雅安段，尽管没完成，但总是开了个头。他心怀宏愿，确实是打算在自己定下的"西康"地界励精图治，然后，四川、西南、全国……

成吗？令人怀疑。感念西康的民国史，就像坐上了过山车，上下突变，心跳目眩，一下想起了鲁迅的诗句：梦里依稀慈母泪，城头变幻大王旗。我想，这没完没了的戏剧可能还会继续演下去。

螳螂捕蝉，黄雀在后。这不，赶走了陈遐龄，刘成勋又被他人盯上了。

盛衰：归于鸡肋之地

一

盯上刘成勋的是他的大邑老乡刘文辉。

1927 年 6 月中旬，在毫无恶兆的太平风景中，雷声突然响起。刘文辉调集了三倍于对手的兵力，分成三路，向刘成勋的部队发起了猛烈攻击：一路由双流向新津进攻；一路由崇庆、大邑向邛崃进攻；一路由眉山、丹棱向名山、雅安进攻。

突如其来的打击令刘成勋的部队猝不及防，溃不成军。实力悬殊，又没准备，于是，逃成了主调，不到半个月时间，防地全线尽失，刘成勋痛彻心扉。退到雅安，败刘依仗着青衣江天险，同刘文辉隔河对峙，互相炮击。相持中，刘文辉的一支队伍突然从洪雅渡河，溯流而上，雅安城东防线瞬间崩溃。雅安城守不住了。刘成勋惶惶然，溜出南门，逃离雅安。本想去西昌休整一下，恢复元气，岂料屋漏偏遭连阴雨，刘文辉早已重金买通靖边军司令羊仁安，其部队正在大相岭候着刘成勋呢。

这一切都是算好的棋。

相岭难过，西昌成梦。刘成勋一路狼狈，跌跌撞撞，好不容易才回到了相岭脚下的荥经花滩。舒口气，思前想后，半个月，就半个月，晴天里，走得好好的，怎么突然就跌入了黑暗，而且，黑咕隆咚，看不到一丝光亮。刘

这是第一位冠以西康地名
的首长——西康屯垦使刘成勋

108

成勋心灰意冷，知道属于自己的世界完了。29 日这天，他彻底泄了气，通电下野，退出江湖，回大邑养老去了。

回想 5 年前，刘成勋当上川军总司令，接着又攫取了四川省长一职，并趁势打掉陈遐龄，得了西康，一时间，好不威风。曾几何时，仅 44 岁的他，竟然就要回到老家去，泯然众人矣。

江湖险恶啊！

刘成勋退出了历史舞台，他的防区和部队自然就归于年岁小他一轮的晚辈刘文辉了。

刘文辉为什么要攻打刘成勋？抢地盘、争防区，1920 年代四川军阀混战的一则而已？

不这么简单，刘文辉早有心计。在年龄比他大了六七岁的堂侄刘湘的关照下，加上亲五哥刘文彩经济上的加持，1917 年从保定军校毕业的刘文辉承载着家族的期盼，仅用了不到 10 年时间，就从一个青年尉官登上了 24 军军长的高位，拥有了属于自己的军队，占据了下川南宜宾、资阳等 20 多个县的地盘，实力已足够强大。

就这，仍不能止住他的脚步，反倒刺激了他那早已蛰伏着的野心。他心里装着的计划是：第一步，统一四川；第二步，称霸西南；第三步，问鼎中原。这宏伟的计划不禁让人想起了他 13 岁时虚报年龄，投考成都陆军小学时在试卷上写的"非常之世必有非常之人，非常之人必行非常之事"。小小年纪，竟有如此"非常"言语，其以后的行为可想而知。

统一全川，就需要铲除盘踞在从宜宾到成都通道上的西康屯垦使刘成勋势力，这是顺理成章的事。后来人们常说起的"二刘之战"，印象中指的是刘家叔侄之间的恶仗，那是后事，当下的这一仗也算得是"二刘之战"了，它发生在两个同乡之间：刘成勋败给了刘文辉。

西康又要易主了。

其实，刘成勋也不是平庸之辈，他也有豪情，也有野心。在 24 军副官长陈耀伦的一篇遗稿中我就读到过这样的文字。

1922 年刘成勋趁四川军阀混战，进驻成都，窃取了川军总司令后，野心勃勃急欲夺取四川省长，掌握四川军政大权，进而指向滇黔，称霸西南。他认为：云南虽兵强将勇，但经不起几十万川军的压力；贵州一向以云南之马首是瞻，滇既得手，黔省自必传檄而定。拥有西南半壁河山，即可活跃于全国政治舞台，甚至尚有希望问鼎中原，登上中央政府领袖之宝座。这些幻梦，竟成了刘成勋经常

思考的首要问题。

文字如此，其心可鉴。这两位大邑老乡，还真有些"英雄所见略同"。可现实是，刘成勋的理想仅在梦里和口中活跃着，而刘文辉却将它落实到了行动上。

刘文辉再接再厉，当年冬天，又同刘湘联手，击败了赖心辉，占领了泸州、合江、永川、纳溪、古蔺等地，赖心辉可是 1925 年的四川省长啊。

又一个省长被他打垮了。

1928 年，南京国民政府指定刘湘为川康裁编军队委员长、刘文辉则坐上了四川省主席的椅子。

刘文辉这样评述自己的这段历史："1924—1932 年是我在四川政治上的黄金时代。"

二

西康又有了新主，他叫刘文辉，头衔是四川省主席兼川康边防总指挥。

拿下西康，刘文辉的地盘一下大了许多。东边膏腴，西部辽阔，刘文辉"财大气粗"了。

北伐胜利，南京国民政府成立，形式上实现了全国的统一，边疆地区的政权建设又一次被端上了政府的工作台面。1928 年 9 月 7 日，国民政府发布了新设热河、察哈尔、绥远、宁夏、青海及西康六个行省的政府令。

民国政府建省的光亮早在 1913 年就曾经映照在热河、察哈尔、绥远和西康这几块的土地上，当时的总理熊希龄踌躇再三，没敲下锤，最终编织了一顶"特别行政区"的草帽放了在这几个地区的头上。10 多年过去，建省的梦又出现了实现的机会，对于边缘地区，这是走进中心的旅行，当然值得高兴。比起上一轮行动，这次多了宁夏和青海，它们热情响应，积极行动。

可在西康，这事儿却被冻住了。

原因？一般的说法都是刘文辉瞧不起西康这一鸡肋之地。兴许吧，但我不想事情就这么简单，动手查了一下，发现是时间在这里"捣着鬼"。刘文辉是1928 年 11 月当上四川省主席的，西康建省的命令是 9 月发出的，想想，拥有了西康又极有可能当上四川省主席的刘文辉会如何选择？当然是四川省主席了，这是阳光下的事实。如果能兼职呢？一脚踏两船，这在中华大地上可没有先例，搞不好丢了四川省长，那寻死的心都会滋生出来。找个其他人呢，那辛辛苦苦打下地盘，竟是为他人作嫁衣裳？刘某人才不干这种傻事儿呢。

　　刘文辉消灭刘成勋主要在意的是上川南地区，康区只是顺势揽入，对这里的全面建设就没怎么上心。历来康区都是由四川照应着的，自己要当上了四川省长，管理它也属自然。况且，"防区制"，谁控制，谁就是王，这时，四川的军阀混战还在继续，那才是着力点，丝毫不敢懈怠。刘成勋刚刚被自己吃掉，刘文辉不想步他的后尘，他的精力需要更多地搁置于那些军阀纷争的膏腴之地上。

　　在刘文辉的眼里，西康，一根鸡肋而已。况且，这鸡肋很难啃，康藏间的纠纷由来已久，处置起来费心伤神，不好介入太深。

　　再说了，这时的刘文辉，胸腔里跳动的恐怕已不是西康，甚至不是四川，而是一颗西南，甚至是中原的心了。

　　要说刘文辉完全无动于衷也不尽然，因为这毕竟是中央的行政命令啊。"因地制宜"，这是地方官吏对待中央政策的行动准则，不能无视中央权威，而自己的利益更不能舍弃。他的行动就是在自己的 24 军军部内设置了一个边政处，专门负责处理西康事务，并组织起一些人，开始了对康区进行自然与社会调查，藏学家任乃强先生就是刘文辉请到的调查员之一。这也可算是为建省做准备了吧。

　　1931 年，哲蚌寺高僧多吉觉拔格西在北京、杭州、汉口传法后到了成都。刘文辉利用自己四川省主席的地位，带了数百人入坛，接受了多吉的灌顶。这是刘文辉接受藏传佛教的入门。刘文辉踏进佛门不知是真有慧根还是政治野心使然。

　　不管是组织调查还是介入佛事，也许初心只是煞有介事，但后来却是种瓜得瓜，收获了福报。

<h2 style="text-align:center">三</h2>

　　既然涉足，就会沾水。

　　自 1918 年绒坝岔协议签订了以后，康藏间一直安静着，天空中飘荡的都是和平安详的白云。可当刘文辉入驻西康后，他顾虑着的事儿还是来了。

　　那就是 1930 年发生在康北甘孜土地上的大白事件。大是大金寺，白指白利乡。

　　甘孜，藏语的意思是洁白美丽的地方。可大白事件既不洁白也不美丽。

　　白利乡有一座叫亚拉寺的藏传佛教寺庙，这是白利土司的家庙，不大。寺里的活佛深受土司和当地百姓的尊崇，白利土司专门拨了 15 家差民，供奉给活佛当差使用。

　　1912 年，亚拉寺活佛转世了。新的活佛出生在绒坝岔桑杜村的一个富豪家

庭。按当地习俗及寺庙管理权限，桑杜村的村民出家必须去大金寺。可这是转世活佛啊，怎么办？只能破例了，就让他到亚拉寺去当活佛吧。

这活佛虽去了白利，心里却念着大金。尽管这样，日子还是平静地流淌着。

终于，平静的日子被一个小扎巴（小沙弥）打碎了。这小扎巴常在村里行窃，被村民逮住，送回寺庙，活佛却不怎么处理。三番五次，百姓不免愤恨，活佛却依旧敷衍。百姓对这活佛滋生了不满。活佛本就对来到亚拉寺不怎么情愿，如今又失去了当地百姓的信任，于是下定决心，离开白利，去了大金寺。他这一走，不仅只身，还要将当地百姓供奉的财物及 15 家差民一起带走。

白利人不答应，说，亚拉寺的财物属于寺庙，15 家差民也是供奉寺庙的，不是活佛私人财物，不能带走。这大金寺是由五世达赖的弟子昂翁彭措创建的，是康北五大寺之一，自视甚高，根本没把白利土司及那里的百姓放在眼里，依然我行我素。白利百姓也不愿忍辱，干脆一把火，将亚拉寺烧了。

这把火对于大金寺不只是财物之争，而是公然对抗。平时作威作福惯了的大金寺上层喇嘛怒了，开始纠集人马，进攻白利。

白利百姓不堪攻击，只能求救当地政府。甘孜县长韩又琦请出驻军营长罗海宽出面干预。面对康军，大金寺不予理会，继续进攻，据说还打死了该营一个排长。政府又请来了炉霍寿灵寺、道孚灵雀寺喇嘛出面调解，仍然无效。

求救电报到了康定马骕旅长手里，他立刻派团长马成龙率领全团三个营以及驻雅江的山炮连前往甘孜处置。

大金寺因获得了藏军支援的 500 支英造步枪，自信满满，以为胜券在握，于是天天在绒坝岔一带游弋示威。

马成龙是赵尔丰带出来的老兵，久历戎行，经验丰富，对大金寺的挑衅置之不理，只是静静地准备着。8 月 30 日，康军突然发起猛攻，步枪大炮一齐轰响，大金寺人马缺少训练，没见过这种仗势，一片混乱，逃回了大金寺。

大金寺围墙既高且厚，康军围攻月余，未能克服。这让人想起了赵尔丰时代的乡城桑披寺之役。

这次大金寺没闲着，他们携带着金帛厚礼到拉萨向达赖求助，求来了两个代本（营）的藏军助战。

1931 年 2 月，康军正在按习俗过春节，藏军突然发起了激烈的反扑。康军被打了个措手不及，甘孜失守，人马退到了炉霍，一面布防扼守，一面急电康定。

电文转到了成都 24 军军部。这时，正是九一八事变前夕，东北形势日益紧张。南京国民政府不想有更多的事端干扰，一面发电刘文辉不要增兵扩大事态，一面派出蒙藏委员会委员兼总务处处长唐柯三前往调处。

6月，几经周折，唐专使见到了藏方代表琼让，不料琼让却说，他只有欢迎与接待唐的职权，至于谈判，得要向驻昌都噶伦请示，唐专使突然感觉被放了鸽子，好不憋闷。唐也耐心，三番五次书信来往，而这在交通艰涩的西康地区颇费时日，一直拖到1932年春天，谈判正式举行，一看，代表仍然是那个代本琼让，这有些令人哭笑不得，半年时间，忽略不计了，好像康藏地区本就没有时间的概念。

兴许这也是外交的一部分，谁知道呢。

抗战在即，国民政府急着让唐柯三赶快了结康藏纠纷。于是，11月6日，协议草约拟定，第一条就是甘孜瞻化暂由藏军驻守，也就是承认战争现状。这对于南京政府似乎无关痛痒，都在自己国土嘛，可对于当地百姓却是生死攸关。

草约一出，白利百姓失声痛哭，土司率领百姓到炉霍向唐柯三请愿，说，我们向来亲汉，你们这一处理，是把我们抛到藏方和大金寺的淫威下，让我们以后如何活啊？！

刘文辉也反对草约，他给唐柯三去了电报："此案主要是藏军退出甘瞻，始有交涉可言。呈示草约各条鄙意均期期以为不可。事关国防，并为中央威信所系，窃谓有详慎考虑之必要，思维再四，未敢苟同。"

拖到12月，谈判仍没结果。蒋介石却因对日的不抵抗政策导致东三省丢失，自己也失去了国民政府主席的职位。

蒙藏委员会委员长也易人了。四川人石青阳上了马。他给唐柯三去了电，电文如下："调处既不能进行，着即回京复命。大白事件，交刘文辉全权处理。"

唐柯三灰溜溜地走了，刘文辉担起了处置职责。

唐是文职，刘是武官，面对问题，思路不同。刘文辉认为，只有武力才能解决问题，大白事件拖延甚久，都是前线兵力不足所致，接过职责，立刻命令驻在邛崃的川康边防军第一旅旅长余松林迅速进入康区，又令驻冕宁的靖边军第一旅旅长邓秀廷入康，暂归余松林指挥。

这时，青海方面也与藏军发生冲突，藏军双头作战，十分尴尬。

作为川边前敌总指挥，余松林旅的29团团长邓骧率领着6个营的兵力，配以李华廷山炮连的火力，不由分说，铺天盖地地轰向对方阵地。这是藏军遇到的空前强大的进攻，终究力不能支，丢弃了甘孜，节节败退，回到大金寺。没料到40团营长罗海宽、连长陈月江翻墙进寺，打开了寺门。寺里僧人见大势已去，慌忙收拾细软逃走，并点火烧了自己的寺庙。

康军一阵猛追，一口气将藏军赶过了金沙江，趁势收复了1918年被藏方占

领的德格、邓柯、白玉和石渠四县。

青海方面，马步芳的军队也将藏军赶过了金沙江，并来电邀约刘文辉，一鼓作气，收复昌都、类乌齐等地。

此时的刘文辉已感受到了川局的动荡，不敢将大量军队久留在康区，遂一面婉谢了马步芳的好意，一面电令邓骧见好就收，尽快结束战事。

这时西藏方面也因内部矛盾不想再战。于是，1932 年 10 月 8 日，以邓骧为康军一方、琼让为藏军一方，在金沙江西岸的岗托举行了和谈，签订了《岗托协议》。

这是一个康藏两个地方力量签署的协议。协议签后，双方军民都无异议，也都严格遵守着，只留下一个问题，即大金寺喇嘛的安置。

寺庙烧了，除自行返乡者外，还有 500 多僧人流落昌都一带，他们有枪，为了生存，不时地窜乡抢劫，成了康藏双方都感到恼火的遗患。

1934 年 10 月，康藏双方又在德格举行谈判，决定收缴大金寺枪支，进行封存；组织各界捐款，修复大金寺……

1938 年，谈判又一次举行，对大金寺的修葺做了具体的安排落实。

大白事件就此宣告结束。

刘文辉在进入康区的第一次重大事件中继续展示着他雄劲的力量。

四

还记得赵尔丰在西康举办教育的事吗？当时整个康区建起了无数的学校，可康区人不领情，视读书为苦差，为了完成这苦恼的差事，他们竞相花钱请人替读。此事唯独巴塘例外。这里的人心甘情愿，积极上学，氛围乐观。后来，康区出了许多名人，几乎都是从巴塘学校走出去的。

格桑泽仁就是这些名人中的一个，他汉名叫王天杰，是赵尔丰在巴塘开办的第一小学的学生。

后来，赵尔丰开办巡警学堂，格桑泽仁又被招了进去，可惜，还没毕业，清朝没了，赵尔丰完了，巡警学堂也解散了。

格桑不甘心就此"泯然"。1926 年，听说刘成勋在雅安办了个陆军军官学校，他邀约了一个叫曹锐夫的同乡一起考入了这所学校。不幸，仅一年，刘成勋下野了；幸，流浪雅安的格桑在这里遇到了班禅的管家喇嘛公登扎西。公登是奉漂泊在外的班禅之命，来西康试探其回藏的可能性的。公登不通汉语，格桑毛遂自荐，做了他的翻译。

　　格桑陪同公登考察了西康 10 多个县，结果显示，班禅回藏，尚无可能。如此，公登只好回京复命，离开四川时，他将格桑推荐给了刘文辉。

　　刘文辉轻轻晃了一眼格桑的简历，竟是一个自己手下败将军校未毕业的学生，没放上心。碍于公登情面，他委了格桑一个参议职位，每月 8 块大洋，不用上班，也不用干事。

　　格桑不是愿意"躺平"的混子，如此冷淡，岂能忍受。他不辞而别，去了南京。

　　格桑在南京施展出他的汉藏翻译技能，如鱼得水，很快就当上了蒙藏委员会的藏语翻译。在一次中央政府与西藏地方政府的大型会议上，格桑的表现获得了考试院院长戴季陶的青睐。有了戴的提携，没过多久，格桑就当上了蒙藏委员会委员，还兼起了藏事处的处长和蒙藏周报社的副社长。

　　格桑泽仁也不是等闲之辈。随着自己地位的提升，他的想法也多了起来。他派人回到巴塘，将亲友中一些有才能的人带到了南京，又笼络了一批在南京工作和读书的西康人，团起了一个圈子，形成了他的基本盘。接着，他说通戴院长，以蒙藏委员会的名义在南京中央政治学校里附设了一个西康班，把散在北京、沈阳、太原等地的 20 多个西康籍人集中到了这个西康班，把这些人组织起来成立了一个"藏族青年励进会"，格桑自任会长。

　　格桑还以西康省民众代表的身份，到处发表演说，鼓吹"康人治康"，大出风头。

　　格桑泽仁的力量在逐渐增长。

　　刘文辉不是蒋介石喜欢的人物，格桑的出现让他看到了一支可以牵制刘文辉的力量，自然乐见其成。

　　在遥远川康的刘文辉嗅到了不同寻常的气息，没想到当初被自己鄙视的这个年轻人竟然有了这等出息，看来是不能掉以轻心了，一定要防微杜渐。

　　经过分析，他认为，格桑之所以能发展至今，是因为他"冒充"了康藏全权代表。于是，以其人之道还治其人之身，他马上在康定组织了一个"反对格桑泽仁冒充康藏全权代表大同盟"，上街游行，制造影响；又致电国民政府各院部会，请求支持；由"大同盟"派出代表去南京取代格桑。

　　没经过大世面的格桑泽仁慌了，马上去找蒋介石，请求辞去各种职位。蒋问：为何？格桑说：刘文辉已派人来取代我，我不如自己辞职得了。蒋笑了：你真幼稚，一听说有人反对就不干了，你把全国报纸翻来看看，反对我的有多少，那我也不干了？政府用你是经过考虑的，岂是有人反对就撤掉你。回去好好干，政府还要重用你。

果然，几天后，格桑泽仁又升职了，当上了国民政府参议。

1931年冬天，国民党中央党部任命格桑泽仁为党务特派员，回康区开展党务工作。

格桑带领着他的力量要回西康了。这时的格桑27岁，同伴们也都20郎当，真是一股不可忽视的青春力量。

这些人分为了两路，一路经四川回康；格桑不想见到刘文辉，所以带着一部分人转道云南。在昆明，格桑受到了云南省主席龙云的热情接待，送给了他滇造单筒步枪100支、长波电台一部。

1932年1月，格桑泽仁抵达巴塘，获得了当地大张旗鼓的隆重欢迎。

刘文辉所属24军驻巴塘的军政长官，对格桑泽仁的到来及其煊赫的声势，表示了强烈的不满，流言蜚语在巴塘上空盘旋。格桑泽仁佯装不知，暗中却加紧了对各种力量的联系活动，西康形势又开始紧张起来。

2月26日，格桑人马突然起事，强行收缴了当地驻军两个连的枪械。3月9日，格桑宣布成立"西康建省委员会"和"西康省防军司令部"，自任司令。他的姐夫吉村曲批担任下设群众武装司令部总指挥，私人秘书黄子翼当上了巴塘县长。"格桑运动"的火越烧越旺，不久又占领了盐井、稻城、乡城、义敦、德荣、中甸等县。

格桑兴奋异常，下令让盐井贡嘎喇嘛将缴下的24军驻盐井部队武器运往巴塘上交。贡嘎喇嘛拒绝这一命令，这扫了格桑的兴，他立刻带兵前往征讨。贡噶喇嘛难以对付，转而投靠藏军，联合起来进攻巴塘。

格桑泽仁在南京的行为已经让刘文辉感受到了这股颠覆他权力的暗流的危险，而今，格桑竟然直接在他的地盘上收缴了他部队的武器，还建立起政权组织，这简直就是造反了！刘文辉明了，这是蒋介石意图打击他而遥控西康的手腕，必须斩断。

格桑泽仁与藏军战斗正酣时，刘文辉出手了。

他调了马成龙团赴巴塘弹压。马团到后，先打败藏军，控制了巴塘，然后软硬兼施，缴了民军的枪。之后就是对格派的剿杀了，包括格桑姐夫吉村曲批在内的格桑亲信一概被杀。格桑泽仁幸有察觉，事件发生前就潜伏到了乡下，面对惨案痛心疾首却无可奈何，只能取道云南返回南京。

轰轰烈烈一时的格桑的辉煌竟一下烟消云散了。

据《四川人物志》上说，格桑泽仁退出政治舞台后，以其聚集起的财富联络康藏、成渝两地的富商组成康藏贸易公司，成为了商界大亨。

抗战时期，他在云南、西康地区积极筹划募集抗日经费，支援抗战，后来还被选为了"国大"代表。1946 年 6 月 5 日，格桑因肺病不治逝世，享年仅 42 岁。

刘文辉又一次守住了他的西康。

五

刘湘军师刘从云常在刘湘耳边说："一林不藏二虎，一川不容二流。"

这话什么意思？

自辛亥革命后的 20 多年时间里，四川土地上，各军阀间发生了大大小小数百次战争，都是为了这"一川不容二流"吗？

1927 年夏天，刘文辉把同乡刘成勋赶回了老家，消灭了一流。

到了 1930 年代初，像熊克武、刘存厚、杨森等一些老牌人物都"水力不足"，丧失了奔腾的能力，留下的最强势者就是二刘了。

刘文辉身兼四川省政府主席、川康边防总指挥、24 军军长等职，其防区包括川康 81 县，几乎占了四川总面积的一半，兵力有 12 万，在四川各派中首屈一指。

刘湘此时任四川善后督办、21 军军长，防区包括川东南和鄂西一带共 46 县，控制着四川水陆交通的枢纽、进出口要津重庆，兵力约 11 万。

刘湘不像刘文辉意欲中原，他要的就是四川。这时人们猛然醒悟：这二流，走到冲刺点，不就是二刘吗？看来，刘从云早就在等着这一天。

这二刘不仅同乡，而且同宗，还是叔侄。"不容二刘"？那是要同室操戈了？

是的，历史就是这样。

1931 年，刘文辉以 200 万元巨

1927 年，刘文辉赶走同乡刘成勋，成了新的"西康王"，一年后又当上了四川省省长，好不意气风发

款，从国外购买了一批军火由上海运往成都，途经万县港时，被刘湘部下扣留，刘文辉亲自前往重庆找到刘湘交涉，无功而返。刘文辉还以颜色，暗中以巨款收买刘湘部师长范绍增和旅长蓝文彬，这范绍增就是电视剧《傻儿师长》里的那位"傻儿师长"的原型，但他可不傻，他把钱交给了刘湘。刘文辉"赔了银子又输人"大感恼火，命令驻江津所部切断重庆粮道，让刘湘也感受到了压力。

为了帮兄弟出气，刘文彩甚至雇请了一个叫胡文鹏的刺客到重庆去行刺刘湘，又没成。民间传说，这个胡文鹏潜入刘湘府邸后，躲在树上三天三夜，竟不敢下手，第四天，终于饿昏掉下树来，成了笑话。

事情到了这种地步，开战已是必然。

二刘之外，川内其他涓涓溪流，像邓锡侯、田颂尧、杨森、李家钰、罗泽洲、刘存厚等，虽力不胜人，却也各有一两万、四五万不等的兵力，合起来差不多有十五万人，这无疑就成了二刘均势天平上起作用的砝码，就看双方怎样运作了。

邓锡侯和田颂尧与刘文辉同属"保定系"，1925 年之后，三人同驻成都，对外高唱着"保定系团结"的歌，背后，刘文辉却暗中大挖盟友墙脚。1930 年夏，刘收编了田部教导师的一部，1931 年春，又诱使田部副旅长寇澄清率部"跳槽"。邓部的师旅长们也在刘文辉的金钱攻势下犹豫着。

刘文辉的下作得罪了校友，也为自己挖下了坑。

刘湘在准备对刘文辉进攻时，也从蒋介石那里得到了支持。在国民党新军阀的几次混战中，刘湘始终站在蒋的一边，还曾出兵相助。而刘文辉则投靠汪精卫拥护冯玉祥反对蒋介石。蒋介石对二刘的爱憎可想而知。1932 年夏，刘湘把解决刘文辉的计划转交蒋介石，蒋亲笔复函，对刘湘傍加慰勉，批准他便宜行事。

内有同盟，外有靠山，刘湘终于下定决心：进攻刘文辉。

1932 年 10 月 1 日，刘湘指使驻武胜的罗泽洲首先发难，向驻南充的刘文辉部打响了第一枪，揭开了二刘大战的序幕。

1933 年 5 月 26 日，刘湘、邓锡侯等在乐至召开"安川会议"，决定联合向刘文辉进攻。6 月 6 日，刘湘军西进，田颂尧也由川北抽调军队进攻刘文辉。刘文辉两边应战，疲于应付，被迫撤出成都，退守岷江防线。8 月，岷江防线被突破，刘文辉退到雅安，凭雅河防守。这好像 1927 年那场"二刘之战"的态势，只是刘文辉由攻方变成了守军。下场也差不多，雅安守不住，只能往西撤。

康藏地区高冷苦寒，将士多不愿前往，刘文辉的主力师长冷寅东、夏首勋、张志和等辞职离队，部队大部为刘湘收编，陈鸿文师则"完璧归邓"，刘文辉只率残部两万余人在汉源停下了逃跑的脚步。

　　刘湘对待刘文辉没像刘文辉对待刘成勋那样把对方逼回老家，而仅仅是浇灭了刘文辉霸四川、强西南、进中原的欲火，让他回归到了他的鸡肋之地——西康。

　　这兴许也有亲情的底线，据说，刘文辉泼辣的夫人就曾跑到刘湘面前抱怨："你要把你幺爸整死嗦！"这威势强过枪炮。

　　一川不容二刘，川康各得其所。叔侄间的二刘之战结束了川康地面的防区制以及由此引发的军阀混战。刘文辉冷静下来，考虑起了他的西康建设计划，又一次丢失的西康建省机会不知又要等到什么时候啊。

红军来了

再有俩月，西康建省筹委会就要成立了。刘文辉踌躇满志，心情愉悦。他已经好久没这么高兴过了，自打两年前被侄儿刘湘打败，流落到这片长期被自己视为鸡肋的荒僻地块上，他就没怎么舒服过。尽管有人告诉他，"生命从四十开始"，声音从世外高人口中吐出，似乎飘荡着神的意蕴。但他心里明白，里面多是人家对他的安慰。

成事在天，谋事在人。刘文辉是个心高气傲的角色，既然有吉言在，那么，先做好自己这一半吧。

经过努力，刘文辉在川西及康区基本稳定下来了。古人有"失之东隅，收之桑榆"的说法，如今，四川省长没了，西康建省也算是一种补偿吧。

可就在这个时候，红军来了。

这事儿非同小可。四川一域刚取消了防区制，军阀间的征战停歇了，战败的刘文辉心跳才刚刚舒缓过来，红军的到来又引起了社会极大的震荡，有携财逃跑的，有暗自欣喜的……都没见过红军，有的只是各种流言荡漾。

一

红军是 1935 年 5 月 9 日渡过金沙江进入康区的。

这年伊始，饱受反"围剿"失败痛苦的红军在贵州遵义召开会议，痛斥了博古和国际共运代表李德的乱指挥，建立起了新的军委领导机构。

红军有了新的气象。他们在川黔滇边和贵州省内迂回穿插，带着国民党军队兜圈子、跑趟子，并不失时机地打了几次突袭，搅得蒋介石心烦意乱。更让蒋介石没想到的是，4 月初，红军竟然出动主力南渡乌江，进到了贵阳飞机场附近。这时，他可是正在贵阳指挥"剿共"啊。出其不意的事件令他一阵惊恐，忙不迭地赶紧调动滇军前往增援。而红军却甩开敌手，大步流星地赶到川滇边界的皎平

鸟瞰安顺，大渡河在阳光的照耀下滚滚东去

渡，渡过了金沙江。

蒋介石上当了。他设计的在川滇黔赤水河及金沙江一带将红军剿灭的计划破产了。尴尬之时，10日，蒋介石又心急火燎地飞到昆明，确定了新的目标：将红军厄死在金沙江与大渡河之间。

渡过金沙江，红军开始在康区展开他们昂扬的故事。

最早进入康区的这支红军队伍是中央红军。而这时，红

红军强渡大渡河纪念碑广场已成为一代又一代人景仰英雄的圣地

军的第四方面军也正在赶往（四）川甘（肃）（西）康边缘的茂县、理县一带，准备在那里同中央红军会合。

5月15日，红四方面军占领茂县，将总部设在了那里。5天后，红军总司令朱德在西昌礼州发出了抢渡大渡河的电令。

大渡河是令所有想渡过它的队伍心惊胆战的河流。1863年5月，太平天国冀王石达开的十万人马流落至此，在这滔滔江边，苦苦挣扎，奈何不得。2010年的5月，我到过这里，夏日的阳光强烈，晒得身上出汗，可手伸进江里，水仍

然冰凉。眯上眼睛，眺望遥远的历史，曩时的阳光没能让石将军的兵士们感受到一丝温暖，有的却是汹涌江水的狰狞冷酷，竟活生生地将这十万生灵静静地吞噬于无形。

又是 5 月，历史会再现吗？

蒋介石在昆明做出了新的军事部署：令刘文辉部主力在大渡河北岸上游富林镇以西，筑碉防守；令吴奇伟、周浑元、李韫珩三个纵队渡过金沙江，继续追击，到西昌后立即筑碉，右与昭觉附近的川军 21 军郭勋祺部，左与盐边、盐源的滇军连成碉堡封锁线，堵住红军南返；令刘湘以川军 20 军全部及 21 军一部归杨森指挥，火速开至大渡河下游富林镇以东沿河防堵；令刘文辉将 24 军在大渡河以南的 5 个旅划归刘元璋率领，受薛岳指挥，掩护薛主力北进；令杨森、刘文辉到汉源指挥。72 年前的历史似乎给了蒋介石一点信心，以致他在电令中勉励各军说："大渡河是太平军石达开大军覆灭之地，今共军入此汉彝杂居处，一线中通，江河阻隔，地形险峻，给养困难的绝地，必步石军覆辙，希各军师长鼓励所部建立殊勋。"

还有，吸取了金沙江南岸渡口执行任务的探子船被红军劫走，偷袭北岸成功的教训，蒋介石特别强调：收缴南岸渡河船只以及可资渡河的材料，全部集中到北岸；搜集南岸民间粮食运送北岸，实行坚壁清野；扫清射界，如南岸居民房屋可资红军利用掩护其接近河岸者，悉加焚毁。

如此这般，红军能走出这魔障吗？

今天，了解中国历史的人们都知道了，蒋介石这看似严密的部署其实漏洞很多。首先，也是最致命的就是在西康地区围堵红军的不全是武器精良，唯蒋命是从的中央军，而多是与总司令心猿意马，惨淡经营的地方军阀。他们心中随时叨念着的，就是祈望红军做个"文明"过客，好来好去，最好不要伤了自己的筋骨，而这实在是他们安身立命的家当本钱。阿弥陀佛。

利益，这是拥有利益者最顾及也是最顾忌的，但"领袖"的意志却也是必须遵从的，特别是刘文辉，蒋介石才给了他一个"建省委员会委员长"的头衔，违命？岂有此理。这个时候，军阀们的处境就有些像英国历史学家爱德华·吉本在他的《罗马帝国衰亡史》里说的那样了，"抵抗不堪设想，逃离全无可能"。

据刘文辉部 24 军 5 旅旅长杨学端后来的回忆，在得知红军就要进入西康时，刘文辉心烦意乱，曾不止一次对他说："共产党找上我这穷光蛋了，拼也完，不拼也完，走着瞧吧。"

这是事实。刚败退到西康边域的刘文辉这时还来不及振作，兵不再强，土也还没肥起来，说是穷光蛋一点不差，而这"走着瞧"则意味深长，颇值得玩味。

杨学端说，他被派往石棉县安靖坝镇守，这也正是后来红军强渡大渡河的地方。而刘文辉几乎没给他什么弹药，为此，他只得向荥经茶商兰某借了 3000 大洋，作为战备经费。镇守，却不给弹药，什么意思？是"走着瞧"的演绎吗？

二

还是说说红军的行动吧。

过河，首先得走到河边。中央红军从西昌到大渡河边有两条路可走：一是经过越西到汉源的大树堡，这是当时通往雅安、成都的大道，敌人的守备力量强大；另一条是经冕宁，过彝区到安顺场，这条道沿途多是悬崖峭壁，崎岖难行，敌人的守备力量较为薄弱。前者有强力交战的麻烦，后者则有路途艰险以及穿越彝区这个不确定因素，权衡下，红军选择了后者。

为了迷惑敌人，中央军委决定：由一军团参谋长左权、二师政委刘亚楼率二师五团及师侦察连佯攻大树堡。五团则命令第三营营长梁兴初率部作为先驱，于 5 月 20 号从西昌泸沽出发，向大树堡渡口疾进。这一切，就是要将敌人的主力吸引到大道上，以利于红军"暗渡陈仓"。

21 日，红军进入越西县城后，立马开仓放粮，并高声宣讲，红军和彝族人民是一家。这一举动收获了硕果：有彝族群众要求参加红军，有的要求为红军带路。

23 日清晨，红三营从越西海棠出发，下午便攻占了大树堡。当时驻守大树的敌军是刘湘 21 军王泽浚旅的一个连，遇上红军，他们轻描淡写地抵抗了一阵便乖乖地当起了俘虏，包括连长在内。

兴许这也是军阀们保存力量的一种方式吧，谁知道呢。这让我想起了刘湘给郭勋祺的一番话："这一次派你带三个旅去和薛岳配合，是我深思熟虑后的决定。你要知道，蒋介石对我们川军早就起了心思，我们大可不必按照他的命令行事。和红军两败俱伤是蒋介石最想看到的局面，我们这样做既得罪了红军，还让自己处于一个非常危险的位置。所以，你尽量不要和红军起冲突，就算是红军主动打你，你也要消极应战……"

24、25 日两天，左权、刘亚楼亲临大渡河边，指挥佯攻。他们命令部队砍竹扎筏，集木造船，甚至拆毁了越西监狱及庙宇会馆；宣传员则深入到群众中大造舆论，高声宣讲：红军要从这里渡河攻打富林，直取雅安、成都。声势造得一浪高过一浪。

红军在大树堡的活动又一次干扰了蒋介石的思考，他急令各方人马迅速向富

林集结，企图在此围歼红军，从而放松了对安顺到泸定桥沿河北岸一线的防备。兵不厌诈，蒋介石又上当了。

通过彝区的部队也很顺利。彝族沽基家支接受了红军的好意。1935 年 5 月 22 日下午，在阳光的陪伴下，首领小叶丹和红军总参谋长，先遣队司令员刘伯承在彝家海子边，按照彝民的传统习惯，杀鸡饮血酒，结拜成兄弟。

今天，历史已成纪念。海子周围已经成了四川省文物保护单位，全国爱国主义教育基地，湖边，一座"彝海结盟纪念馆"也建立了起来。白云伴日，湖水轻漾，冕宁彝家海子已是当地百姓和远近游客的打卡地了。

5 月 23 日拂晓，在小叶丹等人的护送下，红军先遣队顺利通过彝区。深夜，队伍到达马鞍山顶，山脚便是安顺场了。

当时驻守安顺场渡口的是 24 军第 5 旅余味儒团韩槐阶营。按照蒋介石"确保河防，围厄红军"的命令，韩槐阶收缴了南岸的渡船和粮食，把它们集中到了北岸；为了扫清射界，他强迫百姓搬家，在安顺场街上堆满了柴草，准备在 24 日这一天纵火烧街。

说来也巧。这天，24 军彝务总指挥部营长赖执中从西昌败逃回来了。赖是安顺场的大地主，场上房屋一多半是他的家产，一旦被烧，损失显然。赖找到了韩槐阶，请求暂时放过他的房屋，等红军逼近了再烧他的房。同僚之间，友情为重，韩槐阶松手了。蒋介石严密计划的又出现了一处漏洞。岂止这样，赖执中还留了后手未做通报，他将渡他返回安顺场的船悄悄留在了南岸，他打的算盘是，红军来时，逃往北岸方便。

金沙江的那一幕又要上演了。

中央红军红一军团一师一团一到马鞍山顶，没有停歇，立即向安顺场发起了攻击。安顺场守敌竟如累卵，瞬间就被踏碎了。赖执中听见枪声后仓皇逃走。可船呢？对不起，"礼物"红军已经笑纳了。

红军来得太快了，敌人在大渡河沿岸的工事还没完备，奉命的杨森部也没能赶到指定地点，真是天赐良机啊。

25 日清晨，在战士们的踊跃报名下，由 17 名勇士组成的强渡小队成立了。

9 点钟，杨得志团长一声令下，17 勇士踏上了由当地船工帅士高等 8 人摆渡的木船。几十挺机枪及三门迫击炮同时向对岸守军发起攻击，掩护勇士强渡。尽管敌人也开启了火力，江上巨浪也令渡船险象环生，但在南岸红军火力压制下，北岸火力弱同虚无，船过了江，17 勇士跳上岸，向敌阵猛冲过去，霎时间，敌人开始溃逃。红军夺取了北岸渡口阵地。

1935 年安顺场的太阳不冷，红军没有成为石达开。

三

仅靠船只，要让大部队迅速通过大渡河显然不行。

5月28日清晨，红四团接到军委电令，要求改变原部署，提前一天，在29日拂晓前赶到泸定桥完成夺桥任务。这意味着战士们要在不足一昼夜的时间里赶240里的路程。

道路崎岖狭窄，一边是刀斧劈就的悬崖，一边是翻卷奔腾的大渡河，沿途还有阻敌，艰难度可想而知。然而，红军的命运就在自己的脚下，拼死命也得赶。红四团加快了行军的速度，在偷袭了猛虎冈后，一刻也没停歇，顶着滂沱大雨，摸着黑夜，向泸定桥快速前进。

北岸也急。红军渡过大渡河的消息让刘文辉慌了手脚，急忙电令4旅旅长袁镛布置泸定的城防。可该旅3个团一个驻飞越岭，远；一个正被渡过江的红军追打，自顾不暇；剩下的只有住在冷碛的李全山的38团了。得令后，李团长选了20多个烟瘾不算太大、身体也还可以的兵士，在连长饶杰的带领下往泸定城赶，自己则率领后续部队从冷碛出发，打着火把连夜向泸定桥开进。

南岸，暗夜中疾行的红军看见了对岸敌军的火把。如果继续摸黑走，跌跌绊绊，势必落后。团长杨成武决定，打着刚被击垮的敌军番号，同样点起火把赶路。明火执仗，对岸发出了疑问，川籍红军操起川腔，与敌人相互问答。于是，大渡河两岸出现了一幅戏剧性的画面，两路火把，两支队伍，怀着不同的目的夹河向泸定桥前进。29日拂晓，红军赶到泸定桥西面，迅速兵分两路击溃了守桥敌军，控制了西桥头。

北岸敌军是29日凌晨赶到的。当兵的气还没喘过来，烟瘾还没来得及过一下，就被驱赶着上桥拆桥板，桥板还没拆光，红军出现在了对岸。枪声响起，拆桥板成了危险活儿，没法进行了。

之前，蒋介石曾有过命令，叫刘文辉炸掉泸定桥。刘文辉没有执行。这长长的大渡河沿岸就这一座桥，还是1701年清朝康熙皇帝为了解决汉藏间交通的梗阻，下令在此修建的，断了它，这一带老百姓的生活将陷入困窘，刘文辉在这儿还能待下去吗？刘文辉赖以生存的茶叶、鸦片生意还能继续做下去吗？炸还是不炸，刘文辉一直在它们之间来回踟蹰。

下午4点，对泸定桥东岸的强攻开始。红军强大的火力迅速控制了场面。据说，这时李全山得到急报，在安顺场渡过大渡河的红军已经击溃了第10、11团的防线，就要逼近泸定城了。他和手下亲信一合计：不行，再不跑就让人家包饺

子了。于是留下周桂三的第 2 营断后，李团长带着团主力跑路了。

团长都撤了，剩下的自然是有心没肠，斗志全无了。战斗进行了两个小时，红军以其肉身，在敌人的火力封锁下，越过了这一百多米滔滔大渡河上空飞悬的铁索，夺下了泸定桥的东桥头。欢呼声迅速响起，并在山间久久地回荡。蒋介石在昆明定下的"新的军事部署"又落空了，他让朱、毛成为第二个石达开的梦想也跟着大渡河的流水滚滚东去了。

据说，为了刘文辉没炸泸定桥一事，蒋介石气得捶胸顿足，大骂刘文辉，给他记了一个大过。

炽烈的火力封锁、悬空一百多米光溜溜的铁索……红军飞夺泸定桥绝对是个奇迹，以致有些人对这段历史产生了疑虑。最近看了一些资料，这段神话般的历史又变得实在了起来。

美国作家哈里森·埃文斯·索尔兹伯里 1986 年出版了一本叫《长征：前所未闻的故事》的书，里面有这样一段：

有人问一个曾在泸定桥打过仗的原国民党军官，为什么红军在夺取泸定桥的时候伤亡那样少？他说，因为国民党的枪支太陈旧，子弹都潮湿发霉了，大部分打不到河对岸。

准确说，不是国民党的枪支太陈旧，是国民党 24 军的枪支太陈旧。早前就曾听说，刘文辉部队使用的川造步枪质量低劣，枪管钢质不行，打不了多少发子弹，膛线就磨浅了、磨没了，这样的枪根本没法瞄准；更让人瞠目的说法来自 24 军参谋长王靖宇，他说，在围堵红军长征那阵儿，刘文辉部士兵手中有三分之一以上的枪根本打不响，不过是吓唬老百姓的道具而已。

面对这样的敌军，红军的阵势强多了。当时指挥飞夺泸定桥一役的红四团政委杨成武在后来的自述中有过这样一句话："由曾庆林指挥全团百余挺轻、重机枪，掩护夺桥和铺桥行动。"

这些枪支哪来的？从国民党中央军那儿缴获的。

刘文辉部的 38 团在溜走时竟没有留下它的机枪连，有资料说，刘文辉的部队根本就没配置轻机枪。如此悬殊的军力，加上红军大无畏的革命勇气，胜利就是必然的了。

四

中央红军强渡大渡河成功后，蒋介石仍没死心，他的驻川"剿匪"参谋团和刘湘急电杨森，"派有力部队到荥经、天全、芦山防堵"。杨森当时在洪雅，收到电令后十分无奈，只好令第5混成旅旅长杨汉忠、第6混成旅旅长罗润德率部到荥经……

杨森不是第一次同红军打交道了，吃过的亏还在肚里翻滚着，现在又要面对红军，心里的乌云又铺卷开来。尴尬时节，杨森决定利用自己与朱德在滇军及北伐时的交情，授权杨汉忠与红军达成协议，让红军过境，互不侵犯。这就是军阀们在康区围堵红军时常常采用的战术：送客式的追击，敲梆式的防堵。如此，中央红军过荥经县境，沿途基本没有战斗，争取了时间，打乱了敌人在天、芦、宝的整体部署。

6月13日，硗碛头道桥的一块空地上搭起了一个简易台子，成千上万的红军聚集在这里。这是中央红军大部队翻越夹金山的战前集会。昨天，翻山的先遣队——红二师四团已在师长陈光的率领下实现了对夹金山的征服。

夹金山，这是红军长征以来遇到的第一座大雪山，许多从南方走过来的红军战士生平第一次见到这么大的雪山。单薄的衣服、疲乏的身体……对于摆脱了蒋介石围追堵截的红军，大自然的考验又矗立在了面前。

但它并非高不可攀。

台上，部队首长娓娓地讲解述说，坚毅铿锵地动员；台下，战士们热情洋溢，信心高涨。太阳就在前面，翻过山就是希望。战士们心跳开始加快，都期待着迎接这一新的挑战。

当地藏族群众砍来了竹竿、树枝，递给战士做挂路棍，还有人专门去天全、芦山买来了干海椒，分发给战士们，谆谆叮嘱：别怕，嚼着它，可御寒。

这叮嘱真有些像祈祷。

关于翻越夹金山，许多老红军保有着深刻的记忆。周恩来的夫人邓颖超在一篇《红军不怕远征难》的文章里说："山上终年积雪，不能中途停留，否则大风雪来了，就会冻死在山上……有些体弱患病的同志，一坐下就起不来，或行走很慢不能及时赶过山顶，就牺牲在山上。"伍修权就是走得慢的同志之一，还好，他幸运地过了山，没留在山上。在他的《回忆录》里，有着这样的场景：

一清早我们就动身翻山，开始时路还好走，不太陡，也比较宽。谁有力量谁

往前走，走了不远我就落在后面了。虽然不是最后，但大部队已经过去。快到山顶就更困难了。警卫员同我相依为命，用数步子的办法来鼓励自己。开始说走一百步就休息，走一步数一步，走到整整一百步，就下来喘几口气，接着再数着走一百步。以后，一百步也坚持不下去了，改成走五十步休息一次，后又改为三十步休息一次，再也不能减少了，走不动也得走，否则就只有永远躺在这里。经过艰苦努力，估计是下午三四点钟，终于爬上了山顶。这时，心情真是悲喜交集：喜的是自己有了跟上部队的希望了；悲的是在山顶两旁的冰天雪地里躺着不少牺牲的同志。我曾亲眼看见有同志太累了，坐下去休息一会儿，可是一坐下就再也起不来了。我们当时的心情很难过，真是爱莫能助啊。

下坡时就顺利多了，劲头也上来了。虽然山上一会儿下雨下雪，一会儿出太阳，气候变化无常，我们下山却特别快，精神特别抖擞。是啊，当时我们都是不到 30 岁的人，毕竟还有"余勇可贾"。下了夹金山，沿着一条长长的峡谷走了一段。出了峡谷有一道小河，对岸是一个小镇叫达维。走过小木桥不远的地方有块不大的平地，有四方面军的部队在欢迎我们。在我们的后面也有更多的同志跟上来了，这就是有名的一、四方面军懋功会师。

进入康区的红军还有贺龙、任弼时、关向应、萧克、王震等领导的红二军团和红六军团，他们 1936 年从云南中甸进入康南时，为了减少部队可能发生的粮食困难，他们分成了两路进军：红六军团经定乡（今乡城）、稻城、理化（今理塘）、瞻化（今新龙）到甘孜，红二军团经得荣、巴安（今巴塘）、白玉至甘孜。

5 月 14 日，红二军团前卫 4 师从得荣的扎哇龙越过定波河进入了巴塘县境，20 日到达仁波一带，遇到不明武装的阻击。红军没同他们对打，而是相持着，等大部队的到来。3 天后，贺龙、任弼时等到达前沿，找到了这一带威信颇高的喇嘛拉波。拉波给仁波寺堪布写了一封信，说明红军只是借路，并不想侵害寺庙利益。仁波寺喇嘛收到信件，又看到越来越多的红军聚集，权衡利弊，决定谈判解决问题。经过协商，仁波寺不但同意让出路面，还将寺内所存的粮食和牲畜卖给了红军。

拉波继续跟着红军北进，做贺龙的翻译一直到达甘孜，后在返回途中，在理塘因叛徒告密被国民党军杀害。

1936 年 6 月 23 日，红六军团到达甘孜普玉隆孜苏寺，与红军总政治部会师；红二军团 6 月 30 日进抵甘孜绒巴岔地区，受到了红三十军八十八师、博巴政府代表及当地群众的热烈欢迎。7 月 2 日，红二、四方面军在甘孜县城城郊举行了会师大会。

五

红军进入甘孜，驻守这里的 24 军骑兵团团长马成龙在白利寺格达活佛的劝说下，出逃青海，投奔同族的马步芳，避风头去了。

马成龙一走，这里各县的政权机构纷纷解体，土司制又要恢复？这肯定不行，红军审时度势，于 1936

天全还留存着红军长征时的医院

年 6 月在甘孜成立了中华苏维埃甘孜博巴政府，作为甘孜一带的红色政权机构。

"博巴"是藏语中"藏族人"一词的译音，该政权又被当地人称为"博巴依得瓦"。"依得瓦"是康巴方言，意为"人民"，它隶属中央苏维埃西北联邦政府，下辖道孚、泰宁、炉霍、甘孜、瞻化（今新龙县）、雅江几个县级博巴政府。

会理长征纪念馆、石棉安顺场中国工农红军强渡大渡河纪念馆、泸定县红军飞夺泸定桥纪念馆、天全红军纪念馆、宝兴红军长征翻越夹金山纪念馆……85年，历史颠荡，中国大地，天翻地覆，而红军的脚印还在这里留存着，红军的精神仍在这里飘荡着；85 年，红军在康区建起的一个个红色政权、博巴政府已经成了这里老百姓光荣的回忆与纪念。

2017 年，我去了趟芦山龙门，本是想去看看芦山地震后恢复建设的情况，不料想却走进了中国工农红军第四方面军三十军的司令部。

这里是芦山县龙门乡古城坪村一个传统的四合院，属于四川省级文物保护单位红四方面军旧址群的一部分，而今也是袁国聪等的家宅。据介绍，原址为穿斗式木结构的三个四合院，总面积有 2660 平方米。据这里老百姓讲，当时四方面军的领导徐向前、李先念、陈昌浩等的马经常拴在院里一棵金丝楠树下，后来，李先念的马老死了，就葬在这棵树下。

　　75岁的骆朝炳讲起当时的故事，把这棵树说神了。他说，红军走的那一年，有一天，突然一声霹雳，一个闪电，把树中央的枝条打掉了，奇怪的是，这一雷击居然将古树打成了马头龙尾，马头向北，龙尾向南。后来，这棵见证了红军在芦山历史的金丝楠树便被当地人唤作了"龙马树"。

　　在红四方面军三十军的司令部里，我还收获了一份惊喜——一个叫彭家模的即将远征的红军战士在这里的一堵泥壁上题写了一首激荡人心的诗歌：

　　　　别了，我的故乡，
　　　　离情别恨，
　　　　莫缠绕我的征裳。
　　　　国泪乡愁，
　　　　莫羁绊我的戎装。
　　　　我要，
　　　　先踏上妖氛弥漫的战场，
　　　　把我的热血与头颅，
　　　　贡献给多灾多难的党、
　　　　国与故乡！
　　　　听呀，
　　　　江水呜咽，
　　　　胡骑悲秋；
　　　　看呀，
　　　　河山破碎
　　　　血染巴州。
　　　　可怜我川西无辜的民众啊，
　　　　名、天、宝暴骨无人收！
　　　　别了，
　　　　我的故乡，
　　　　感谢你饯行的三杯美酒，
　　　　从此长征去，
　　　　奋勇杀贼，
　　　　誓死不休。
　　　　倘得凯旋重聚首，
　　　　再行握手。

勿悲切，
诀别之悠悠！！

红军，一个永远的故事。

生命从四十开始

一

世间有一种传说，说是有人给刘文辉卜了一卦，告诉他"你的生命从四十开始"。

高人的话应有来由。这人是谁？我认真查找了好长一段时间，始终没找到。

与刘文辉有关系的"高人"，首先当推哲蚌寺高僧多杰觉拔。1931年，高僧到成都修法、弘法，刘文辉带了数百人入坛，接受了多杰的"灌顶"，同高僧有了接触。这时的刘文辉36岁，离40岁还有些距离，况且，这时的他正当着四川省的省主席，春风得意，大好风景中，想必谁都不会说出"生命从四十开始"这样搅动秋风的萧瑟言语。

煞风景啊。

1933年，刘文辉兵败退到西康后，去了靖化广法寺，认了阿旺堪布为上师。

阿旺是西藏格鲁派著名大德帕邦额大师的弟子，曾担任过色拉寺的堪布，道行十分了得。关于他，有许多奇异的故事，这里漏一片羽。

传说，1929年间，有歹徒持枪入寺行劫，红白不说，对着翻译贾孟康就是一枪。阿旺迅速上前用胸膛堵住枪口，不想歹徒竟不停手，继续开枪。连扣三下，不听枪响，却有巨雷狂风大作，暴

过了四十的刘文辉生命变得圆熟起来

徒又扣扳机，枪仍未响，却是倾盆雨下，飞沙走石。歹徒惊恐不已，慌忙夺路而逃。

贾孟康中枪，躺在血泊中，痛苦不堪。阿旺不慌不忙，施以密法救治。十几天后，医生赶到，见过伤情，问了疗伤经过，瞠目结舌，感叹说："你们的密教中，真有难解的神奇之秘啊！"

这贾孟康是位懂汉语的藏族人，后来成了刘文辉手下的参事。每年大昭寺的传昭大法会都会由他代刘文辉去拉萨布施。

刘文辉的藏文秘书郭和卿是雅安人，他讲了许多有关阿旺堪布的故事，可都没提到给刘文辉的"四十"言词。

后来我想到了一个人——雅安的王半仙。此人是个盲人，提到他，雅安很多找他算过命的人开口就一个字——准。据民间说法，这盲人的"半仙"之名就是刘文辉送给他的。为何能获得如此赠予，莫不是他给刘文辉算过命？莫不是那"你的生命从四十开始"就是他口中吐出的芬芳？

不得而知。

其实，"生命从四十开始"是句很寻常的话语。西方人常说，人到了40岁，就得要开始考虑生命的意义了，就像荣格说的："每个人都有两次生命，第一次是活给别人看的，第二次是活给自己的。第二次生命，常常从四十岁开始。"

中国圣人孔子则留下了人人皆能口诵的"三十而立，四十而不惑"的人生感悟。

是啊，四十人生，感慨良多，随着时间的冲刷，岁月的磨砺，在领略了世间的人情冷暖，参透了人生的纷繁际遇后，生命进入新的里程，思考的时刻到来了。是继续忙碌还是停下休息？是继续冲杀还是审时度势，退求宽广，这都是需要思考的问题。不管怎样，生命走到这里，已经有了够多的经验，浮躁锋芒少些了，成熟稳重多了起来，处事会变得通达，对待事情竟可大而化之。

刘文辉的生命也会是这样的吗？

二刘大战后，刘文辉的生命舟船被挤进了新的河道，年轻时霸四川、控西南、力进中原的理想被失败的阴霾遮蔽了。阴冷的天空下，被凉水浇透的那颗火热的心冷静了下来，年少时在试卷中写出的文句"非常之世必有非常之人，非常之人必行非常之事"飘走了；身兼四川省主席、川康边防总指挥、24军军长，兵力12万，防区81县，昊昊迷人的美景消失了。

康区晚间的风很大，站在黑夜冷漠的天际下，这时的刘文辉快39岁了，40的风景已经在他的眼帘中飘荡起来了。

刘文辉在想什么呢？该不会想到6年前被他赶走的刘成勋吧？那人当年也就

40 岁多点。要真那样，打道回府，俩老乡在大邑茶馆里喝起茶来，再聊聊生命故事，一定别有滋味。

这样的故事不会发生，刘文辉不是刘成勋。尽管同初心相较，梦想已经渐行渐远，但刘文辉不想倒退，不想回老家，他还想着要在西康升起他生命新的阳光，这时的刘文辉想到的不是刘成勋，而是赵尔丰、傅嵩炑……

20 多年过去了，同赵尔丰时代相较，西康的社会并没有什么大的变化：治安混乱、政治不稳、经济贫穷、文化落后……一道道的魔障死死地纠缠着这块土地。更要命的是，退回西康不久，1935 年，在蒋介石的支持下，实行了 17 年的防区制被取消了，军政一体、军阀割据的时代结束了，刘文辉占据的宁属（西昌地区）、雅属（雅安地区）历来属于四川，不得不交给新主席刘湘管辖，自己只能困守康属地区，赋税收入微少，部队供给难以为继。

迫于生存危机，刘文辉必须加紧活动，将曾被自己视为鸡肋而摒弃的西康建省一事尽早恢复实施。

1935 年，还有一件大事发生。刘文辉利用他在国民党内部的各种关系，如愿以偿，当上了西康建省委员会的委员长。

这一年，刘文辉恰好 40 岁。

"生命从四十开始"，这句普通的醒世言语竟真的在刘文辉身上滋生出了意义，他的生命路途涌现出了一条新的汩汩河流。

既来之，则安之。骄傲的保定军校毕业生刘文辉消失了，鸡肋之地的西康边区长官刘文辉出场了。开启自己新的人生，他将怎么应对眼前的这一切？

豪情似乎还没消失，只是变得实在起来。仗已打完，建设该上路了。刘文辉提出了治理西康的"一二三四五六七"纲领。首先是"一个目标"，就是要化边地为腹地，使西康的政治、经济、文教、交通、生产、生活，同步发展，力争赶上内地各省市。这是他能长久占据西康的基石。

这谈何容易！

不断变幻的时局改变着刘文辉，他逐渐"成熟"了起来。经历过刘文辉时代的人们赠予他这样一个称号：多宝道人。

这让我想起了诗人里尔克的诗句：

他把自己的存在向圆形转变，
向它伸出成熟的手臂。

这就是四十开始应有的人生吗？

二

安抚笼络康区宗教信众，刘文辉伸出了他的第一只手臂。

邢肃芝的《雪域求法记》里讲了这么一段故事：

1935 年，红军进入西康，国民党政府手忙脚乱地围剿红军却又力不从心，尴尬十分。这给了当地一些地痞流氓机会，他们乘乱四处打劫寺庙，许多镀金佛像及金粉书写的经书均遭到了不幸。炉霍寿灵寺大殿正中大佛头上的一顶金帽是用纯金打造的，据说有七八公斤重，也被盗走了。

劫匪不识货，拿到街上兜售，被德格的玉隆土司夏克刀登遇上了。夏克刀登在康北拥有武装，曾被他人怂恿对抗红军，结果受伤被俘。红军没难为他，还让他在新成立的甘孜博巴苏维埃政府中当上了军事部长。刀登凭直觉意识到这帽子可能是件好货，二话没说，花 160 块康洋买了下来。

回到家里，他开始仔细摩挲。金帽因为常年被烟熏染，光泽有些黯淡，可透过烟尘，刀登发现，这绝不是普通人家可能拥有的东西。他不敢私藏，而是又加了 2 公斤黄金，找人重新打造，然后送给了德格的更庆寺。

宗教是刘文辉伸出的一只"圆熟"的手臂，康定安觉寺里有他倡导建立的五明学院

丢失了宝物的寿灵寺喇嘛也在四处寻找,终于发现了其下落。他们强烈要求更庆寺将金帽无条件送还。更庆寺回复:金帽是施主所赠,不能随便转移;况且,宝物来路清白明正,不愿背负污名。拒绝了对方的要求。寿灵寺恼羞成怒,放出话来:如不归还,武力解决。

弦已绷紧,箭也搭上了,是和是战,怎么解决?

邢肃芝说,谢天谢地,事件获得了平息,不堪回首的"大白事件"没有重演。那是刘文辉出钱打制了一项同样的金帽子送还给了寿灵寺。

这样的抚慰比比皆是。

昌都的安东格西是西康百姓所敬仰的大僧。为了修复寺庙,他委托康定跑马山寺庙的大刚法师帮助在康定募捐。大刚法师是湖北人,出家前俗名叫王又农,曾任过旧湖北省政府的秘书长,在康定也算是鼎鼎大名了。刘文辉得知此事后,立即给昌都汇去了 1000 大洋资助,当然,也不忘加上一句政治附言,鼓励安东为融合汉藏做出贡献。

理塘二世火竹香根活佛也来找刘文辉了,他是替稻城的雄登寺提出请求,发还赵尔丰没收的寺院财产,或者按年给予津贴。刘文辉没有敷衍,赓即派人查了档案,没有此案的记载。他将结果告知香根,但仍然买了香根的面子,表示念及香根赴稻城宣化有功,特予破格一次,赏给该寺地粮 20 石,折合法币 1000 元。

1936 年,建省委员会迁到了康定。刘文辉到达康定后,马上邀请灵雀寺堪布麻倾翁、南路大喇嘛火竹香根、甘孜仲萨活佛、炉霍格聪活佛、康定古哇喀寺活佛等前来会面,向他们传递善意,宣讲政府的使命。几次接触,刘文辉的态度令高僧大德们很满意,都乐意去向僧俗做宣传。

在刘文辉的言谈中,常听到他说起成都武侯祠里的那副对联:

能攻心则反侧自消,自古知兵非好战
不审势即宽严皆误,后来治蜀要深思

这副对联就挂在诸葛亮殿堂的正中,是 1902 年在四川为官的云南人赵藩题写的。当时,川督岑春煊正严酷镇压红灯照,赵藩觉得岑凶狠得有些过了。赵当过岑春煊的启蒙老师,但此时身为下属,无法开口规劝,只得另辟蹊径。他撰写了这副对联,刻好后挂到了武侯祠诸葛亮殿中,随后,请岑到武侯祠赴宴,让岑看到了对联。

岑看到对联后有何举动,没查到更多资料。

对联赞誉诸葛亮抓孟获不杀,而且七擒七纵,让孟获深知,自己远非诸葛亮对手，由此心悦诚服，消除了谋叛之心。

历史记载，以后诸葛亮对南方少数民族施行了一系列宽大扶助政策，得到了他们的爱戴，不但不反，反而协助他进行了北伐。

这个策略高出前人许多。

下联中，赵藩警告后人，不能盲目学诸葛亮而一味用宽，也不能盲目反对诸葛亮一味用严，而应当审察当时形势，深思熟虑，然后决定用严还是用宽。

据说，1958 年，毛泽东主席到成都开会，专门去了武侯祠，在这副联前驻足良久，反复玩味联中的微言大义。

而现在，刘文辉踏入的就是一个民族问题纷繁的世界，如何能像诸葛亮那样，宽严相济，这需要高度的政治智慧，尽管难，还得去做。

藏族地区的寺庙就是学校。要想更深地学习掌握藏传佛教的奥义，必须要进入大寺庙受教，特别是位于拉萨的三大寺——哲蚌、色拉、甘丹。这事说起来容易做起来难。首先得有人推荐，还得要有强大的经济实力支撑。

邢肃芝是进入哲蚌寺学过经的汉族喇嘛，在他的《雪域求法记》里有他看到的穷喇嘛的生活。

生活穷困的喇嘛因为身无分文，没有钱来布施，因此必须当差，所有札仓里的差事都要去做，扫地、站班、排队等，无一能免。他们在康村里为人背水，做木匠活，打扫，做衣服，做各种杂活来赚取一点钱补充最基本的生活费。这些喇嘛的生活很艰苦，真正用来学经的时间有限。

康区的年轻人大多是贫家子弟，虽有心向学，但缺钱，无力维持其在寺院的生活，大多只会念几卷经，一生只能做普通扎巴，犹如汉族地区寺庙里的小沙弥。

刘文辉深知普通喇嘛学法的困难，为救助失学康僧，建省委员会甫一成立，便设立了省县佛教会和奖励辩论两项办法。后有日库活佛建议，干脆设立一个五明学院，聘请西藏高僧任教，免了康区学子迢迢求学，经济不支的困苦。刘文辉当即表示赞同。

何谓五明？因明、声明、医药明、工巧明、内明是也。因明讲天文逻辑，声明讲语言修辞，医药明学习辨症处方，工巧明掌握各种工艺技术，内明则是各派经典的辨析阐释，五明实在是古老象雄文化的集萃。

经过几年的筹备，1938 年 5 月 14 日，五明学院在释迦牟尼成道纪念日那天举行了成立典礼。据参加了那天盛事的贺觉非老人讲，典礼结束，众人在安觉寺

照相时，"日现重轮，其光五色，状如幢盖，或谓为瑞应"。

设立五明学院是刘文辉与凤全、赵尔丰的不同之处。

还记得 1905 年凤全的巴塘之难吗？

在任乃强先生的《西康图经》里，赵尔丰军威政惠，有口皆碑，但也有失着之举：他每到一地就聚众演说，力劝康民勿学佛，勿共娶一妻，硬让康民学习汉族礼教，不免与当地民众产生了隔阂，加剧和扩大了汉藏矛盾，其推行'新政'的苦心也没能结出预想的果子。

前事不忘，后事之师。刘文辉遵循着"修其教不变其俗，齐其政不易其宜"的古训，也秉记了诸葛亮的高明，把握住了康区民众的心理和意愿，采用尊重藏传佛教僧人的方略，维护了康区的稳定。

刘文辉毕竟是一个政治人物，对于触犯了他政治利益的，不管是俗还是教，绝对斗争解决，这点毫无疑义。木里大喇嘛项此称扎巴，为了建立不受地方节制的政教合一政权，绕过刘文辉向南京国民政府请求沿袭木里宣慰司称号，竟获得了蒋介石的封赏。但远水救不了近火，木里在康区，这里是刘文辉的领地，项此称扎巴的造次带来的后果就是掉了脑袋。他被人枪杀了。谁杀的，没有通报。按逻辑推导，应当是刘文辉派人干的，世间也是这么传说的。

有此教训，项此称扎巴的继承人松典就世故多了，他甘心听受刘的扶植，免去了正常生活被棒喝打断。

三

亲近中共，这是刘文辉伸出的又一只手臂。

1935 年，刘文辉当上了西康建省委员会的委员长。他当然知道，这不是蒋介石给他的恩赐，而是蒋消解刘湘力量的一步棋，总司令不想让任何一个下属"坐大"，这是政治使然。想一想自己过去的行为：1929 年同唐生智等通电胁迫蒋介石下台；1930 年又参与阎锡山、李宗仁等通电反蒋。那可是乘人之危，野心滔天，想乱中高升啊。可两次都失败了，蒋介石稳住了座位。刘文辉明白，自己同蒋介石结下了梁子，从此日子不会轻松好过了。

在蒋介石的麾下，刘文辉努力地表现着，以洗刷自己的"罪过"。他将所属地盘上的重要街道都以"中正"命名，众多的墙壁上也书写上了拥护"领袖"的大标语。

有用吗？夜路唱歌，给自己壮胆吧。

1935 年，红军进入四川，刘文辉在保存实力同执行总裁命令间犹豫着。但有失败的前车躺在那里：由于 1932 年与 1934 年两度参与"围剿"川北红军失利，蒋介石免去了田颂尧 29 军军长的职务。刘文辉鼓起勇气，认真地同红军缠斗着，其部下在会理的坚守就一度获得了蒋介石表彰，将刘元瑭升为陆军中将。红军通过泸定铁索桥后，蒋介石发了脾气，刘文辉吓惨了，赶紧将他差不多所有的部队调往堵击红军。他明知这是螳臂当车，可也只有这样才能表明自己对蒋总司令的恭顺态度。

在同红军的交手中，刘文辉见识了华夏土地上崛起的这支不可小觑的力量。这兴许是自己抵御蒋介石的靠山呢？

我猜想，这时的刘文辉大概已经有了亲近中共的一丝意向。可中共在哪里？自己怎么才能接近中共？

尽管没有看到精准的记载，但有许多的线索都可以将刘文辉走近中共的牵线人认定是张志和。

张志和是邛崃人，比刘文辉大一岁，也是读过陆军小学堂及保定军官学校的，巧的是，他与刘文辉还是保定同期生。毕业后，张志和和刘文辉一样，在川军中混。有校友的关系，又是同乡——邛崃同大邑是邻县，他进入了刘文辉的部队，当上了旅长、师长。1926 年北伐时，刘文辉派他去武汉向国民政府输诚，为自己的部队领到了国家番号：国民革命军第 24 军。

张志和在武汉期间接触到了许多中共人士，像吴玉章、李汉俊、董必武、李立三、张太雷等，还和俄国顾问鲍罗廷有了交往。

回到四川，中共重庆地委书记杨闇公秘密约见了张志和，告诉他，蒋介石背叛了革命，就要开始屠杀共产党和革命人士，刘湘已经投了蒋介石，公开反共了，叫他赶快赶回成都，力劝刘文辉不要跟着刘湘跑。

张志和回到成都几天后，杨闇公被刘湘杀害的消息传到了成都，成都方面的反共声浪也开始喧嚣起来。张志和将杨闇公的嘱托告知了刘文辉，并要求刘把武汉国民革命军总政治部派到 24 军的政工人员留在自己的政治部工作。

就在蒋介石大肆屠杀共产党员的 1927 年，张志和加入了中国共产党。

二刘之战后，张志和离开了刘文辉的军队，成了一个职业革命活动家：他办学校、开书店、办杂志、出国考察……陶铸着自己心中理想的太阳。

1937 年 9 月，张志和在朋友韩伯诚的家里会晤了中共派到四川的李一氓，在那里接到了中共中央通知：去延安见毛主席。

见到毛主席，张志和很是兴奋。一见面他就送给了毛主席两本书：一本是他在上海开办的"辛垦书店"翻译的德国军事家克劳塞维茨著的《战争论》，另一本是自己写的《现代战争论》。

又一个夜晚，张志和受邀走进了毛主席住的窑洞。毛主席喝着酒、抽着烟，和张志和促膝交谈。张志和把他 1927 年入党后的情况向毛主席做了详细的汇报。当他谈到在上海办辛垦书店主编《研究与批判》时，毛主席随手就从书架上把《研究与批判》的所有期次都取了下来，摊在桌上，这让张志和大吃一惊，想不到他在上海办的刊物竟完整地出现在了延安。

这是一次长谈，结束时天已经发亮。临别时，毛主席交给了张志和一个任务：回四川做统一战线工作。毛主席说："你莫看国民党政府对我们敷衍，这是靠不住的，将来是一定要打我们的。你留在延安不如回到四川有利，你与西南的将领历史关系深厚，你可以做他们的工作。第一，希望他们不要做蒋介石的忠实走狗与我们作对；第二，希望他们在国共斗争中保持中立；第三，最好把他们拉到我们这边来，共同反蒋反美。这项工作很重要，比你留在延安更为有利。你在四川的地位、声望，是我们的最佳人选。你回去放手干吧。"

张志和回到成都不久，中央派了邹凤平来向他传达了恢复他党籍的决定。为缜密起见，他只能同指定的人联系，不能同地方党组织任何人发生组织关系。

1938 年 4 月，刘文辉因西康建省之事赴武汉见蒋介石。正在重庆主持中央南方局工作的周恩来派吴玉章作为中共中央代表与刘文辉会晤于汉口四明银行楼上。

由此，刘文辉同中共接上了关系。如果说，《我走向人民阵营的历史道路》是刘文辉成熟生命的记录，那么，可以说，刘文辉成熟的生命应该从这时算起——1938 年，其时，他 43 岁。

这一事的牵线人应该就是张志和。

1940 年一个冬日的夜晚，在重庆红岩村八路军办事处周恩来的办公室里，周恩来与曾任《新华日报》总编辑的华岗交谈起来。

"四川的刘文辉、潘文华、邓锡侯，云南的龙云，广西的李济深都是我们积极争取的对象。"

"怎么做？"华岗问。

"要照顾他们的社会地位和切身利益，与他们共患难、同甘苦，争取长期合作。"

第二年春天，华岗偕夫人刘英秘密到了雅安。华岗化名华仲修，在一家叫富华的羊毛收购公司做秘书，又在雅安中学找了一份代课教师的工作。安定下来后，他很快便与皖南事变后疏散到雅安的共产党员漆鲁鱼联系上，并与刘文辉见了面。

"我并不十分清楚华岗与刘文辉第一次见面到底谈了什么，但可以肯定的是，对华岗这位中共代表的到来，刘文辉表示了欢迎。"刘英回忆说。

不久，刘文辉把华岗安排到自己的军官训练班里当起了政治教官，平时刘文辉派川康边防指挥部参谋长张伯言与华岗单线联系，遇有重大问题则直接与华岗会面。

与刘文辉会面交谈时，华岗为刘文辉分析国内国际形势，指明抗日救国的道路，阐述中共的抗日主张，希望刘能为促进整个西南地方力量的团结、反对和抵制蒋介石的反动政策做贡献。不仅如此，华岗还经常著文宣传抗日，《康导月刊》上就有他的文章《西康乌拉制度》。

一时间，各种政治力量云集西康，许多被国民党通缉的共产党员及进步文化人士撤退来到了雅安，国民党顽固派的军统、中统也进驻雅安，有人说，那时的雅安很像香港，这说的不是经济与城市规模，而是政治。各种政治力量每时每刻都在西康行动着，而作为多宝道人的刘文辉就是矗立在这些政治力量间的屏风。

1942年2月的一个深夜，周恩来在重庆机房街吴晋航寓所秘密会见了刘文辉。这次会见也是张志和安排的。会见中，刘文辉提出能否建立电台以保持经常性接触，周恩来当即同意。6月，南方局派出王少春夫妇前往雅安，在刘文辉处建立起秘密电台。自此，刘文辉与延安的中共中央有了直接的联系。

刘文辉不仅亲近中共，还秘密加入了民盟和民革，这似乎也是他伸出的"成熟"的手臂。1944年，在民盟主席张澜的住所，刘文辉填写了加入民盟申请书。仪式后，申请书马上被烧掉，这是张澜的良苦用心：保护刘文辉，不留任何把柄给蒋介石。刘文辉的儿子刘元彦说，他见过民革主席李济深从香港给刘文辉写的密信，是写在绢上、缝在衣服里托人带过来的，让他做好迎接解放的准备。

刘元彦还回忆了一些场景：

1948年春，我还在华西大学读书，思想比较左倾，已秘密加入中共地下团组织，和地下党同学一直办报、办杂志。我和地下党员都是单线联系，有一天，我的"上线"跟我说：四川地下党想跟你父亲谈一次，希望你牵个线。

我平时跟父亲谈论政治并不多，但感觉到他很开明，左、中、右的言论都看，也不排斥。我想，跟父亲提及此事，如果他不同意，顶多只会骂我一顿。

父亲平时起得很早，有一天只有他一个人在吃早点的时候，我寻机跟他提了此事。没想到，父亲听后很平静地同意见面，然后又说：其实我早就跟他们（共产党）联系了。

那天父亲告诉我，1942年，他第一次与周恩来会面，这也是我们父子间第一次知道彼此的政治态度，但父亲嘱咐我不能跟任何人吐露，包括对四川地下党的同志。后来四川地下党派我的同学在雅安以父亲秘书的身份长住那里。直到解放前夕，他才知道党中央已事先派人到了雅安。

<h2 style="text-align:center">四</h2>

刘文辉伸出的手臂还有好多。

他组织起了以他的副官长陈耀伦为总社长的"荥宾合"袍哥组织，成为他的第二武装；他成立了"西康茶叶贸易公司"改善他捉襟见肘的尴尬经济，他还饮鸩止渴，垄断了西康的鸦片生意……

1922年，一个叫安德烈的美国传教士在康定修建了一座3千瓦的小电站，引起了康定居民的轰动，他们破天荒地观赏到了新时代的亮光。之后，1932年，康定城里有了一家电灯公司，每户安灯一盏，月交电费藏洋3元；每晚7点开始发电，10点关机停电。在康定居住过的俄国人顾彼得曾记述，康定当时许多民房和店铺虽然配备有足够的电灯泡，但灯泡的象征意义远远胜过它的实用价值。电站功率太小，负荷太大，电灯在夜里亮着亮着就慢慢昏暗睡去，仅剩下隐隐约

电应是城市生活的必须，刘文辉想方设法在康定建起了一座小水电站

约的一丝红光。当店铺、饭馆、戏院都关了门，人们开始回去睡觉时，电灯又会猛地亮堂起来，因此烧掉了不少灯泡。

1939年10月25日，西康省《康导月刊》发了一条新闻：省政府要在康定城外的升航村建立一座新的500千瓦的水力发电厂，发电机将从美国运来。消息又令康定人一阵激动。可由于太平洋战争爆发，发电机颠沛流离，整整花了两年的时间，才姗姗来到康定。

升航电站建成时已是1944年了。

33年前，赵尔丰在雅砻江上建起了颇具现代色泽的标志性建筑——雅江大桥。而今，刘文辉又要在康定修建一座带给康城居民新光明的水电站，这是民心工程啊。据说升航水电站前后共花了一亿元，刘文辉几乎动用了当时康定所有的银行资金，最后还自掏腰包拿出了一笔钱。

但民心价更高。

再去康定，升航电站已经不见了。据当地人介绍，1999年，一座叫金升的电站取代升航，走进了21世纪的康定。

刘文辉还想将刘成勋没完成的川康公路修通畅，可力不从心，这事儿只有等到人民共和国的时代才能完成了。

其实，刘文辉的轴承转动得也不是那么的滑润，蒋介石的势力通过各种形式击打着这个曾经的妄想者和离心者。尽管刘文辉已经认了输，但蒋介石始终没把他认作自己人，两人面和心不和。西康省成立后，这块土地上针对刘文辉的事件接踵而至：1939年的"班辕事件"、1945年到1947年的"普雄事件"以及差不多相同时间发生的"雅属事件"，无一不滚动着反刘的浪涌，让刘文辉伤透了脑筋，特别是雅属事件，居然令他一度滋生了"退场"的思想。

在他颓唐的时刻，他的选择帮助了他。中共和活动在他周围的进步势力给了他力量，帮助他理顺了社会矛盾，将一些反刘力量转化成了拥刘力量。毛主席给张志和下的任务："最好把他们拉到我们这边来，共同革命"，成了现实。

刘文辉那"成熟"的手臂也时常颤抖着。

1984年，原中共雅安地委党史研究室主任周英哲到北京访问了王少春的夫人、国家安全部离休老人秦慧芳。秦说起了一段故事：

1962年，刘文辉的《走向人民的历史道路》发表前，送给了我们部领导，转交给我，要我看看，征求我的意见。我当时很生气，我说：我不看！部领导问我为什么？我向部领导说：你知道吗？1947年胡宗南攻占延安以后，形势严峻，国统区许多人认为共产党要完蛋了，刘文辉对我们的态度也冷漠起来，连电台用

的干电池也不供应我们了，我们的日常生活也受到影响。我们将情况向南方局汇报后，周恩来同志对刘文辉婉转地进行了批评，并要他把眼光放远一点，不要被一时的现象所迷惑。后来情况才逐渐好转……部领导给我做工作说：像刘文辉这样的人，一时看不清形势，有些动摇，是毫不奇怪的。那时，就是我们党内也有人看不清前途嘛。何况，刘文辉后来不是转变了吗，起义了吗？他的转变，也有你们一份功劳嘛。

金德整理的一篇叫《王少春在雅安》的文章里，说到了当时的一些情况。

据当时王少春的报务员石励回忆，（停供）事件发生后，中共电告刘：如果你认为不需要，请买张飞机票将王送到香港，飞机票钱我们给你送还。刘接电后，又照常供应。

我想，这时的刘文辉心里那鼓打得不知有多响。又是选择关头，"成熟"的手臂该怎样举起？

他选对了。

抗战胜利后，周恩来曾通过张志和告诉刘文辉，准备把雅安的电台撤回。刘又一次紧张起来，赶紧说，我们这里很需要，不能撤。

是啊，在和蒋介石的对抗中，王少春的电台还真成了牵着刘文辉走进人民阵营的那只有力的大手。

1949 年 12 月 5 日，周恩来电告王少春："请即转告刘自乾先生，时机已至，不必再作等待，对蒋匪一切伪命不仅要坚决拒绝，且应联合邓（锡侯）、孙（震）及贺国光先生有所行动，要守住西康、西昌，不让胡宗南匪军侵入。"

10 月 8 日，周恩来也曾电告二野刘伯承（司令员）和邓小平（政委）："已电告我派驻雅安之王少春同志，要刘文辉派负责人员携带密码呼号至前线找你们接头，建立直接电台联络。在未建立之前雅安台与京台每日通报两次，有电再经京台转你们。"

这样，刘文辉进入了解放西康力量的序列，成了解放西康力量的一员。他也因此成了享有西康史册中最好结局的"大吏"。

第一个春天

一

随着阳光在北京升起，春风开始急速地向着祖国的西部奔涌。接下来，人们将经历人民共和国成立后的第一个春天。

1950 年 1 月 15 日，解放军 62 军在四川广汉召开军党委扩大会议，刘忠军长传达了西南大军区首长贺龙、邓小平发出的向西康进军的命令。

这是一支有着光荣历史的部队，在太原战役中就展现出了有我无敌的英雄气

解放军 62 军军长刘忠带领部队进入雅安，开启了西康新的历史

概。战役结束，他们马不停蹄，进军西北，参加了解放兰州的战役。接着，又挥师南下，向着四川进军。12月7日，攻占西固；9日，解放武都；11日，汶县；15日，碧口；18日，青川；22日，江油；24日，绵竹；25日，什邡；27日，广汉；20多天，跋山涉水，长途行军作战，一路风卷残云，毙伤敌人130名，俘敌4700多，迫使10000多人投诚起义，还缴获了93门炮，3000多各式枪支。

胜利的花环簇拥着他们。

命令一下，群情激荡。62军"挺进西康先锋团"，即555团政委吴林泉在多年后还能回忆起当时的一些情景。

1950年1月17日，今天召开的62军营以上干部会分外热烈隆重。在我的记忆中，无论是总攻太原，或是向大西北进军，开过不少次这样那样的会，都没有这次会上那样令人鼓舞振奋。会上。不仅刘忠军长传达了挺进西康的命令和部署，廖志高政委进行了动员，以及在全军享有盛名的贺龙司令员，都亲临大会，动员鼓励62军指战员向西康进军，完成解放西康和建设西康的光荣任务。

会上，贺龙将军和兵团周士第司令员把13面锦旗亲手赠发给各部队。给军的锦旗上写着："历史壮举，无上光荣""以无比坚忍顽强，创造历史奇迹""光芒万丈的红军史上，你们又增添了新的光荣"。

到会的干部们拼命地鼓掌欢呼。他们强烈地意识到了自己的历史责任，决心用自己的青春和热血，去迎接前面的艰险和困难。

尽管还是1月，天气还凉着，但是"向西康进军"的命令像一团火，烘烤得战士们热情奔放，各部都在召开军人大会，各班排互相挑战竞赛，都亮出了自己向西康进军的立功计划。25号，62军党委发出了《告62军全体党员及指战员书》：

党把解放西康、建设西康的任务交给我们了。

西康，我们必须去，而且要马上去，我们党中央、我们的领袖毛主席异常重视那块地方。为什么？

因为：

一、那里有180万人民，他们现在还在呻吟于反动封建势力统治之下，他们迫切地要求我们去解放他们。

二、那里是我们的一个大省，面积有45万平方公里，等于全国的二十二分之一，比四川还大四分之一。

解放军在城里受到雅安人民的热情欢迎

三、那里是边疆重地，它的西面是西藏，西南面与印度相连，那里需要一支坚强的边防军，保卫我们神圣的国土。

四、在那广阔的区域里，有无穷无尽的财富，一切重工业的资源应有尽有。因此，那里实为我国将来工业建设的基地之一。

……

2月1日，淅淅沥沥下了近一个月雨的雅安天空突然褪去了阴沉的面孔，天晴了。

雅安铁索桥南北两边挤满了人。

北岸桥头，几百名中小学生和城市居民，手持五星红旗。敲锣打鼓，使劲地欢呼、鼓掌，"欢迎中国人民解放军！""中国共产党万岁！""解放万岁！"口号声此起彼伏。24军代军长刘元瑄和旧西康省的军政首脑们迎上前去，同刘忠军长、廖志高书记以及前来接管西康省人民政府的领导干部热烈握手。学生们向战士们献花，擎着锦旗的战士获得了最多的花朵。

南岸，教会医院的护士们穿着白衣和成千的群众一道手持彩旗，夹道欢迎人

民的军队进入雅安城。

现在有一幅照片在网上广泛流传，照的是刘忠军长和他的战士们正走在铁索桥上。70多年了，经历过那段日子的老人，盯着照片，眼光始终不愿移开。

历史难忘。

过了桥后，欢迎大会在雅安中学广场上举行。在民众欢欣鼓舞的氛围中，有些许不安的影子在飘荡。24军起义官兵最能感觉到这种不安，他们急切地向解放军表达了他们的情绪："解放军老大哥快接防吧，胡宗南从三面逼近和遍地的土匪袭扰，我们真有点招架不住了。"

这种担忧也出现在了百姓的言语中。欢迎会现场，吴林泉就被一个群众拉住了，说："可把你们盼来了，雅安天亮了，你们可不要走了哇。"

<h2 style="text-align:center">二</h2>

进城的当天晚上，天又开始下雨了。

雅安的天就是这样，想想白天突然放晴，百姓说，这是老天开眼，专门为了解放军进城。

和平解放了的雅安并不和平。尽管没有了国民党的正规军在此对抗，但土匪十分猖獗，起义的24军也是军心动摇，社情就像这里的天空，阴晴恍惚，难以测定。

土匪们利用雅安和平解放，来雅解放军数量有限，且人生地不熟的条件，不断地在城市周边的金鸡关、飞仙关、麂子岗等隘口险关袭击过路解放军；大肆造谣，蛊惑人心；杀害征粮队队员……

匪患是雅安走进春天的重大障碍。2月11日，中共西康区党委做出了《关于剿匪工作的决定》，将剿匪肃特确定为当时一切工作的中心。

也许是巧合，剿匪决定刚出台，敌人却先动手了。12日，雅安北区的匪首纠合了四五百人，对太平乡的雅安水电站展开了围攻。护厂的警卫3团2营一个排和工人群众死命抵抗，打退了土匪一次又一次的进攻。

匪徒不甘心，16日这天又集合起了2000来号人，还带了30多挺轻重机枪和1500多支长短枪支，想破坏掉雅安城的电力源，令城里停电，引起混乱。

不过，他们仍然没能得逞，反倒是在第二天被从雅安赶过来的二营增援部队打得鬼哭狼嚎，四散奔逃。

最猖獗的是一个叫李楚湘的青年党匪首。他纠集了雅安县的伪乡保长和恶霸，利用民团和24军叛变的手枪连、通讯连为骨干，组成了一支叫"中国全民反共救国军"的队伍，自任总司令，从 2 月 17 日开始，连续 4 天，围攻雅安城，曾几度攻到了城边，炮弹都打到了西康军区司令部院内。

他还勾结起名山等县的土匪，冲到了铁索桥边及桥头的雅安汽车站和大、小北门。而驻守车站附近河北街的起义部队西康省保安三团，竟不打攻入城区的土匪，反而当解放军过河追击土匪时朝向解放军开枪，打伤了我军战士。

形势就是如此严峻。

联系到之前就有人反映保安团有人与土匪勾结的情况，刘忠命令 556 团一个营协同 555 团 3 营立即解除保安团 800 人的武装，以免后患。

21 日晚上，李楚湘在城南蔡龙乡召集了"攻城会议"，要对雅安城发动总攻击。

土匪们的"攻城会议"结束后仅几个小时，22 日早晨 5 点，土匪们都还在"入城"的美梦中，解放军有计划的反击作战打响了。

556 团团直及 1 营、555 团 3 营，沿周公河两岸出击，迅速攻占了周公山，摧毁了李楚湘的巢穴，土匪的指挥部被端了，围在城边的土匪一部分被歼灭，大部分见势不妙，逃之夭夭。

摧毁了周公山的匪巢后，556 团乘胜向东进击草坝场，歼灭了那里一些嚣张不已的土匪，接着又连续奔袭雅安、名山、洪雅结合部的各路土匪，将总岗山的又一匪巢端掉了。

土匪毕竟是乌合之众，经不起打。仅十来天，围攻雅安的土匪武装全被击溃，雅安周边的路畅通了，城里民众的忧心解除了。

2 月 12 日，就在雅安土匪围攻太平水电站的那天，天全的土匪竟将县城包围了。

两天后，刚领得了胡宗南和贺国光赐予"新编第 14 军军长"的芦山袍哥头子程志武玩起了花招，一面同进驻芦山的 555 团"谈判"，一面利用晚间，悄悄地率领土匪武装溜出芦山，去到天全，同那里的土匪、同样是刚获得了"新编第 15 军军长"的李元亨会合，纠集起 3000 多人，围攻天全县城。

程志武为他的"诡诈"得意非常，不停地拍打着李元亨的肩膀，神气地说："老弟，我们这是三打天全城了吧。记得民国二十五年，24 军一个团守城，我们两天就把它打开了，这回解放军就一个连，百五十人，哼，两个小拇指就把他们捏扁了。"

李元亨神气要差点，回应说："大哥莫轻敌，这个解放军不是好打整的，听说那个郭副营长是啥子战斗英雄……"

"管他啥子英雄，"程志武吩咐他的大管家杨华贵说，"传我命令，喊兄弟

们加紧进攻，初一那天，我要在天全县城设宴请客。"

气焰十分嚣张。

随同 1 连进驻天全的郭副营长同连干部们沉着地分析了眼前的形势，决定以点制面，机动作战，用 5 个班扼守四方城门和钟鼓楼，主要兵力集中使用，机动歼敌，不让土匪攻进城内，坚守天全，保卫天全人民安全地度过解放后的第一个春节。

土匪武装对天全城的围攻持续了七天六夜，始终不能拿下。2 月 16 日是除夕，上午 100 多个土匪，在密集的机枪掩护下攻进了西门，疯狂地抢劫商店。5 班长邢富贵率领全班战士正面阻击土匪的进攻，郭副营长和副连长董子明率领 3 排迂回到西关西口，从土匪侧面猛地杀出，喊杀声震天动地，吓得匪徒们魂飞魄散，不敢抵抗，趴在地上，磕头缴枪。不到 20 分钟，战斗结束。

战士们押着被俘的土匪绕城一周，灭了敌人的威风，长了军民的志气。解放军还优待俘虏，给他们打了"牙祭"，教育一番后，放了他们，让他们不要跟着匪首残杀百姓，回家过年去。

这一招很有效果，俘虏们出了城，说了自己的经历，一些正在赶去攻城的队伍瞬间就鸟兽四散了。

21 日，团部接到了天全方面消息，决定暂时放弃芦山，集中兵力增援天全。部队分成两路：一路由团长杨春雨、政委吴林泉率领，经铜头场直插天全；一路由芦山县委书记郝仲山、县长马如龙率领，经飞仙关直扑天全，截断土匪的南逃之路。

两路人马突然出现在天全城外，向程志武、李元亨发起了猛烈的攻击，这是匪徒们万万没料到的，惊慌之际，只有狼狈逃窜。城里的郭副营长见状，也带着全连战士杀出城门，与援兵一起乘胜追击，打得匪徒丢盔卸甲，七零八落。

一个连的解放军与暴徒激战一个星期，以少胜多，守住了天全城，守住了已经属于人民的春天。

三

保卫春天是一场大戏，在康定，这场戏也在演着。

1949 年 12 月 11 日，康定。原西康省代行省主席张为炯召集省党、政、军、参人员齐集省府大礼堂，响应三天前省主席刘文辉等在彭县的通电，宣布全省起义，迎接解放。

"起义"二字声音一响起，全场春风荡漾，一片轰然，纷纷挤到电报前，争

西康省人民政府办公厅（现雅安四川农业大学教学楼）

中共西康省委党校大礼堂（现雅安四川省档案学校）

先恐后地在上面签上自己的名字，拥护起义行动。

与此同时，康定地区的爱国进步组织也由地下转为公开，走上街头，"欢迎解放军""拥护共产党""毛主席万岁"的标语到处张贴着，省会康定已经做好了迎接春天的准备。

1950年3月1日，张为炯突然收到了丹巴县县长张植初的急电：中央军田中田一个师三个团约3000余人，将由丹巴窜犯康定。张县长还说，田中田给他去了信，说是要取道丹巴、康定、泸定到汉源与胡宗南会合，叫他不要阻拦。代行省主席一面电令张植初督率地方团队择要扼守，一面电请雅安新任西康省主席廖志高和驻雅安的解放军62军军长刘忠派队星夜驰援。

两处都回了电。丹巴说，匪军势大，众寡不敌，无力防守，已向乾宁道上撤退。雅安复电：现正清剿雅安、天全一带土匪，半个月内不能分兵来援，嘱策动地方武力固守康定。

形势严峻，张为炯紧张起来了。

才过了一天，继张植初临阵撤走后，康属警备副司令龚耕耘3月3日也来电称，军力不支，已向后撤退。这时的张为炯才知道，穿着军装的都是他指挥不动的。他像热锅上的蚂蚁，急了，赶紧于4日召集省政府厅、处长联席会议，讨论

对策。

鉴于目前敌我双方力量的悬殊，他提出了省政府暂时撤出康定城，将起义人员转移到康定与雅江之间的营官寨的动议，而就这一点，与会人员也是意见纷纭，莫衷一是，会议无结果而散。

第二天下午，有消息说，田部先遣侦探已到了康定城北关。没有犹豫的时间了。张为炯只能带上愿意出走的人员去了折多山西面营官寨暂驻。一住下，他就给廖主席汇报了出走缘由及经过，廖主席指示，在营官寨要每天与雅安电台通信一次，以便互通情报。

当天晚上，田中田部进了康定城。传说中的3000余人其实竟是残部200多点，同田一道进入康定的还有胡宗南部陶庆林等3个团800来人。这800来人两三天后又窜去了泸定等地，留在康定的也就田的残部200余官兵。

可就是这200残兵，却给正准备迎接新中国第一个春天的康定人民制造了腥风血雨、最冷酷的20个寒天暗夜。

他们除了在城里放肆地抢掠外，还巧立名目，采取捐献、赊购、摊派等手段搜刮民财；对进步人士和形迹可疑者进行剿杀。

民盟成员朱刚甫被抓进警察局折磨致死，直到匪徒们逃离康定，尸体被狗拖出，才被发觉。

康定小学的几个老师和社会上的10多个进步青年被绑架掳走，到了川滇边境才被解放军解救。泸定县长张永春被挟走，下落不明。

最令人痛心的是旧省府的青年职员、康定新民主主义协会负责人李御良、陈宗严，他俩从成都回到康定搞地下工作，去见旧上司张为炯。张告诉他们，敌人就要来了，政府人员已决定撤走，你们如果愿意一道走也可，不想去的话，也要注意安全，最好离开康定。不幸的是，他俩没能躲过魔爪，被田匪抓住，在泸定磨西光荣牺牲。行刑时，已经有了理想归属的两个青年人神色自若，高呼"共产党万岁！"

春天的到来谁也不能阻挡，田匪的嚣张注定是临死前的挣扎。

3月19日，解放军186师师直一部和556团，在副师长樊执中的带领下，冒着蒙蒙细雨，从雅安出发了。

前面就是二郎山了，翻越3000多米的高山，对于从北方过来的战士实在是个考验，但也仅仅是个考验而已。播撒新中国春天的种子是战士们出发前就放置在心间的崇高信念，他们克服了种种困难，越过了二郎山。

3月22日，越过二郎山的解放军一路奔跑，冲向泸定桥，赶在敌人还没来得及炸掉泸定桥前，迅速占领控制了南北两岸桥头。

敌人溃逃，泸定解放了。

占领泸定后，556团留下一个营驻守泸定，主力继续向康定挺进。沿途国民党军残余毫无抵抗，竟像狂风前的落叶，望风披靡。

被原西康省政府及其所属部队视为强大力量的国民党中央军不过如此而已。

3月24日，康定解放。

27日，康定军管会成立，主任苗逢树，副主任樊执中、夏克刀登、邦达多吉、李春芳。张为炯及其他起义军政人员也由营官寨返回了康定。

康定的第一个春天就这样来到了。

四

春风不停地吹拂。

为了拔除蒋介石在大陆的最后一个军事据点，西南军区暨第二野战军决定，以14、15、62军及桂滇黔边纵队各一部共13个团的兵力，多路挺进，南北夹击，将胡宗南、贺国光集团歼灭于西昌。

同雅安和康定不同，雅安是土匪暴动，康定是溃散的残兵，而西昌则有着国民党留在大陆的最强的部队，所以解放军也派出了强劲的力量。

1950年3月12日，各参战部队分别从云南、川西出发，发起了西昌战役。

北线：62军184师从温江出发，兵分三路，首先合击富林，然后南下西昌。

右路551团翻越大相岭，迅速拿下了汉源九襄镇，接着马不停蹄，经过富林、农场（今石棉县城），于28日解放了西昌的北大门冕宁。

左路550团经峨边翻越小凉山至越西海棠，守在那里，断敌后路。

中路由师指挥所率552团沿乐西公路挺进，走到金口河，遇上了国民党335师的警戒部队，火一接上，敌军就开逃，我军一路追击，很快突破了皇木镇等隘口，提前在23日就占领了富林镇，没有达到合围335师的预设。

敌人渡过大渡河，逃到河南岸的大树堡，烧毁了船只、抓走了船工，企图凭借大渡河天险据守。

这似乎又出现了15年前安顺场的那一幕。不过，历史已经转变，人民解放军成了强大力量的一方。

第二天，战士们用旧木板扎成小筏子进行强渡，没成功。河面太宽，水深流急，对方火力也有些猛。

终于，一名船工带来了一条船，战士们喜出望外，迅速跳上船，在强大火力的掩护下，向着对岸冲去。进到浅滩，战士们迫不及待地跳进河里，一阵扫射，

抢占了滩头阵地。

北线部队渡过大渡河后，又出现了红军当年经历的场景，他们也要通过彝区。

像当年的红军一样，指挥部展开了积极的宣传活动，他们通过通司（翻译）向彝族群众宣讲："我们解放军就是当年路过凉山的红军，是毛主席、朱总司令、刘伯承参谋长的部队。""彝族、汉族是一家，彝民、汉民是兄弟。"

正好 551 团在战斗中缴获的一匹小白马听说是从当地彝族群众那儿抢的，部队找到了那位彝族群众，把马送还给了他。

彝族群众大为感动。部队也顺利通过了彝区。

3 月 28 日，184 师进至甘向营、冕山一带，同 44 师会合了。

南线部队自云南分两翼向北挺进。

左翼，119 团从禄丰出发，经元谋、永仁北渡金沙江，31 日解放了盐边。124 团及桂滇黔边纵队 34 团、35 团由永胜、宾川出发，渡过金沙江，4 月 1 日解放了盐源。

右翼，44 师从曲靖开进，于 3 月 21 日自巧家、隆街渡过金沙江，歼灭了国民党 27 军一部。22 日，130 团以迂回包围战术突然一举攻入会理城，歼灭了国民党 124 军的一部。同日，131 团翻越黄土岭，歼灭了金沙江守备司令苏绍章部，攻占了宁南县城，接着顺势解放了普格，于 3 月 29 日前进到了西昌以东的七里坝。132 团从正面推进，攻击西昌。133 团在歼灭了 76 师 227 团后，24 日晚间与中共地下党德昌工作站接上了关系，于第二天进占德昌城。

至此，南线右翼各部队已推进到西昌城附近。南北夹击态势已经形成。

被蒋介石丢弃在大陆的国民党军似乎早已意识到了面临的失败与没落，他们基本没有什么抵抗，有的只是不停地逃跑。

惊惶之中的胡宗南知道已经无法组织有力的抵抗，只好将残余军队化整为零，向西昌东、北部山区撤退，凭借大小凉山的特殊地形"打游击"：靖边司令部邓宇凯团和干部训练团等向北撤往甘向营；西昌警备司令部、宁属靖边司令部向东撤往昭觉，与 27 军残部会合；边务委员会、保密局西昌站等，撤往东北部的红茅埂山林。

布置完后，胡宗南和贺国光等急急地于 26 日半夜乘飞机逃往台湾——差几个小时就成了解放军的俘虏。

27 日，西昌解放。

接下来的几天时间里，解放军对国民党丢弃的残兵败将发起了秋风扫落叶似的行动。

30 日，550 团两个连同正向越西逃窜的敌 69 军、宁雅联防军、335 师残部相遇，迅速将其歼灭。

31 日，552 团获悉胡宗南的参谋长罗列所率残部正在甘向营一带集结，立即赶往包围，一夜激战，将其歼灭。

从西昌东逃的独一师朱光祖等部在七里坝至烂坝之间被彝族上层进步人士马革尔的武装及当地彝族群众歼灭了一个营；盘踞昭觉的敌 27 军残部 400 余人在各方人士劝说下，于 4 月 4 日投诚。

25 天的西昌战役，击毙了西南军政长官公署副长官、四川省省长唐式遵和国民党第 5 兵团司令兼 69 军军长胡长青等 2600 余人，俘虏了新编第 11 军军长羊仁安和 124 军军长顾介侯等 5100 余人，争取了 25000 余人投诚起义，西康省内成建制的国民党部队基本被肃清。

当天，西昌军管会成立。

属于人民的春天来了。

风声

我家离天很近

我问他："你家在哪？"

他说："你猜。"

我正想着，他又说了："我家离天很近。"

"天山。"我也不知怎么迅速就吐出来这么个词儿，太像电视节目中的问题抢答了。

多吉微笑着："这不是文字游戏。"

看着多吉诚实的脸孔，知道他不是想让我出丑，可我的脑子却不知为什么，一下僵住了，一时竟找不到答案。

"我和丁真是老乡，家在理塘。"

喔，原来是这样，理塘海拔 4000 多米，一个闻名遐迩的高城，离天当然近了。

—

我现在就在理塘。

最能感受到与天接近的是在大毛垭草原上。出城往西，车沿着弯曲的无量河谷慢慢地往上爬升，大概走了 30 多公里，天突然张开，眼前豁然开朗，我们掉进了绿草的海洋，掉进了花香的海洋。

朋友说，张眼吧，这就是大毛垭草原。

兴奋在湛蓝的晴空下跳起舞来，盛开的野花姹紫嫣红，打一个滚就是一身的花香。

我赶紧躺下，在绚丽的花毯上，使劲地吮吸着花的香味，尽量多地将它们贮存进我感性的仓房，留待以后慢慢享用。感受着花草的亲昵，我眯缝起眼睛向远处望去，蓝色的天同绿色的草粘在一起，分不清天地，在蓝与绿之间，有一簇一

迢迢 318，寂寂朝拜路

簇的白在游动，是羊？又像是云，我分不清，口里轻轻地反复咀嚼着多吉的话语，"我家离天很近"……

"我家离天很近"，迷蒙中，一首诗在白云间轻轻浮起：

> 洁白的仙鹤啊，
> 请将翅羽借给我，
> 不去遥远的地方，
> 转转理塘就返回。

这是六世达赖仓央嘉措的诗。

仓央没到过理塘，这更像是他的愿望。一个藏族地区最神圣人物的愿望当然是理塘这座小城的骄傲，城里酒店大堂里就张挂着这首诗。

公元 1697 年，那是清朝康熙三十六年，14 岁的仓央嘉措进入布达拉宫，成了第六世达赖喇嘛。

其实早在五世达赖罗桑加措圆寂后的第三年，1685 年，藏王桑杰嘉措就秘密地在山南的门隅山下找到了不到 3 岁的仓央嘉措，不过，他没有声张，仓央嘉措一家也不知所以，只是搬了趟家；不仅如此，桑杰嘉措连五世达赖圆寂的事儿也捂住，秘不发丧，只说是达赖喇嘛已"入定"，需长久地静居高阁，不见来人。这样，藏族地区的一切事务就由桑杰嘉措一人随心管理着。这事儿延续了 10 多年，直到 1696 年事情败露。

桑杰嘉措慌了，一面向康熙认错，一面忙不迭地将早准备好的仓央嘉措迎进了拉萨。

人很奇怪，面对权势显位，有的趋之若鹜，有的却置若罔闻。仓央嘉措属于后者，他不是个喜欢致力于学法的修士，而是个追求自由浪漫的诗人，这就像南唐后主李煜，为政很失败，而诗名却传世不朽，还有宋徽宗赵构，也是个更适合从事艺术创作的人物……

人世间常有这样的话语飘荡：性格决定命运。可性格是什么？从何而来？说法种种，仍疑窦重重，莫名其妙。

仓央嘉措的家乡在宁玛派盛行的地域，那里教规相对宽松，不像拉萨的格鲁派清规戒律繁缛。布达拉宫里严谨的学经修道，撕碎了他在家乡享受的那份自然天空下随性的生活，也因此，仓央嘉措更大的影响是俗世社会对他的诗歌的记忆。

1705 年，仓央被废黜诏送京师。尽管这严酷的处罚并非藏传佛教界的意见。行至青海湖滨，仓央坐下，就此圆寂，时年 23 岁。

一个正在飘香的岁月，没了。

正是眼前飘荡的这首《洁白的仙鹤》，让藏传佛教界人士一致认定，这是仓央对自己"转世"地块的预置，于是，理塘有了另一份荣光，七世达赖格桑嘉措就在这里选定。仓央对理塘的情义也令这里的僧众对他有了铭心的纪念。

十世达赖楚臣嘉措也出生在理塘。据说理塘还有一位叫昂旺罗绒益西登地吉成的也曾是选中的十一世达赖喇嘛转世灵童之一，只是在金瓶掣签时落选了，后来他被册封为理塘香根活佛，"香根"之名也在理塘的长青春科尔寺历代冠用。

昨天，我们去了长青春科尔寺，这是康区历史最悠久，规模最大的藏传佛教寺庙。在藏族地区，历来有"上有拉萨三大寺，下有安多塔尔寺，中有理塘长青春科尔寺"的说法，其影响可见一斑。1580 年，那是明朝万历年间，三世达赖喇嘛索南嘉措从青海回西藏经过这里，洞见了许多吉祥征兆，于是停下脚步，将其扩建、改造成了格鲁派寺庙，并为新庙开了光。藏语中长青是弥勒佛的意思，春科尔为法轮，长青春科尔就是弥勒佛法轮。

法轮常转，妙谛永存，理塘是个神奇的地方。

寺庙离城不远，就在县城北面的山坡上。毕竟是康区第一大寺，建筑高大宏阔，老远就能望见，在阳光的照射下，寺庙周身辉煌灿烂。

肃穆的庙宇令踏进庙门的脚步不由得恭敬起来，我收敛了声气，轻轻地走着，有低沉的声音传荡过来。是喇嘛们念经的声音？是的，往前走，我看到了，前面大殿里，一片深红，上百披着红衣的喇嘛坐在垫上念诵着经文。昏暗的光线合着雄浑的声音，大殿里弥漫着浓浓的虔敬氤氲，我心里也油然升起来一阵诚敬，在门外静静地站着，听着，感受着……

这场景我好像读过，对，那是在沈宗濂和柳陞祺著的《西藏与西藏人》里，这次旅行，我正好带了它。我悄悄地从包里掏出书来，一边听着，一边翻看着。

诵经是西藏一门伟大的艺术，那是一种没有任何旋律的深沉的低音，交替地变化着速度和音量。领经人的嗓音就像远处发动机发出的震动声，当数千个这样的声音汇聚在一起，再加上数千只手有节奏的击掌声，就像是大海在远方呼啸，间或伴有激浪拍打岩石的声音。这是一种在荒凉的山谷里夜以继日地磨炼数年才可学成的艺术，没有什么比这种声音更容易使人联想到西藏的神秘和深不可测了。

离开长青春科尔寺，多吉对我说："我的心离天也很近。"
我慢慢地融解着我这位藏族同胞的情感。

二

西藏有一则流传甚广的神话，故事来自藏文史书《西藏王统记》。

从前有只猕猴，这猴据说来自普陀山，是西藏的保护神——慈悲佛观世音的弟子。猕猴被派往西藏高原的一个山洞中潜心修习。

一天，洞中突然来了一个魔女。魔女施展出种种妖媚，诱惑猕猴，提出要与猕猴成亲。这怎么行呢？猕猴坚守着自己圣洁的信念，不为所动，他说："我是观世音菩萨的徒弟，受命来此修行，如果与你结合，岂不是破了我的戒？"

尴尬、僵持……突然，魔女号啕大哭。猕猴没遇到过这场景，慌了神，赶紧安慰，问其原因。魔女一边抽噎一边诉说："你救救我吧，你不娶我，我就只能同恶魔成婚了。这样，我们会生下一代又一代的恶魔妖女，那时候，雪域高原就会变成恶魔的世界。"猕猴的心软了，怜悯和慈悲开始涌动，心中默默地念叨："我若与她结为夫妻，必要破戒，可是如果我不与她成亲，又会酿成惨剧，致使生灵惨遭荼毒。"善良的猴子遇到了生命的难题，看来一时半会儿还真解决不了。

怎么办？找师父去。猴子一个筋斗回到了普陀山。事情汇报完，观世音菩萨说话了："这是天意，也是吉兆，你若能与她结合，从此在雪域繁衍后代，当是善莫大焉。这是好事，速速回去与魔女成亲吧。"

猕猴听了菩萨的话，转回雪域，同魔女结了婚。这对夫妻生下了六只小猴。六只小猴性情迥异，猕猴把他们送到果树林中，让他们开始各自的生活。

三年后，猕猴去探望猴子、猴女，他惊奇地发现，这里密密麻麻地聚集起了好多好多自己同魔女的子孙。这好像吴承恩小说《西游记》里的场景啊。令猕猴痛心的是，果子有限，子女们饥饿难耐，吱吱哭叫。无奈，猕猴又去求助师父。观世音再发慈悲，让猕猴到弥须山采下五种谷物，带回去播种。这弥须山据说就是鼎鼎大名的冈仁波齐，它不但是藏传佛教的四大名山之一，还被印度教、苯教和古耆那教认定为世界的中心，《中国国家地理》杂志称它为"众神的居所"。

从阿里地区众神居所得来的种子，在山南生根、发芽、开花、结果。孩子们以谷物为食，不但解决了温饱问题，身上的毛也逐渐脱落，尾巴也越来越短。他们知道了羞耻，采用树叶遮蔽身体，更大的奇迹是，他们学会了说话，他们变成了人。

这就是雪域的先民。

这不奇怪。进化论不就是这样说的吗，人是猴子变的。不，藏族朋友说，这不一样！故事里的猴不是进化论中人类进化链条上的那只猴子，而是一只经过观世音菩萨点化的猕猴。点化，在这里有了一种特别的意义，它让猕猴具有了神性。

朋友说的神性在藏族地区的土地上随时都能感受到：高高的白塔、差不多在所有山口飘飞的风马旗、无处不在的嘛尼堆以及藏族群众手里不停地转动着的小法轮，当然，还有飘荡在寺院周围那浑厚的诵经之声……

《西藏与西藏人》的作者沈宗濂和柳陞祺分别担任过民国政府驻藏办事处处长和办事处的英文秘书，无论从工作还是生活层面，他们对藏族地区的状况是比较了然的。书里有这么一段："在西藏，任何事物都是以宗教开始，并以宗教告终的。尽管我们在其中能找到一些非宗教的东西，但它们是那么的微不足道，以至于我们简直无法想象，如果撇开喇嘛、喇嘛寺院和喇嘛教不谈，我们还谈论西藏和西藏人的什么呢？"

《西藏与西藏人》是1953年写成的，描画的是70多年前的景象。今天的藏族地区同两位先生述说的已大大不同。但是，旅行川西，走在曾经是西康的土地上，除了欣赏神奇隽秀的山川，总还想听听西康那由于岁月的磨损而有些嘶哑的声音。了解当地的人文历史，这是旅行者差不多都会产生的意愿，走西康当然不能例外，甚至会更加强烈。在今天的川西，人们的生活已大大扩展，但无论是山川土地，还是藏族同胞们的生态风情，朋友提到的神性依然楚楚飘逸，沈、柳两先生的话不自觉地就浮现了出来。

遍布西康大地的风马旗及嘛尼堆

　　为什么会这样呢？不知道，这兴许同藏族的历史有关，这也可能是我们寻找神性的一条路径。

　　走走试试吧。

　　藏地有许多有趣的传说，古往今来的历史就在这些传说中闪现。传说有一天，天神的儿子沿着天梯散步，来到了雅砻河谷。

　　还记得那只猕猴吗——同魔女结婚的观世音弟子——他的后代就在这里生活着。12个正在放牧的猕猴子孙见到王子，稀奇又高兴，问：你从哪儿来的呀？王子不会说当地的语言，随手指了指他的来路，那是高耸的喜马拉雅山。

　　牧民们望着遥远的高峰，很是吃惊，以为那就是天国，这位路人一定是天国来的王子了，马上把王子扛上肩膀，欢呼簇拥着回去，感谢天国派来的王降临。

　　这就是西藏的第一世藏王聂赤赞普。事儿发生在公元前127年，那是藏族的木虎年。

　　这以后，又有无数的瞬间，无数的神话传说进入西藏的历史，而有一段有着非凡的意义。

　　这事也在《西藏王统记》里留存着，说是有那么一天，藏王拉妥妥日年赞正在雍布拉康宫殿里坐着，突然从天上掉下来个精美的盒子，里面装着两部佛教经典作品，还有弥扎手印、金塔、镲镲、六字真言。这些东西从天而降，却没人知

道它们是什么。踟蹰间，空中有声音传来："五代以后，将会出现懂得它们的人。"

尽管拉妥妥日年赞不知道这些东西为何物，但觉得它们珍贵，决定依天行事，认真地把它们放在宫殿里供奉了起来，就等那"五代"吧。

五代以后是什么状况呢？那正好就是我们都熟悉的松赞干布时代了。

事情总是那么神奇。

松赞干布统一了西藏，建立起了强大的吐蕃，把王国的政治中心从雅砻河谷搬到了拉萨，康区的众多小国及部落归顺吐蕃。

这时，西藏有了文字，"天上掉下的宝物"获得了翻译，佛教传播开来。接着，松赞干布分别娶了尼泊尔的赤尊公主和唐朝的文成公主，她们都是虔诚的佛教徒，各自带来了释迦牟尼不同年龄的等身造像。除了佛像，她们还带了法物、经典以及僧人来到西藏，令这里的佛教气氛逐渐浓烈起来。

文成公主带去的释迦牟尼12岁等身佛像就供奉在拉萨大昭寺里，千百年来，寺里的酥油灯一直长明不灭。

佛教进入西藏并非一帆风顺。这一外来宗教同本地的原始宗教展开了激烈的争斗。这也是不同政治力量的较量：旧贵族偏袒苯教，而新王室则追随佛教。

矛盾在公元9世纪朗达玛掌权时更加激化，大、小昭寺被关闭，许多佛教寺庙被焚毁，文成公主带去的释迦佛像也被埋进了土里……

其结果也有传说。说是有一位叫佩奇多杰的佛教徒在打坐中获得了神的旨意：必须尽快制止朗达玛的恶行。第二天，他穿上一件黑白双面大袍，黑色朝外，用松烟抹黑脸面，坐骑白马也用木炭涂黑，身上暗藏弓箭，加入拉萨节日的庆典之中。

朗达玛也来到现场观赏庆典，却被佩奇多杰一箭毙命。

佩奇多杰趁乱逃走，在一小河边将脸上的烟灰和马身上的炭黑洗干净，大袍翻了个面，于是，一个白面男子穿着白衣，骑着白马，骗过追兵，向着康区一路奔去。

这事据说发生在公元842年。

此后，吐蕃开始分崩离析，昔日的强劲变得委顿，光焰也逐渐黯淡。而有了佩奇多杰以及众多逃亡康区的高僧，康区出现了佛教的复兴。

这段历史大概延续了近一个世纪，按邢肃芝的说法，"从（朗达玛）灭佛时在拉萨看到最后一个穿袈裟的法师，到穿袈裟的法师又在拉萨出现，这中间共75年。"

由于佛教或者说神的降临，当13世纪蒙古人进入这片土地时，"蒙古人看到的不再是一个骁勇的武士之国，而是喇嘛之国，或者是精神导师之国了。"对于这段历史，柳陞祺发出了这样的感慨。

忽必烈不但引进藏传佛教，而且将藏传佛教定为元帝国的国教。《西藏与西藏人》里写道："蒙古人如此诚心地信奉喇嘛教，仅过了一个世纪的时间，他们就抛弃了本民族那种英勇尚武的性格。除了这种自身的变化之外，蒙古人还与西藏组成了世俗－宗教联盟，以此驾驭着整个中国，而且这一联盟自此延续下来。藏人越来越依靠内地皇帝实质性的扶助和保护，尽管内地无数次地改换皇帝，甚至没有了皇帝。"

藏族同胞将拉妥妥日年赞、松赞干布和赤松德赞这三位视作普贤、观世音和文殊菩萨的化身，前两位我们已经了解，而赤松德赞是文成公主后另一位赴藏和亲的金城公主的非亲生儿子，他积极推进佛教在藏族地区扎根，甚至不顾大臣们的反对，在公元791年降旨，将佛教定为吐蕃国教。

历史继续行进。由于赤松德赞请来的佛教大师莲花生一派的兴旺，苯教的教旨被覆盖，逐渐向佛教折中，雪域高原荡漾起了一种新的宗教——藏传佛教。

三

过了金沙江大桥，车进入了芒康地界，这里过去是西康的一部分，现在属于西藏自治区的昌都市。

路是柏油路，好走。

车行中，前面路边出现了两个藏族群众，一路磕着长头，将身体慢慢地往前挪动着。多吉停下车，简单地问了一下，这是母女俩，从云南德钦过来的，已经走了一个多月了，她们准备去拉萨大昭寺朝圣。

多吉说，像这样一路叩头去拉萨的过去很多，现在少些了，好在现在路比过去也好多了，艰难程度降低了。说着说着，他突然问我："你看过《冈仁波齐》吗？"

"看过。不过，不是在电影院，是在网上。"

多吉说："电影拍的就是芒康的村民。"

嗯，我知道，那村叫普拉村，电影演的就是这个村的村民自发地集合起来去冈仁波齐神山朝圣的故事。

影片没有剧作家的影子，当然也就没了那些我们习以为常的跌宕起伏的绚丽情节，眼里出现的只是生活的流水淡淡地流着，当然也有流得艰涩的时候；影片似乎也没有导演专门的精心"设计"，有的却是摄影师一路跟着村民们的记录，

就是角色的名字也依着村民们生活中的真实姓名，没有刻意讲究，没有隐喻。

然而，对我来说，这"平淡的普通生活"一点不平淡，它陌生，完全没有我生命经验中的情节，看着影片，我心底不由自主地荡起了阵阵的波澜。

说实话，这是为数很少的令我心动的电影之一。

也许，不设计就是一种设计。

尼玛扎堆决定带着 72 岁的伯伯杨培去拉萨及冈仁波齐朝圣，这是他父亲答应过杨培的。而今，父亲去世了，他得完成父亲的允诺。他选中的那年是马年，据说正好是冈仁波齐的本命年。

事情传开后，村里很多人都来了。角巴的妻子次仁曲珍即将临盆，可她硬要加入朝圣队伍，去神山为新生的孩子祈福；晋美夫妇和他们的孩子扎扎也来了，他们家去年盖房子的时候，出了事故，死了两个人，他们要去朝圣，一为抚慰亡灵，二来消散阴霾；腿有残疾，靠着杀牛维持生计的屠夫江措旺堆也来了，因为职业和自己的信仰有冲突，他的内心一直非常煎熬，每次工作下来都要靠着酒精麻痹自己。他想去朝圣，以其虔诚来洗清自己的罪孽。

他真有罪吗？

藏族人信佛，养成了不杀生的习惯，这似乎是根深蒂固的。而生活在寒冷高原上的人注定了需要肉食来保证生存。如何解决这一矛盾？喇嘛贡献了他们的智慧：杀大不杀小，这样可以尽量减少屠戮数量而拯救更多的生命，这一理性的选择也成了藏族地区人们的生活习惯。在藏族地区，人们不吃鱼，不杀鸡，杀牛杀羊乃是正常。可江措旺堆对这也受不了，据说，在过去的康区，屠夫是比乞丐还要低下的职业，而他又没有其他的生存技能。他厌恶自己的行为，始终怀着负罪感。多吉说，在藏族地区有许多这样的人，他们的信仰似乎是与生俱来的。

这样的生命感受就因为他们是观音弟子的后代，神性使然吗？

不知道。

他们忙碌起来，普拉村也因为他们的忙碌而热烈起来。朝圣路上需要的鞋，他们买了几十双；朝圣需要护手板、护膝、羊皮围裙，他们分头制作；路上需要口粮，他们磨好青稞做成糌粑；曲珍还为她那尚未出生的孩子缝好了羊皮裹毯……

一个清冷的早晨，这支 11 人的队伍上路了，导演张扬和他的摄制团队也跟着他们一道出发了。

拖拉机拖着行李和口粮在前面开路，村民们跟在后面，开始了普拉村民的朝圣之旅。

同刚才看到的德钦母女一样，芒康的村民们双手合十举过头顶，分别在头顶、胸前、腰间用护手板拍击一下，手着地，滑向前方，磕头，双手再次在额头合十叩拜，身体匍匐地面，然后站起来，走三步，继续磕头叩拜……

这就是磕长头，在长青春科尔寺里我也见到有磕长头的，可那是在庙里小小的场地，而普拉村村民们面前的却是漫漫长途啊。无论遇到水坑，还是落石，村民们全不躲避，毫不犹豫地俯下身子，磕下头去。

让我震撼的是次仁曲珍，她在临产前的艰难时段竟选择了这最艰难的长途朝拜。在路上，孩子突然降生，这也没能令她停下脚步，在被拉到卫生院生下孩子后，跟着大伙儿继续朝拜。

我不知道是什么在支撑着她。

影片也有波澜，到拉萨还有几百公里，出车祸了。慢慢行进的拖拉机被一辆越野车给撞了，驾驶员说，他是为了避让另一辆车，还有，他的车里载着两个病人，急着赶往拉萨。

没有理论，没有争执，只有村民的一句：以后好好开，快送病人去吧。事件就这样了结了。波没有荡漾，淡淡的生活流水又平静地流动起来。

我的心里总有些迷惑不解，神性驱驶？不知道。

拖拉机被撞坏，开不动了，村民们把装着行李的车厢卸下来，扔掉车头，由男人们拉着车厢继续前进。这还没完，车厢往前拉一段后，他们停了下来，刹住车厢，人往回走，回到刚才的起始处，重新一步一步磕头，把拉车厢时没能磕头的那一段补上。

情节平淡，我的心却难以平静。

影片里朴树的歌声一直响着：

都拿走　让我再次两手空空
只有奄奄一息过
那个真正的我
他才能够诞生
那才是我
那才是我
那个发光的
那个会飞的
那个顶天立地的
那才是我
当我一微笑

所有的苦难

都灰飞烟灭

那个真正的我

他才能够诞生

四

我们生在何处、为什么我们会在这里、这一切意味着什么、如果有什么的话，我们需要做些什么？

——休斯顿·史密斯《人的宗教》

关于生命的终极问题，科学的研究正在迅猛突进，可在另一条道上，人也在笃定地走着，这就是宗教。

喇嘛在藏语中意味着优胜无上，喇嘛、寺庙在民众中有着崇高的威望，总能让人马首是瞻。但是，如果没有了百姓普遍的虔诚信仰，这一片神性的土地将空空荡荡，不复存在。

在那些贫瘠的年代里，西康的百姓除了特殊日子必须进寺叩拜外，平常日子里，十天半月的，一定要请喇嘛到家诵经一次，所请喇嘛的多少视家庭的财力决定，多则几十人，少的十来人，至少也得一二人；富足人家会每天都请喇嘛到家；至于那些赤贫者，实在请不起喇嘛，他们会将自己省下的粮食等送去寺庙，有一点就送一点，赤诚之心可见。

多吉说，现在生活好了，好多人家都设了经堂，他家也有。我说，我到你家，怎么没见着？他说："你没注意，就在二楼的左边角上，我也很少去，那是我母亲的私密之处。"

多吉说，汉族人的储蓄都在银行里，在卡上，而他们家的储蓄则在母亲的经堂里。经堂里挂有好多唐卡、桌上摆着茶爵，酥油灯，还有法螺、佛像等等，钱都在里面了。我悄悄地问道："佛像有金的吗？"他也轻轻地回答我："嗯。"

我突然想起了我的家乡，雅安北面夹金山下的硗碛，那里居住着的是嘉绒藏族，人们的宗教情怀有着别样的风采。

"你去过宝兴硗碛吗？"我问多吉。

"没有。"

如此，我给他讲起了我的一段经历。

20多年前，我跟几个音乐家朋友一道去那儿拍《南丝路寻风》，一种被当地老百姓叫作"抬菩萨"的宗教活动给我留下了难以磨灭的记忆。

说起来，抬菩萨其实就是很多地方都有的转经会的一种，在硗碛，每年的正月十七举行，活动几乎成了那里全民参与的盛事。

硗碛镇的头顶上有一座山丘叫龙神冈，那是女神亚西拉姆管理的地方，上面建有一座叫曲科绕杰林的寺庙，这是硗碛百姓共有的经堂。

庙外有一个小广场，活动就在这里开始。村民们在喇嘛的引领下念诵经文，念完后，四个汉子用轿舆将弥勒佛像从经堂抬出，一道抬出的还有一些经书，当地百姓讲，这既是抬菩萨，又是晒经书。

数以千计的信众尾随轿后，从寺庙向着山下河边游行而去，漫山的人观看着这浩大的行动。游行队伍一路不停地歌唱，歌声在山间逶迤浩荡，像一道气势汹涌的洪流激荡在斜坡狭窄的街道上，街道两旁不断有人卷进队伍，队伍在长大，歌唱的声部不断叠加，逐渐形成了庞大的多声部演唱，冲击着山间云霄。身历这气势磅礴的恢宏场面，朋友情不自禁地叫起好来。朋友说，这合唱太奇妙了，那么多的声部在同一基调上先后出现，即兴发挥，真是一种浑然天成的"卡农"。

我不懂"卡农"，但吃惊于那么多不断加入的声音不但没有破坏起始音乐的和谐，反而让这神奇的声响团结得越发壮丽辉煌。

这声音千百年来就这样孜孜不倦地慰藉着硗碛百姓的生活。

音乐家们不懂宗教，却被这行进中的歌唱迷倒，据说，中央音乐学院的教授们也闻声而来，同样陶醉在这辉煌的"卡农"之

硗碛正月十七的"抬菩萨"是一项历久弥新的传统宗教活动，活动中百千民众恢宏浩荡的歌唱已成了国家非物质文化遗产——硗碛多声部民歌

中。而今，这歌唱已被取名"硗碛多声部民歌"，成了国家级非物质文化遗产。

多吉静静地听着，我也在长久地回忆着一段段刻骨铭心的过往。

长青春科尔寺庙里的诵经是迷人的，它在昏暗的殿堂里荡漾起一种内敛的悠远神秘；而硗碛那滔滔涌荡的歌唱则是生命力量的浩然奔涌，在空旷的山野荡人心魄。

"我家离天很近。"我又开始咀嚼起多吉的话语。

我有了一点觉悟：虔诚就是人们伸向天庭的手臂，是吗？

长在生命里的茶叶

一

这次到荥经去是因为一桩有关茶叶的故事。

在荥经，提到姜家，上了点年纪的人差不多都能唠叨唠叨。这是明朝中期从洪雅迁过来的一大户人家，来后就做起了边茶生意，挂出的招牌叫"华兴号"。

到了清朝嘉庆年间，姜家不再满足于采购销售，开始自己生产边茶。产业蒸蒸日上，光绪年间，姜家的边茶年产值已达数十万两白银。姜家人说，当时荥经县城的街上，无论是大摊小摊还是各种商号，只要是做买卖的，都有他家的账簿，姜家人无论到哪儿买东西都可以挂账，所有账单每月底到姜家统一结清。

在日积月累的生产经营中，姜家创出了自己的名牌"仁真杜吉"，成了雅安边茶的八大名牌之一。这茶在藏族地区颇受青睐，拉萨几大寺庙的高僧及一些贵族都好上了"仁真杜吉"这一口。

清朝末年，姜家曾因创业者姜志太公年老体弱而一度衰落，忍不住那口的康藏地区喇嘛经常上门追要"仁真杜吉"。形势所迫，姜家决定，由后辈姜公兴主持经营。接过担子的姜公兴展开新的旗帜，将华兴号改为裕兴号，亲自到藏族地区与各客户见面，求得了"仁真杜吉"迷恋者们的支持，据说还得到了班禅的援助。

姜家又兴隆起来了。

1939 年，西康省成立，刘文辉遇到了前所未有的财政窘境。面对捉襟见肘的地方财政，他明了，要摆脱窘困，眼前有两条路径，一是鸦片，再就是茶叶。前者是中央明令禁止的，干，也得偷偷地；而后者则可以明目张胆地大干。

操控边茶贸易成了刘文辉打出的第一张经济牌。他成立起西康最大的茶叶贸易公司"康藏茶叶股份有限公司"，要求所有茶商一律统一到康藏茶叶公司旗下，不允许私自卖茶入藏。

姜家在康藏茶叶公司旗下过得显然不是很愉快，加入不久，他们就主动退出，开始转投其他生意。他们把钱投到了一个做绸缎生意的远房亲戚处，那个亲戚凭借着姜家的大笔资金，赚了个盆满钵满，在香港、上海、成都等地开起了自己的铺面。而对于姜家的投资，却只将本钱归还，利润，则毫厘不给。

对此不仁不义，姜家也是无可奈何。对于进退失据的姜家，此时还有更严峻的问题：退出康藏茶叶公司时还有一桩同西藏的供货生意没完全了结。西藏的高僧喝不到"仁真杜吉"，很是着急，为此，寺庙专门派人来到荥经，找到姜家询问原因。

忠厚传家，这是姜家的家训。可此时从雅安经康定再进入西藏的道路被刘文辉派兵把守着，非康藏茶叶公司的茶一概不能通过。"仁真杜吉"没法从这儿运往西藏了，这可是姜家从来没遇到过的事。被远房亲戚伤害了的姜家还在痛着，新的问题摆在面前，他们的良知不能在此黯淡。

西方不行走东方。为了完成这份合同，姜家决定舍近求远，改道送茶。一条为履约而实施的漫漫长路开始了。

他们先雇用背夫将茶从荥经背到雅安，放上竹筏，顺着青衣江将茶运到乐山，接着转乘轮船到武汉，再通过火车转运到广州，到广州后，"仁真杜吉"登上远洋轮船，漂洋到了印度，最后从印度越过大吉岭进入西藏。

就这样，2000 包，4000 斤"仁真杜吉"辗转运输，总算进入了西藏的寺庙及贵族们的府上，事情成功了。可经过这一折腾，白菜盘成了肉价。囿于运输成本太高，"仁真杜吉"从此在西藏消失了。

姜家大院在荥经老城区一条叫民主的小街上，听当地文化局的朋友说，房已归为文物。

站在门口，微微抬头，"裕兴茶店"四个大字鲜亮，房檐宽阔，不注意不容易看到；匾额的上下款敲定了它的历史价值，上款是雅州府荥经县知事彭祖寿书，下款为光绪元年仲秋。也就是说，这匾是 1875 年荥经县知事题刻的，距今已有 140 多年了。据说，匾虽是清代的，宅子却是明代就有了。

孙明经镜头里的裕兴茶店

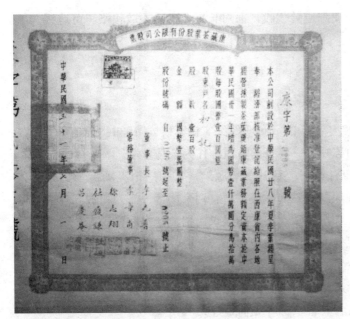

刘文辉的经济命脉——康藏茶叶股份有限公司股票

姜家大院属于明清建筑，当然是文物。

我想到孙明经1939年的西康摄影集里有一幅裕兴茶店的照片，翻开，门口也是有一裕兴茶店的匾额，没上下提款，匾木破朽，就一普通生意人家的招牌。是姜家舍不得将彭知事的匾置于门楣而收藏起来了？孙老师的照片上还有着"姜寓"字样，像是粉笔随意写的。门口挂着的条牌则是"康藏茶叶股份有限公司第一制造厂"。其时，姜家还在股份公司里。

与鲜亮的门匾对应的是古旧的深院。院子有前院、后院，但有龙门阻隔，不能一眼望穿，只能慢慢走进。

阳光强烈，但无法穿透深宅，只能在三个天井中流连。后天井里有些许绿色的青苔斑痕在阳光下闪烁，古旧灰黑的房屋板壁同光照下鲜亮的苔衣相映成趣。院子古旧，却安静，天井地坝架着几支竹竿，晾晒着院里住户人家的衣物，也给这古老的宅院添了些许生气。

后院堂屋门口，一张破旧的老式沙发上坐着一位老人。问起，他就是姜家后人姜琳，老人已经80多岁了，无论天晴下雨，每天都会坐在这里。随着岁月的流走，老人眼里的光辉也在逐渐暗淡，但一讲起他家族的故事，身躯便开始生动，眼里也有了光芒。他守着的背后堂屋里，挂着堂堂家训：忠厚传家。

裕兴茶店是雅安兴隆的边茶茶店之一。

明朝中后期，雅安的边茶茶号多达30多家，销往康藏的茶，按《明史·食货志》里的说法，每年有198万斤。这些茶号有川人办的，也有陕商办的，像雅安西大街上的义兴茶号，大北街上的天增公茶号、聚成茶号，小北街上的孚和茶号……

据说，处于文定街上的永昌茶号还有一段小故事：当年川督尹昌衡向茶号出资白银一万两入股，后下了台，想要回这笔款项，竟遭到了夏姓老板的拒绝。后

来，他又托新任川边镇守使陈遐龄代收，面对长官，永昌不敢赖账。可这钱入了陈的腰包，就掏不出来了。下台官员尹昌衡自叹无奈。

二

浙江摄影出版社 2020 年出版的《孙明经纪实摄影研究 1939：茶马贾道》改变了一个人们习以为常的称呼——将茶马古道称作为茶马贾道。

古、贾同音，意义却有不同。翻开《辞源》，古有三个义项：一为时代久远；二是不随世俗，根底深厚；三为姓氏。贾有两个读音，作为和古同音的贾也有三个义项：一指坐商；二指做买卖；三指谋求、招致。古人将商人分得很细，行者为商、处者为贾，现代人习惯将商贾连在一起，就是做买卖。这倒是符合第二个义项。

古道是指时代久远的道路，贾道则是做生意的通道。而我们眼前的这条路既久远，又有生意通达，两者兼备，称呼如何是好？

孙明经的儿子孙健三先生在为该书写的序言里讲了"贾道"和"古道"称谓的故事。历史上，中国学者大多都称这条路为"茶马贾道"或"茶马市道"，称其为"古道"的是美国学者及传教士。原因：中国人认为路是应生意而起，称贾道没问题，而美国人说它是古道，历史悠久，好像也没问题。

深究起来，贾道出现应更早些，它应在路还不算古的时候就叫上了。

其实，浙江摄影出版社也不是别出心裁。如今，茶已成了雅俗共议的文化载体，凡涉及茶的，无论是茶的历史、品类，还是茶的生产工艺、饮用器具，抑或是古今文人咏茶的诗篇……都成了茶文化爱好者的钟情之物，"贾道"的推出只不过是翻出了一段被一些人忘却同时又是更多的人不了然的历史，实在是茶文化风景的展开。

中国人因为发现茶、种植茶在世界上很是骄傲了一阵子。现在，茶已在世界各地种植，但人们仍然记着中国。2004 年，第八届国际茶文化节在雅安召开，蒙顶山被认定为世界茶文化圣山。

这里是世界人工植茶的第一块土地。

茶是迷人的，就像西方人对咖啡的痴迷。一个又一个的中国文人为之神往，咏诗不止。

> 午枕初回梦蝶床，红丝小硙破旗枪；
>
> 正须山石龙头鼎，一试风炉蟹眼汤。

岩电已能开倦眼，春雷不许殷枯肠；

饭囊酒瓮纷纷是，谁赏蒙山紫笋香？

　　除了陆游，留在蒙顶的诗数不胜数，像白居易"琴里知闻惟绿水，茶中故旧是蒙山"，刘禹锡"何况蒙山顾渚春，白泥赤足走风尘"……

　　茶成了文人的痴爱与咏物，而在藏族地区，茶是生活的必需。"宁可三日无盐，不可一日无茶。"实在是一种生命由衷的呼唤。

　　吐蕃王松赞干布得了一场重病，静养之时，王宫屋顶的栏杆角上飞来了一只以前没有见过的美丽小鸟，口中衔着一根树枝，枝上有几片叶子，在屋顶上婉转啼叫。国王派人查看，将小鸟衔来的树枝取来放到卧榻上。国王发现这是一种以前没有见过的树枝，于是摘下树叶放入口中品尝其味，觉得清香，加水煮沸，竟是上好饮料。于是松赞干布派出众大臣及百姓去寻找这种奇妙的树，寻秘者历尽艰辛，终于在汉地找到了，是为茶树。从此，茶叶被引进藏族地区，并逐渐成为藏族日常生活中不可缺少的饮料。

　　这则故事来自藏文史书《藏汉史集》。我们知道，西藏的历史常会以故事的形态呈现。按照该故事的内容，茶叶在藏族地区出现应该是在唐朝时代了。

　　在茶进入西藏的过程中，文成公主功不可没。在谈论这位公主的功绩时，人们注意到了，藏族地区人们生活的两大支柱都与她有关。她带去了释迦牟尼的12岁等身像及一批僧侣，隆烈了西藏的佛教氛围；她还带去了蒙顶茶乡献给朝廷的龙团凤饼贡茶，造成了藏族地区习俗的更新。而这一切，并不是因政治需要的临时准备，而是她自己日常的挚爱。说实话，文成公主在听说自己被选中要去吐蕃和亲时，也有一些犹豫，一个16岁的青年女子就要去到遥远的陌生地域，想起都有些害怕。这不，五世达赖罗桑嘉措在他的《西藏王臣记》里就写了一段唐太宗说服文成公主前往和亲的文字：

亲爱的女儿啊，你听我说

藏土是有名的雪域

这样的圣地美妙神奇

雪山是自然搭起的奇妙宝塔

四海好似供设的松石曼荼罗

广阔的草原是那敬献的供物

还有那滔滔的江河是天然的泉头

再配上那高山、净地、雪岭、险隘

真是一幅吉祥悦意的栩栩画图

诗意荡漾的言说可能不是唐皇的真实话语，而是生活在神秘藏域的罗桑嘉措浪漫的想象。但起初文成公主不愿意离开京城却显露无遗。

据藏族史料记载，西藏高原盛行的饮茶之风就是由文成公主带去的。在藏文的《汉藏史集》中，有两章（《茶叶和碗在吐蕃出现的故事》《茶叶的种类》）专门介绍茶是如何从汉地传入吐蕃的。书中写道："对于饮茶最为精通的是汉族的和尚，此后噶米王（即赤松德赞）向和尚学会了烹茶，米札衮布向噶米王学会了烹茶。这以后依次传了下来。"

随着茶叶传入西藏，茶逐渐成了这块土地上所有居民的生活必需品。特殊的地域，也诞生了不同的饮茶方式。

酥油茶是藏族百姓的选择。

现代广为流行的酥油茶的做法是：把煮好的浓茶滤去茶叶，倒入专门打酥油茶用的酥油茶桶，再加入酥油和盐，用搅拌器在酥油茶桶里使劲搅打，使酥油、浓茶和盐充分融合成一体，然后倒入锅或者茶壶里，放在火炉上加热，或马上饮用，或装入保温瓶中以备全天享用。如果在上述的基础上再敲进鸡蛋、加入准备好的核桃仁、花生、芝麻等物搅打，就是更高级的酥油茶了。

酥油茶醇正芳香，既可解渴，又可滋润肺腑，还能产生较大的热量，所以特别适合藏族人民高原御寒的需要。酥油茶一经产生，便流传至今，成为了藏族人民日常生活中的重要组成部分。

三

唐人李肇写的《唐国史补》里有一段有关吐蕃人饮茶的故事。

唐德宗建中二年（781年），常鲁公奉公出使吐蕃。一天，他正在客栈里烹茶，吐蕃赞普来了。见常鲁公往烹具里一样一样地放姜、盐之类的佐料，有些奇怪，就问："这是什么东西？"鲁公说："既能解渴又能祛除烦恼的茶。""喔，茶呀。"赞普马上命令下人取来了他的存物，向常鲁公一一介绍起来："这是安徽的小围、六安茶；这是浙江的紫笋茶；这是湖北的黄芽；这是蜀中的昌明；这是湖南的银毫。"

赞普收藏了如此众多的名茶，可它们仅是藏王珍贵的藏品，而在青藏高原上，万众百姓饮用的却是主要产自雅安一带的黑茶。

雅安是世界上人工植茶最早的地方。这里靠近涉藏地区，按《华阳国志》的说法，早在2000多年前的汉朝时期，这一带的商人就开始翻过邛崃山（今大相岭），把茶叶运到大渡河以西一带，与当地的邛人、莋人和牦牛夷等土著部落进行以物易物的贸易活动，那里正是今天汉族和藏族杂居的地带。

需要就是动力。雅安的茶之流慢慢地向着更深远更广阔的高原流淌而去。据说，在传输的过程中也出现了一些问题：路途远、时间久，途中常常遭遇雨淋。淋湿的茶叶自然发酵，色泽由原初的绿色变成了黑色，味道也由原来的清香苦口变得陈醇而微涩，这一改变歪打正着，恰好符合高寒地区藏族人民的口味。于是，意外的结果引来了主动的选择，以雅安为中心的边茶生产在制作过程中增加了一道重要工序：作色。把采下的茶叶经过杀青晒干后，浇水蒸揉，再沤堆发酵，这样就改变了茶的滋味，也让它有了新的色泽。

这一下产生了一种新的茶品类：黑茶。

以雅安为主体的南路边茶制作工艺已经成了国家非物质文化遗产。杨绍淮先生长期在雅安茶厂工作，他的《川茶与茶马古道》一书为我们介绍了一些南路边茶的工艺流程，值得一读。

南路边茶是一种后发酵的紧压茶，这也是雅安边茶在制作过程中与其他地方紧压茶最大的不同之处。其生产过程可分为粗制和精制两大部分。

粗制就是把毛茶加工成做庄茶（注：粗茶原料从生叶起，经过杀青、蒸揉、沤堆、干燥后，边茶的初制阶段就算完成了。初制后的茶叶称之为"做庄茶"）的过程，主要有杀青、蒸揉、沤堆（发酵）、干燥四道工序。

杀青是在茶叶下树后马上要进行的。雅安一带农村自古以来就习惯了制作做庄茶，对粗茶的杀青，他们曾摸索出三种办法：一是将生叶用红锅高温杀青，茶叶在热锅中呈棕褐色时即取出晒干，此法称"红锅子"；二是将生叶直接放在太阳下暴晒，变色、干燥同时完成，此法称"天炕子"；三是将生叶放进加水的锅中，用爆火蒸煮，使叶茎变软，呈黑褐色时即取出晒干，此法称为"水捞子"。

接下来要对茶叶进行蒸揉。古代的蒸揉方法以蹓茶为主。先将杀青后的毛茶掺入适量热水，堆放一夜，然后用一圆形木甑盛装，在土灶上蒸约十分钟，倒入麻袋，由两人提上蹓板，从上往下用脚轮回蹓转，往返三次。茶叶蒸后柔软，跟随麻袋转动，很快成条卷折。蹓茶的蹓板由两块很厚的木板并拢组成，面上锯成齿状，搭成45度斜面，两边用楠竹绑成扶手，蹓茶工人用手扶住楠竹，支撑身体，出脚均匀，一步一步地往下蹓蹓。在古代（包括民国时期），茶号和茶区农

南路边茶加工：蹓板

户均使用这种方法。

如今古老的蹓茶方法早已被现代的揉茶机取代了。

沤堆，古代又称"做色"，其实就是发酵。这是粗茶转变色、香、味的一道重要工序。蒸揉后的茶叶沤堆一天，即进行第一次翻拌（翻头叉），将茶叶梳理堆成六尺左右很整齐的堆子。翻拌的目的是使茶叶氧化变色。继续沤堆七日左右，茶堆有热气冒出，堆心温度升至摄氏70度左右，开始翻第二遍（翻二叉）。再沤堆四天左右，堆面出现露水，堆心温度再次升到摄氏70度左右，颜色呈均匀的浅棕褐色时，做第三次翻拌（翻三叉）。三遍翻完，继续梳理扎好茶堆，使其发酵完全达到标准。发酵完成后，如不能及时进入下一道工序对茶叶进行干燥，必须对茶堆挖沟散热，防止发酵过度，温度升高而使茶叶烧焦变黑。

虽然黑茶制作过程都有发酵这一道工序，但雅安边茶的发酵有自己独到的地方。除了保持高温高湿的条件外，沤堆时间较长，茶叶从蹓揉下来沤堆时间达到半月以上，加上雅安得天独厚的气候条件，所以色、香、味转化效果特别好。

仅粗茶部分的描述已展现了雅安南路边茶的考究。

19世纪，英国人占领印度，在那里大力发展茶产业，并觊觎着西藏地区的市场，这对于中国的茶产业无疑构成了极大的挑战。1892年7月23日，清王朝总理衙门致电四川总督刘秉璋，要他调查印度入藏茶叶的情况。刘总督不敢大意，派人去了印藏边界大吉岭。一周后，大吉岭回电："印茶入藏为数极微。藏人不喜印茶，称饮之腹疼。数年前大吉岭附近茶农曾效仿中国茶叶，试制销藏印茶，每磅成本二便士，成本虽轻，但始终不能行销，因此不得不放弃计划……"

藏族人民喝惯了雅安黑茶，很难改口，就像对"仁真杜吉"的不舍。

四

20世纪40年代雅安茶厂工人正在堆放生产好的茶叶包

背夫是茶马古道上沉重苦难的景致

我这次入康，所见的"洋洋大观"，除了"这山望见那山高"的叠嶂层峦外，还有两种：一种是大相岭上的马队，另一就是由汉源到宜东这一天所见的茶叶包，从朝至暮，几乎无处不看见他们。从远望去，茶叶包层层叠叠地扎在他们的背上，好像江上的帆篷，片片西去。本来由雅入康的茶叶，年约五十五万包，平均每人十包，是需背子五万五千人。现在正当新茶上市，又适值农暇季节，且风和日暖，无怪茶叶包罗列成行，滔滔皆是了。

这是一位叫段公爽的记者1941年在从雅安到康定路上的见闻。他那"江上的帆篷"其实是成千上万背夫们的辛酸。

那时，从雅安到康定近500里，沿途多是高山峡谷，马帮很难行走，茶叶的运输只能靠人背，就像重庆码头的"棒棒军"，雅康路上多是"茶背子"。

从事茶背子的都是农村底层的穷苦人，加入此行业，需要的工具简单：一副背夹子、一张背垫子、一根木拐子、一个竹篾条圈成的汗刮子，而最重要的工具就是背夫自己。

这些穷苦人农忙时在地里干活，

农闲时就去背茶包子，十来个人组成一伙，找到专门为茶号雇请背夫的揽头，交上点费用，由揽头出具保单，就可以去茶号领茶背了。

据相关资料统计，20世纪的三四十年代，雅安每天出城的茶背子有500多人，在农闲的十冬腊月季，这一数字会一下升到700多。他们像牲口一样，背着沉重的茶包子，在极其艰难的山路上跋涉。雅安、天全、荥经、汉源、泸定是大量背夫的出处。

今天，在荥经、天全的山间石头上，我们还能看到贾道上那一个个木拐子杵出来的坑窝。在孙明经、威尔逊等的摄影作品中，我们还能看到那一张张瘦削而无奈的脸孔。

这是一个时代的苦难。

荥经背夫陈文玉老人说到他的背夫生活，唏嘘不已。他十二三岁就跟着大人加入了背夫行列，背上的茶包子从一包、两包，最后背到了十五六包。茶包子每包16斤，加上随身的粮食，算起来差不多有300斤了。

汉源背夫钱羽福老人给我们讲了两个女背夫的故事，令人凄然。

在九襄的背夫队伍里，有个姓王的年轻女人，她是本不该出现在这支队伍中的。可前不久，她丈夫在背茶经过大相岭时被毒蛇咬了一口，有人为他扯了一些草药敷上，没对上症，死在了路上。

王姓女人走进了这个队伍，她必须养家糊口。这女人已经有了一个半岁多的婴儿，没人带。年轻的寡女只能把她带上，一同走上这条茶马贾道。她把孩子拴在胸前，走在路上，一荡一荡的，令人看着心忧，生怕孩子掉下来。

有一天，突然电闪雷鸣，接着就下起了瓢泼大雨，同伴们赶紧将蓑衣给孩子母亲套在身上。路开始湿滑起来。女人一手护着胸前的婴儿，一手杵着T字拐，一步一步慢慢地往前挪动，突然，孩子哭了，可能是饿得不行了。女人还在慢慢地挪步，终于到了一块稍微平坦点的地方，停下来，说，哥，你们等等我，我给娃娃喂口奶……

在场的有人流下了泪，有的劝说，姑娘，你就莫干了吧，这苦男人都有些吃不消。

可她能停下吗？还有其他的路供她走吗？

另一则。

民国二十多年时候，宜东有个年轻女子长得好看，大眼睛。她也来到了背夫的队伍里。有一天，她背着茶包子走到三交乡，突然从草丛里冒出来三个棒老二，当着众多背夫的面就把那好看女子按在草丛里糟蹋了。背夫们敢怒不敢言，棒老二手头有枪呵。殊不知，这女子可不是好欺辱的，她裹好衣裤，爬起来，擦了下泪水，猛地扑过去，咬掉了一个棒老二的耳朵，跟着又死死地抱住另一个棒老二跳下了山崖，剩下的那个棒老二不知所措，一直瑟瑟发抖。

听听背夫们留下的山歌吧：

秋天落叶到冬天，
穷人害怕过年关，
咬紧牙巴背茶去，
挣钱回家好过年。

背子背出禁门关，
性命好比交给天，
山高水长路途远，
背夫步步好艰难。

青杠拐子龙抬头，
打拐别打斜石头，
三拐两拐打不住，
挣起痨病在心头。

这里也发生过鸦片战争

一

母亲说，罂粟花是她见过的最好看的花。那时她还年幼，春末夏初，游玩郊外，明丽天空下，满眼罂粟盛开，花色繁丽：粉的娇羞、白的纯洁、蓝的神秘……

人们都说，罂粟是毒品，是万恶之源。母亲不这么看，她说，植物没有好坏，坏的是人的行为。

她给我讲了一个故事。

1938 年，九世班禅在玉树去世，遗体被运到了甘孜。这事引动了全国的关注，国民党中央决定派一个中央大员前往致祭。本来内定是以蒙藏委员会委员长吴忠信为特使的，不料途中杀出了个程咬金——考试院院长戴季陶毛遂自荐，说他是佛门弟子，还曾拜过班禅为师，并且故作姿态地说，愿意去吃"这趟苦"。戴是国民党元老，又是蒋介石的谋士，他这一提出，一张好大的面子飘荡起来，谁好拒绝呢？于是一个叫作"国民政府考试院院长行辕"的队伍组成了。

谁都知道，西康的路难走，要去甘孜，得摇摇晃晃地坐滑竿，而这正好可以满足戴院长的"风光"心愿。据说，到雅安那天，离城还有好几里路呢，院

20 世纪 40 年代雅安奇异景致：小孩为大人点鸦片

长就迫不及待地坐进了四人大轿，随员们有坐轿的，有坐滑竿的，也有骑马的，跟在后面，浩浩荡荡，而开路的则是由几十名全副武装的宪兵组成的仪仗队，手里持着"国民政府考试院院长行辕"大旗，引来了沿途市民驻足观瞻，好不威风。

雅安是平坝，好办，可出了雅安，进入山区，糟心的事儿就来了。

这时正是国民政府推出六年禁烟计划的紧要时期，而戴院长又是禁烟委员会的成员。"禁委"莅临，"禁剑"高悬，一向以上有政策下有对策行事的刘文辉丝毫不敢大意，赶紧下令：路边烟苗一律放倒，沿途烟馆暂停营业。

殊不知，这道命令竟成了行辕行进的障碍。行辕队伍里还雇有一百多个滑竿夫，这些人绝大多数都是吸大烟的，出门要吸，途中也得吸。这不，路行到相岭山里，烟馆关门了，滑竿夫们烟瘾发了，一个个流鼻涕淌眼泪的，走不动了。行辕秘书长许崇灏问明原因，也急了，赶紧告知当地人士，打开烟馆，开门营业。不知他这行为请示过戴院长没有，只是当地相关人士不知有意还是无意，竟派出更夫沿街打锣，大呼小叫"行辕命令，烟馆打开。"，这声音戴院长肯定是听到了。

康定以东有烟馆应付，可出了康定，到甘孜还有好长的路呢，藏族人不吸烟，那边没烟馆了。对此，行辕又做出了新的决定，由总务部门垫支，购买300两大烟，供路上使用。

这事儿戴院长应该也是知道的吧。

其实，国民政府的六年禁烟计划就是一个掩耳盗铃的行动。记得有个法国人说过这样的话："（在经历了鸦片战争苦难的中国）进入20世纪，如果不对鸦片采取零容忍的政策，那么任何一届政府都不能声称自己是合法的政府。"可上了贼船很难下，当年，清政府就曾经陷入过怪圈：禁种吧，不仅税收减少，而且会变相鼓励进口和走私；不禁种吧，禁烟法令只能流于表面和形式。怎么办？只能明禁暗放，睁只眼闭只眼，任凭鸦片泛滥。国民党执政时期，这种尴尬仍然没法改变。六年禁烟计划就是这样，它不是决绝地全面禁止，而是分了两步走，先设鸦片专卖制度，推行"寓禁于征"。征什么？税呵。这是利益使然。有资料显示，1905年，云南省六成以上的财政收入靠的就是鸦片，其他各省大同小异。进入民国，地方割据的势头有增无减，鸦片种植更是泛滥，蒋介石不能容忍各地抢去了鸦片经营的税收，控制鸦片贩运渠道，正是增加中央税收的一种手段。可如此一来，鸦片利润涨势看好，各地更是有恃无恐。上行下效，禁烟吼得震天响，而地里的罂粟花依旧美丽开放。

也就在戴院长出行致奠班禅的这一年，民国政府国民参政会组织了一个川康

视察团到川康各地视察。

当时，西康省虽尚未正式成立，但筹委会已经运作三年了。

作为视察团的成员，黄炎培到了宁属地区，目睹地方政府与地方军阀只顾搜刮民财以饱私囊，到处种植鸦片，以致烟毒泛滥，痛心疾首，写下了下面这著名的诗句：

> 红红白白四望平，万花捧出越巂城；
> 此花何名不忍名，我家既倾国亦倾。

二

母亲说得没错，鸦片刚出现时实在是清白无辜的。

罂粟最古老的种植地在当今瑞士境内，在新石器时代屋村遗址中，考古学家发现了罂粟种子和果实的遗存，令人吃惊的是，这些遗物竟然属于人工杂交品种，它意味着，那时的罂粟种植技术已经很成熟了。到了公元前 4000 年左右，两河流域，人们已经大面积地种起了罂粟，而且给它冠以"快乐植物"的美名。

何谓快乐？著名的《荷马史诗》里有这么一段文字：海伦，宙斯之女，将一种能够使人忘掉不幸的忘忧药拌入他们正在饮用的葡萄酒中。于是那些喝下这种混合物的人整天不流一滴眼泪，纵使他们的母亲或父亲故去，甚或其兄弟或疼爱的儿子在其面前被杀死，他们也依然如此。这忘忧药就是鸦片。

父母故去，儿女被杀，却能无动于衷，这是快乐吗？这更像是泯灭人性，魔鬼操纵的。不过，史诗中的奥德修斯也就是靠着这"忘忧药"度过了长达 10 年的旅途苦难，总算回到了家。

公元前 5 世纪左右，鸦片真成了药。希腊人把罂粟的花或果榨汁入药，发现它具有安神、安眠、镇痛、止泻、止咳、忘忧的功效，他们称其为"阿扁"；之后，阿拉伯人把罂粟传到了波斯，波斯人把"扁"读成了"片"，称其为"阿片"；再后来，作为药材的它又从印度等地传入中国，中国人也读走了音，把"阿"发成了"鸦"。从此，在中国的字典上多出了一个词：鸦片。

还有一种说法，说是早在汉朝张骞出使西域回归时，就将鸦片带进了中国，当时大家称其为阿芙蓉，三国时期的神医华佗就曾用它做过麻醉剂，他的麻沸散就含有鸦片成分。

这些都是罂粟的美好时光：花好看，果能治病，像天使一般。

不过，《荷马史诗》中的那些冷血行为仍然令人心颤。

天使和魔鬼紧紧相伴，这像是上帝有意的搭配，它考验着人类的理智与任性，善良与智慧。

关键在于选择。在西方，直到19世纪初，鸦片仍被人们宠着，而没看出它的狰狞。当时欧洲许多国家出台了戒酒法令，却不见禁鸦片法令，有学者甚至认为，18世纪末19世纪初欧洲浪漫主义文学时期的许多作家如歌德、柯尔律治、华兹华斯、司各特、雪莱、拜伦等的创作可能都多少与鸦片有关。

而在中国，第一个被魔鬼拽住的是明朝的一个皇帝。

他叫朱翊钧，是明朝的第13位皇帝，明神宗万历皇帝。朱翊钧10岁就继了位，养尊处优，在位48年（1573—1620年），是明朝当政最长的一位皇帝。这漫长的尊位却是国家的不幸，因为他在位48年竟有23年时间没有上过朝，早期还仅仅是不上朝，到了后期，连奏折也懒得批复了。

因他的懈怠，朝政每况愈下。

原因？鸦片。鸦片作为一种药剂进入中国就是在朱翊钧当政的万历年间。万历皇帝将它视为春药，着了魔似的躲在深宫里，整天吸食，以致上了瘾，不能自拔，结果不是拒绝上朝而是无能上朝了。

1958年，北京，定陵被挖掘后，考古学家在朱翊钧皇帝的头盖骨中检测到了吗啡，坐实了他吸毒的传说。

鸦片的炙手可热，首先就是达官贵人腐败生活的选择。有清朝人士蒋湘南调查发现，京官中吸食鸦片者达十之一二；幕僚吸食者达十之五六；长随、吏胥则不可胜数。1831年刑部奏称："现今直省地方，俱有食鸦片之人，而各衙门尤甚，约计督抚以下，文武衙门上下人等，绝无食鸦片者，甚属寥寥。"

皇室内部也是鸦片鬼成群。神机营管理大臣桂祥就是著名的大烟鬼；甚至，连慈禧太后本人也是鸦片吸食者，以至清廷禁烟措施中，不得不把一品以上官员、六十岁以上人士划到禁烟行列之外。

普通中国人接触鸦片是在清朝中后期。由于茶和丝绸等在西方走红，英国人在对华贸易中逆差太大，无法消解，于是把恶魔领进了中国。迫使中国人以天使换魔鬼。全民吸烟，国家危矣。清政府只能派出林则徐前往广州禁烟，于是发生了改变中国历史的鸦片战争。

林则徐的禁烟，顺应民意、大快人心。但是，也有官僚把这场战争视为纯粹的贸易之战，主张以自己种植和生产鸦片来对抗洋鸦片，可连他们自己也未想到的是，此举不仅没能禁绝国外的鸦片，反而导致鸦片的进一步泛滥：从沿海到内地，从内地到边疆；从城市到农村，从衙门到皇宫，几乎形成了全民皆吸的局面。

包利威是个专攻中国史的法国年轻人。在 2017 年完成的《中国鸦片史》中，他这样写道："有两个重要因素促使中国人认识到，鸦片已让中国陷入民族生死存亡的危险境地。首先，中国在甲午战争中耻辱性地败给日本，中华帝国再次遭受重大打击，这也促使中国的有识之士去探究为什么中日两国在短短几十年当中，会拉开如此大的差距。他们把目光瞄向了鸦片，因为鸦片在日本属于严禁物品之列，鸦片正是中国走向衰落的罪魁祸首之一。其次，由于赫伯特·斯宾塞的达尔文主义已在知识界广为流传，中国的知识分子把这个问题说得更严重，他们认为鸦片是各种族之间相互斗争所采用的手段，而被鸦片毒化得羸弱的中国人已处于生死存亡的边缘。"

更令中国留学生感到羞耻而怒不可遏的是在美国路易斯安那州举办的中国收藏品展览会上，竟然出现了鸦片烟枪和烟灯。

这就是中国的风景和形象？这是对中华民族的羞辱，而这却是清末民初的现实。尽管早在 1729 年，雍正皇帝就颁布过禁毒的诏令；尽管 1906 年清廷又制定了 10 年计划，施行禁烟新政；到了民国，孙中山代表新政权也颁布了禁烟法令；但是，在执行禁烟政策时，各地的鸦片价格呈现居高不下的场面。

包利威在他的书中写道："从总体看，由于缺乏有效的管理，再加上掌控时间不长，军阀只能指望从鸦片种植、贩运以及在主要城市里的鸦片消费里获取资金。"

为虎作伥，利益，让更多的利益攸关者成了鸦片恶魔的同党。

三

按西康老人冯有志的说法，在赵尔丰经营川边时期，鸦片就已经流入了西康，只是藏族人对此没有兴趣，更没有人种它，所以，它没能成为赵氏经边的重点，只是在改土归流章程中按通行模式提了一下："……本督见尔边民多不吸烟，心甚喜之，但愿尔等不沾染此坏习气，乃是大皇上真好百姓。即汉民亦当深以此为戒。"

折多山以西居住的多为藏族居民，他们不好吸烟；以东的多为汉族，吸烟者多，不止城里人吸，就连乡村农民也吸。开初，烟都来自云南，慢慢地，有人试着种起烟来，质量差点，吸起来感受也要差点，可到底也是烟呵，重要的是它可以不再花钱买了，而且还可以卖。

这样一来，粮食没人种了，地里全是罂粟花摇曳。管理者警惕起来。1910年，打箭炉同知王典章颁布了一个禁烟布告，七八百字的一通文告，讲了鸦片的危害，讲了禁种后土地的使用，讲了百姓生活的安排，情真意切，语重心长。可还没看到贯彻执行的效果，王同知代表的那个政权就烟消云散了。

宁属历来有着"天高皇帝远"的彝族地区，又是云烟流入内地的通道，那里不但营销，还大量种植，目标倒不是吸，而是以烟换枪。

"二刘之战"前，刘文辉在南京官场中享有"金龙"的"美誉"。那是说他惯于向京城要害部门的大小官员输送好处，比起口惠而实不至的"水龙"邓锡侯，他在京城活动总会受到更多的欢迎。不过那时的他财大气粗呵。现在不行了，退居西康，防区尽失，财源枯竭，捉襟见肘，万般无奈，只能饮鸩止渴，乞灵于鸦片了。

他接过中央"寓禁于征"的剧本，演起了自己的戏。

1937年，雅属天全灵关的俞国文、杨朝铭等冒大不韪，在山里偷偷种起鸦片来，一下子赚了不少钱，周围的人眼红了，纷纷效仿，鸦片在雅安繁盛开来。

过了几年，一个叫李林的当上了天全县长，他洞见鸦片的经济价值，大胆地向刘文辉提出建议：在雅属普种鸦片，抽收烟金（烟税），这样可解决财政上的困难。刘文辉身处两难：禁烟是国家明令，财政困窘却是现实，怎么办？他默然，陷入了沉思。

其实，早在清末民初，就有大量的云南鸦片进入康区，成了商品。而在折多山以东山区、宁属大凉山山区、雅属天芦宝山区，私自种烟的也不在少数。但现在要明目张胆地铺开种植，还要由他来首肯，确实还有点难。

李县长深谙官场规矩：不反对就是同意。他立马回去贯彻执行，其他县也跟进效仿，于是，"上有政策，下有对策"，尽管禁烟的布告贴满城乡，但红白争宠的罂粟花在雅属土地上却是止不住地鲜艳绽放。

鸦片成了西康的一道风景，康定、雅安、西昌，城里到处都是烟馆。

林如渊先生在他的《西昌鸦片祸害一瞥》中写道："有一次，我和同伴从东门过四牌楼，下南街、经顺城街、马水河街、到武侯祠，专数挂有招牌的烟馆，仅这几条街就有60多家，比饮食杂货铺还多。不挂牌的、流动的烟馆，就无从数起了。极有讽刺意味的是南街有两家烟馆，白边蓝布门帘上竟标出馆名'中山烟馆'、'中正烟馆'，而孙中山、蒋中正却是禁烟倡导者或执行者。"

杨国治先生则记下了雅安城里的景象："在背街小巷里那些下等烟馆的顾客大都是推车、抬轿、贩夫、走卒等劳苦大众。下等烟馆招徕顾客比较直爽：用一张布帘遮挂门口，上写'一到（道）烟馆'四个大字，表示该馆卖的鸦片是熬的头道'清水烟'，不是掺过烟灰的二道烟、三道烟。号灯上也有对联，一般是'女子三羊火西土，西女王见今戈戈'的拆字对。把字撮拢，就是'好洋烟，要

现钱'。"

上辈回忆，当时，川渝一带好多艺人都乐意到雅安、康定演出，原因很多，但有鸦片抽是其中之一。

四

执行政策犹如走钢丝，操作得好，风光精彩；反之，翻船的事也会发生。曾在天全当了八个月县长的杨若瑜在回忆录里说起他为铲烟一事在公文、军方和地方土豪间疲于奔命的尴尬处境，唏嘘不已。甚至，1945年，为铲烟的事，发生了24军同荥经地方武装之间的一场激战，轰动朝野，被视为西康历史上的三大事件之一，也有人称之为发生在西康的"鸦片战争"。

1945年，抗战胜利，国民政府回迁南京，各地头目都去朝贺，刘文辉也去了。可他遇上的不是同喜同乐，而是蒋介石递给他的一份西康违禁种烟发生枪斗的简报。兴冲冲的刘文辉嘴里接住的竟然是一颗烂花生，好不难堪。更没想到的是，他回康途经重庆时，一帮西康旅渝同学围住了他，质问、指责……狂风暴雨般扑向他，刘文辉含垢忍辱，不欢而去。

回到雅安，闷气撑着，不想休息，立即召集在雅将领开会。这儿可是他说了算，几天来在南京、重庆遭受的"苦难"一股脑儿地喷了出来。他对着副官长陈耀伦抱怨说："你们荥经学生不明情况，不查事实，对我侮辱太甚，尤以你的亲戚姜国光为甚，他的话是我有生以来没有受过的。不是种烟，他钱从何来？"会后，又对保安处长王靖宇发起了脾气："你练的什么保安队，连种烟的几个老百姓都不能震慑，要来干啥！"并做出决定，将铲烟不力，被人抓住了把柄的雅属保安司令杨致中撤职，由第三大队大队长张禄宾升任；全军出动，武力查铲。

张禄宾获得了信任，兴奋不已，立刻在雅安那个没飞过飞机的机场上检阅部队，宣布：彻底查铲，如有抗铲，见人就杀，见房就烧。

张禄宾气势汹汹，却忘了刘文辉的交代："我要到康定，荥经查铲问题交给你们，陈副官长做软的一套，张司令做硬的一套。"张视陈耀伦为空头长官，没放在心里，没同他商量，也没给他打招呼，就带着人马去了荥经。

紧张的风声已传到了荥经，东区的民间武装沿河防守着，不准保安队过河。僵持到晚上，查铲方推举陈耀伦去东区通气。结果定下了行动准则，只准铲烟，不准杀人，并且，地方偏僻，招待困难，只能去2个中队。

一夜无事。

第二天晚上，北区乡长找到陈，说他已同张禄宾交涉妥当，送20担烟，不查北区；南区也托人说好了，也是 20 担烟，免查；就剩东区没人出面交涉，看来交火难免。

第三天一早，陈起床，发现张的队伍早已开拔，不一会儿，顺江乡方向有枪声传来，而且越来越激烈。同陈副官长一起的荥经县长伍卓儒带着他的一帮人决定返回城里。这时枪声也在向着城区移动，想必是保安队失利了，正往城里退缩。

伍等经过一个私塾门口，听到老师正在向学生宣布："你们不要读书了，我也不教了。大屯乡既不是种烟之区，也不是打仗的地方，为什么烧我们这毫不相干的老百姓房子呢？此仇必报。你们各自归家协助拼命。"

陈耀伦说，昨天不是说好了的嘛，就沿大路两边铲一点，能看得过去就行了，今天怎么就变成这样了呢？走近城边，城里的保安队竟然对着他们的副官长及县长开起火来，陈身边的秘书一下倒地毙命了。这时正好有几个地方武装人员经过，说，保安队的人正在四处杀人放火。陈一听，也火了，说，他们要烧要杀，就同他们打嘛。说完，扭身回雅安去了，第二天干脆坐车回成都住家了。

眼皮塌下，烫手山芋让新司令捏着吧。

这边，荥经各乡的地方武装聚集了起来，这就不是保安队吃得消的了。两三天的战斗，张禄宾的 9 个中队被打得五离四散，狼狈不堪。无奈，只能退进城里。可地方人员地儿熟，他们于夜间悄悄摸进城里，包围了张的司令部。手下尽没，张只能化装逃跑。可没想到，没跑出荥经地盘就被抓住了。结果也很简单，立即枪毙。

噩耗传到，刘文辉火冒三丈，盛怒之下，下令 137 师师长刘元琮率军进剿。

地方武装哪是正规军的对手，迅速就被碾平了。

荥经的战事结束了，可故事却没完。接下来，荥经地方武装又同毗邻县天全、芦山的袍哥武装联合起来，给刘文辉制造了更大的麻烦，他们甚至攻下了天全城，进逼到了雅安城外。

在南京，由荥经事件引发的反刘风潮也一阵阵地涌起，刘文辉心情坏透了，竟然生出了从来没有过的"退位"之心。有意思的是，不断地利用各种机会"倒刘"的蒋介石，面对京城里的倒刘运动却没像过去那样"助纣为虐"。他正在思虑的是同共产党的战争，他还需要刘文辉的一臂之力。

历史显现的是刘文辉渡过了这一险滩，给他帮助的不是蒋介石，而是中共及民盟和民革等进步组织。

袍哥故事

一

"十男九袍"，这话在川康民间广为流传。重庆袍哥大爷范绍增在他的文章《回忆我在四川袍哥中的组织生活》里就是这样说的。

不过，好多人都认为，范"大爷"这话有些夸张，感性成分重了点。而1947年，一个叫廖泰初的社会学家在其发表的文章里指出，四川男性成年人70%为袍哥成员，这一看法获得了更多的社会认同，也被现存的各种档案资料支撑着。

就这样也够厉害了。想一想，在一个男性占统治地位的社会里，有七成的男人都是袍哥，这组织一定有着深刻的社会印记。就凭这一点，可以说，旧时代的川康社会就是个袍哥社会，袍哥习气影响着这块地域的人文风貌。

而今，袍哥早已沉坠于历史的湖底。但还是有对川康人文感兴趣的人在打捞着这历史的遗物，想一窥究竟。

"袍哥人家绝不拉稀摆带""岂曰无衣，与子同袍"。这里说的都是袍哥，前者来自电视剧《傻儿师长》，后者出自诗经里的《秦风·无衣》。

《傻儿师长》里的那位主角，国军164师师长范绍增就是重庆的袍哥大爷。旧时的国军队伍里，这样的袍哥比比皆是。

1937年全面抗战爆发时，国军122师师长王铭章专程赶回老家新都，留下遗书后，带着一队人马翻大巴、越秦岭，决意前往山西加入二战区阎锡山的晋绥军，投身抗战。

王铭章也是位袍哥。

10月的山西，天气冰凉，王铭章手下几千士兵却还穿着短裤单衣，只能靠行军运动获得点暖意。

冰凉的不止天气。面对王铭章麾下几千揣着滚烫的抗日热心、风尘仆仆来到山西的兵士，阎锡山冷若天气，视瑟缩的几千士兵若无人，毫不在意。无论王铭章如何摆事实、讲道理，阎锡山的回答始终如一：装备，没有；棉衣，也没有。

很好，很好，王铭章咽了口气，不再声张，转身派人去查阎锡山的军需库地址。消息很快传来，就在太原附近的一个小山沟里。

行动！既然谈不拢，那就依照袍哥的方式办事。王铭章带着部队悄无声息地开进山沟，拿下军需库，命令士兵立即换上棉衣、棉裤、皮大衣。

干净利落，解决问题，名声是有些不好，但"老子"的兵不会在打死日本鬼子前就被冻死。

等王铭章收拾停当，阎锡山知道了。怎么办？无计可施，只能破口大骂：什么扰乱地方，破坏军纪；什么川军烂丘八流氓兵……可不管怎样，穿上了身的衣服肯定是脱不下来的了。

我突然发现，电视剧和《诗经》里的话语在这里竟然同一了：既没拉稀摆带，又与子同袍了，哈哈，袍哥。

阎锡山没收留王铭章要求抗战的队伍，而五战区的李宗仁却看上了他们。他不仅给王铭章把兵饷补齐，还让王铭章的部队吃上了肉，让快半年没开过荤的袍哥们狠狠地感动了一把。

李宗仁识货，历史证明，川军和桂军一样，都是不怕死，能打硬仗。

后来的台儿庄战役，李宗仁安排王铭章带领 122 师守滕县，要求死守三天，无论如何也要拖住日军主力增援部队。

以 122 师的装备，要挡住日军简直就是天方夜谭。

可 122 师就是要老天睁眼。

王铭章告诉手下士兵："滕县必须守住，不能给四川人丢脸。李将军待我们不错，凭这点袍哥义气，滕县也必须守。"

滕县保卫战打得很惨，王铭章带着部队死死缠住日军四天，除少数几人突围逃出外，整个师包括王铭章在内，军官、士兵无人生还。

122 师没有给川人丢脸。突然想起了大邑安仁镇建川博物馆外的那通巨大的碑，上面是中华民国三十四年10月8日的《新

大邑建川博物馆建筑"感谢四川人民"

华日报》社论，题目叫《感谢四川人民》。文中记下了抗战历史中四川人民的贡献：

四川人民对于正面战场，是尽了最大最重要的责任的。直到抗战终止，四川的征兵额达到三百零二万五千人；四川为完成特种工程，服工役的人民总数在三百万人以上。

联想到了推翻满清政府时的辛亥革命，那里也有着无数袍哥奋不顾身，仗义参与，雅安罗子舟等就是例子。

1911年，罗子舟等一批雅属民众听说成都绅众因争路权一事被督府逮捕，侠气顿升，立刻离开故土，前往救难。罗子舟以袍哥大爷的身份任了川南同志会水陆全军督办，天全袍哥大爷游惠廷、张南轩，荥经陈朗珊，泸定谭吉之等，也都成了辛亥革命时同志军的"大帅"级人物。

同仇敌忾，与省城义士同声一气，当年农历七月，雅州同志军在龙观山设置前营，平石坝设置后营，左营设在河北街，右营设在桐梓林，开始围攻清兵驻守的雅安城。

当时的雅安城有东西南北四道城门，分别取名明德、镇西、威恩、迎恩；城墙高七米半，上砌女儿墙城垛，并建有炮楼，城墙外挖有壕沟。

县令存禄见义军来攻，赶紧下令关闭了城门。同志军聚集城外，听说清军急调赴成都增援的越西厅防营和康区戍兵正在向这边赶来，立即派人前往大相岭阻击，同时派出代表进城面谒上川南道署道尹黄炳锟，争取其投降，黄道尹顽固不应。7月29日、8月1日，清军两次出东门欲杀退义军，没能成功。义军围城49天，引起了城内的慌乱。8月12日，道尹黄炳锟竟然也派出人选，拿着官印文件到义军大营招安，义军正意气风发，岂能接受，断然拒绝。

存禄探听到义军正在造大木炮、长竹梯，拟于中秋节攻城，并获悉义军会佯攻东门而主攻南门，于是在凌晨人们还在熟睡时，将东门和南门外的百余家民房点燃，一片火光中，民众哀号一片。

接到密电，从康区急匆匆赶往成都救助上司赵尔丰的代理川滇边务大臣傅嵩妹到了雅安，听说赵尔丰已经被杀，去成都已没有意义，他留了下来，决意护卫清朝的最后统治。

11月，新成立的四川军政府派出统制彭光烈、标统赵南笙到雅助战，再次派人入城招降，无效。这时，青衣江北岸沙溪口援军的洋炮开始发威，一个劲地向南岸西门城楼轰击，北岸东门小山子上的12尊开花炮也响了，在东门城垛上炸出了阵阵火光，一连三昼夜，炮声不绝，清军一姓夏的管带阵亡城头。

11 月 22 日，义军攻入雅安城，清扫战场中，将藏匿在天主教堂的傅嵩炑搜出，押送成都。

清政府在雅安的统治宣告结束。

西康史学者任乃强先生对清末时期的袍哥有过这样的评价：

> 当时袍哥，尚义侠，重然诺，言忠孝，崇节烈，廉洁有礼，平等相重，不侮鳏寡，不畏强御。同胞或有急难，数十里外，闻风奔赴，拔刀相助，忘其身家。社会纠纷，官府所不能决之，龙头出而处理，一言立断，两造帖然。不惟公允令人心服，亦且清廉毫无诛求。故当满清末岁，乡村百姓，老死不识官吏作何状。大县数十万人，每年民刑案件，不过数十百起而已。于地方安宁，同里雍睦。

公允乎？

也许吧，这是一段历史。

我始终认为，侠义之风只会在少数人身上飘荡，而大多数民众只是芸芸众生，七成以上的川康男人都能"尚义侠，重然诺"？我持怀疑态度。王笛教授在他的著作《袍哥》里引用了李沐风的分析，"由于四川连年内战，强梁载道，民生不宁。如果不是用团体的力量来保护自己，实在使大家都没有法子活下去。"这话实在，对绝大多数人来说，加入袍哥，那是面对现实的生活选择。

历史漫长，清末袍哥的侠义之风会一直浩荡下去吗？

二

去图书馆查资料，偶然间翻到了一本 1946 年出版的《新西康月刊》，里面刊有一篇任乃强先生的文章《哥老会之策源地——雅州》。

这大出我的意料，尽管我也知道袍哥是西康社会的一大热门现象，可怎么也没想到这里竟是"策源地"，而在我的知识库里，袍哥好像是"湖广填四川"挟带过来的呀。正像任先生在文中说的，活动于川、康、滇、黔、陕、甘一带的袍哥（哥老会），同江、浙、闽、广一带的天地会、洪门等同出一源，就是明末清初的天地会，其创始人，郑成功也。

郑成功是天地会的创始人，这一点没有疑义，可郑成功没到过西康，策源地怎么会在西康呢？

袍哥也是一段历史。

四川一带，自顺治三年张献忠败死以后，盆地中心各县已是野兽出没，几无人迹，仅保宁（今阆中）至汉中一线历来为清军保守，未被屠戮，尚存黎民；再就是嘉定（今乐山）、雅州一带因与藏彝相连，征剿松懈，也存有生机。

嘉定成了明蜀王刘文秀的根据地。顺治十四年，刘文秀去了云南，将咸宁侯高承恩留了下来。第二年，清军大举入滇，永历帝亡命缅甸。蜀中清军循迹追到嘉定，高承恩只能退到雅州据守。其义子郝承裔见大势已去，苦守无益，于是劝说高承恩投降算了。高不依，郝杀之，随后降清，被任命为总兵，仍驻守雅州。

《新西康》杂志，里面载有任乃强的文章《哥老会的策源地——雅州》

郝承裔降了清军，心里也没能坦然，其部下不服，颇多怨言；雅州地方民众淳朴，也是怨气冲天；而高承恩的面孔还不时地在梦中出现，此情此景，郝承裔生若蹲监。这时，郑成功派出的秘密使者陈近南衔命进入四川，分析过形势后，他将工作重点放到了嘉、雅两地。

这陈近南何许人也？看过金庸先生小说《鹿鼎记》的都知道，里面天地会总舵主就叫陈近南。书里说他武功高强，且以忠勇著称，正义凛然、闻名遐迩，江湖上甚至流传着这样的言语："平生不识陈近南，便称英雄也枉然"。

就是书里说的这位陈近南来到了雅安，他极力游说郝部及附近民众，鼓动大家反清复明。一时间，将士、民众群情鼎沸，都愿勠力抗清。

游说成功，郝承裔也愿痛改前非，皈依抗清，并将自己的姓名改为郝承义，在雅安举起了反清的义旗。义军出兵嘉定，诛杀满官，轰轰烈烈，惊动了清廷。驻守保宁的川督李国英率领大军杀来，义军与之苦战了几年，不幸兵败，郝承义战死。

这时已是顺治当政的最后一年，1862年了。

郝承义战死后，天地会的会徒们除死难者外，大多都逃进了深山，好在这里山多林密，官府追杀不易。

　　时间一长，官府防范渐渐松懈，会徒们慢慢地走出了深山，有的在城边耕垦，有的入城经商，可初心未泯，又慢慢聚集起来。他们不再以天地命名，而是改以兄弟相称，取名哥老，又以诗经中的"与子同袍，同仇"意思，取名袍哥。

　　文章里说，雅州的袍哥组织发展，一开始按照天地会的分排形式，秘密在雅安近郊进行，大爷庙在今雨城南郊平石上坝的一个山沟里，二爷庙离城近点，在周公山下龙洞庵对面，三爷庙在雨城东郊桐梓林路旁，五爷庙在芦山城南6里处汉代遗存樊敏碑旁，这些地方他都去过；而六、八、九、幺爷庙他没去过，据说是在雨城草坝、沙坪一带。

　　袍哥没有四排和七排，这也是天地会的传统，原因：有人查出，他们的头儿当了叛徒。

　　建庙供神是为了掩人耳目，聚会兴事才是正经。反清的河水又在雅州流动了起来。

　　我住在雅安，得此便宜，打探了一下，离城四五公里处，确实有一曾经叫作大爷庙的地方，20世纪70年代，有一家叫川江仪器厂的三线建设厂子就迁建在那条山沟里。现在，厂子已迁走，附近又成了村民居所，地名改来改去的换了好几个，最新名字叫狮子乡。任先生说，大爷庙新起时规模很大，庙会也很热闹，庙里供的神为古平民装束，疑是陈近南。不过，任老莅临时，该庙已经颓圮，现在就更是毫无影踪了，我问了一下当地村民，竟没人知道他们居住地大爷庙名字是怎么来的，更不用说知道任老说的那些事儿了。

　　历史是容易被忘却的。

　　龙洞庵对面的二爷庙后来成了蔡龙中心校，据说，里面的庙一直存在到了八九十年代才拆掉。任老先生文章里说，抗战时，这里曾作为雅中女生躲警报，疏散时的住处。该庙有三重殿，后殿塑的是关帝像，大殿里塑的据说叫月乌将军，庙里石碑上刻着"将军为有道之士，曾显灵平蛮，理宜庙食"，前殿还有"月乌祠"匾额，可没人知道这位月乌将军是何许人也。任老怀疑，该庙是郝承义祠，其抗清而死，被托为月乌将军。

　　三爷庙处在金凤寺附近山脚下，因为离城太近，早就没了寺庙的痕迹，只知道那里后来建有一石油仓库，再后来，建起了高大楼房，成了中心城区了。

三

　　进入民国，社会动荡，袍哥组织也逐渐繁盛起来。

　　袍哥讲堂口，设有仁、义、礼、智、信、威、德、福、志、宣十堂。西康雅

属袍哥只有仁、义、礼三堂。

民国初年，雅安成立了三道仁字旗的公口，一是宾雅堂，大爷郭金山、古华庆；二是万同公，大爷陶树成；还有一道是集贤社，大爷叫夏鼎三。

各县也有了袍哥组织。天全方面有仁字旗的信义公，大爷是清末的两个把总——游惠廷和张南轩，他们都是参加过保路同志会的帅爷，名气颇大；宝兴县的灵关当时属于天全，那里还有个大爷叫杨瑞林。荥经挥舞着仁字旗的叫荥宾合，负责的大爷也是一个参与了保路同志会的把总，叫陈朗珊。其他，像泸定有大爷谭吉之，芦山大爷叫郑润生。

汉源、名山也都有各自的袍哥组织。

民国七、八年时，雅安开始有了义字旗的会义同和礼字旗的澄清社，规模不大，不及仁字旗热闹。

1934 年，24 军退踞西康，刘文辉为了壮大自己的势力，看上了袍哥组织的潜在力量。他让他的五哥刘文彩到西康来组织袍哥，让军部副官长陈耀伦，旅长袁国瑞、杨升武等也去参与筹备。诸事齐备后，刘文彩又将他的老关系，宜宾仁字旗叙荣乐大舵把子宛玉庭，义字旗大爷李绍修邀请来雅安，共同主持成立起了叙荣乐雅安总社。

事儿没刘文彩想得那么乐观，叙荣乐在雅安并不受欢迎。陈耀伦是荥经人，而且就是荥经袍哥总舵爷陈朗珊的儿子，他不想睁眼看着外地的袍哥势力涉足雅安，在雅安坐大。尽管当着刘文辉的面不便反对，但暗地里的抵制行为还是时有发生。这样的地方主义在各县袍哥中也尽情地生长着。叙荣乐在各县的活动几乎没有什么效果，在雅安待不久就结束了它的旅行，刘文彩等也都离开了雅安。

1939 年，雅属各县开始普种鸦片。这是一项危险的产业，从国家层面到地方政府，禁止与放任就像雅安的天色，晴阴不定。种烟危险，运烟也危险，于是武力成了产业的一部分。大批枪弹流入各县，地方武装肆意发展，烟枪交易由小到大，由秘密到公开，1949 年 24 军起义前，在雅安地区，每支中正式步枪可换得 80 两烟土，川造步枪 30 两，德造 20 响手枪一支换 100 两、机枪 500 两，就差炮没有明码标价了。

袍哥成了武装的拥有者。

刘文辉明白，让榻边立起那么多的不明武装，这很危险，原本想搞个亲属掌握的叙荣乐控制局面，不料水土不服，很快就夭折了。

掌握地方武力，成了刘文辉的一块心病。外来的菩萨不行，那就因地制宜吧。

有人清理了一下 1941 年起雅安先后成立的九道袍哥公口。

进同社：社长刘述尧，24军军长；副社长陈碧光，退职营长。

忠义社：社长权光烈，24军退职团长；副社长李忠孝，24军特务营副营长，王德全，西康保安团团长。

荥宾合：总社长陈耀伦，24军副官长；副总社长四人，分别为24军军部交际主任杨国治，科长沈季和、俸薪樵，雅安县参议会议长高炳鑫。

成仁大同社：社长安国长，24军营长；副社长徐绍武，军部副官，熊继湘，荥经倒底坝乡乡长。

会仁同：社长张明清，西康省保安大队长；副社长彭文渊，24军军部经理处委员。

国光社：社长伍栋梁，24军军部副官。

群贤社：社长刘元尊，24军137师师长刘元琮族弟。

辛已俱乐部：社长吴定一，刘文辉侍从室主任。副社长左仲三；毛丽三，军部副官处副处长；王吉三，退职团长。

会礼同：社长李辉庭，木器铺生意人；副社长周玉成，碗铺生意人。

看过名单发现，除了会礼同外，其他都同军队有着直接的关系，可以说，这时雅安的袍哥俨然就是刘文辉的第二武装了。甚至，在24军的军队里面，有些部队不但团长、营长是大爷，而且全团全营都是袍哥。据说1948年的某天晚上，24军代理军长刘元瑄去到军部特务营点名，发现安国长连全连官兵仅五人在营。因为安国长是成仁大同社社长，袍哥大爷，他的兵都是他的兄弟伙，都安了家，全回家过夜去了。

对于军队的这些混乱情况，刘文辉一点也不感到头痛，反而很欣赏。他不时地把一些舵把子如陈耀伦、权光烈等叫去训话，告诉他们，袍哥的活动只能以24军的团体利益为重，不准分裂，不准自行其是。

这就是刘文辉一定要组织袍哥的真实目的。

军统特务罗国玺任西康缉私处处长后，准备带一个税警团到雅安驻扎，这是要端刘文辉的锅呵。刘文辉在成都拦住了罗，对他说："西康困难很多，情况复杂，请不必带人来，需要时可由24军拨武装归你指挥。"罗不同意，决定硬干。结果，24军部队同袍哥协同，便装行动，在新津将罗国玺的队伍轰垮，罗也没能进到雅安。后来，军统改派易乃良带一个中队到雅安，待了不长时间，也被雅安袍哥轰走了。

四

任乃强在感慨了清末袍哥的尚义、重诺、忠孝、节烈等优良品质后，也看到了民国时期袍哥的泛滥与污秽。在《哥老会之策源地——雅州》的最后一段里，任老说："入民国后哥老会变质日甚。近年有青帮红帮参入，情形尤为复杂。"

这时的袍哥有了清水和浑水两种。前者本身有固定职业，加入袍哥不过是加入同乡会，日后出了事好有个照应，而后者却没有固定职业，或者说，袍哥就是他们的职业。袍哥中有权有势的大爷，通常会经营一家"饭客铺"，这些店铺不对外营业，只用来招待袍哥。那些没有正当职业的袍哥，有事儿没事儿的就在这里吃大爷的喝大爷的，将来大爷有事，这些每天在其门下白吃白喝的浑水袍哥就成了主要劳动力。

这有点像春秋战国时代公卿贵族养门客。

袍哥的胡作非为也是造成雅安社会糜烂的原因之一。

雅安市政协编辑的《回忆西康》里有一篇荣宾合副社长杨国治的文章，名为《西康雅属的袍哥》。杨是天全人，文章里述说了几桩发生在天全的袍哥故事。

20 世纪 40 年代天全县袍哥组织"荣宾合"合影

1921年，四川军阀杨森手下一个叫金良佐的带了一个步兵团到天全，同时委了一个20来岁，叫谢克熙的任县长。年轻的谢县长不谙世事，为了金良佐的军费，办了桌酒席，请来了地方士绅摊派资项。谢没官场经验，场下没协商就在席上发炮，当众向团练局长杨敏三要钱。杨是当地袍哥头目，一向跋扈，根本不吃谢的这一套，于是你一句我一句争执起来，谢说："你是地方首户，你不带头，谁愿出？"杨也来了气，一巴掌拍在桌上："你把我当冤大头？老子就不出，看你咋样？"说完，愤然离席而去。

杨一出城就调集各乡的袍哥，把县城给围住了。金良佐见势不好，赶紧筹了一点钱，率队离开了天全。

金团一走，袍哥打进了城，谢县长成了俘虏。杨敏三叫嚣说："小子，你要我的钱，我要你的命。"任谢克熙一个劲地求饶、惨叫，年轻的县长还是被枪杀了。

最言而无信的当属芦山袍哥程志武了。

1949年12月13日，在中共地下党及其外围组织西康新民主主义联盟以及民革同志的策划、组织下，程志武在芦山文庙广场举行了有1000多人参加的起义大会和程志武就任"川康边人民解放纵队"司令员的庆祝大会。程在会上发表了拥护中国共产党，跟随刘（文辉）主席起义，迎接解放，建设新民主主义的新西康的演讲，并派人在芦山城的大街小巷以及各乡镇广为张贴起义通告和"打倒反动派，建设新西康""拥护中国共产党""欢迎中国人民解放军"的大幅标语。

可不到一个星期，19日晚上，程志武突然翻脸不认人，把前几天自己给陈耀伦亲笔信中的"袍哥人家绝不掉底""陈大爷怎说怎办""愿跟刘主席走起义道路"等言语丢进了垃圾堆，当夜就派人撕毁了贴出的通告和标语，扣捕了所有策动他起义的中共和民革人士。

为何会如此风云突变？原来是胡宗南、王陵基派人到芦山对程志武封官许愿，给了他一个"新14军军长"头衔。

就这么个没人没枪没经费的空头军长也能让他利令智昏，这就是袍哥。

即使这样，程志武依然想在消息不明朗的情况下脚踏两只船。在民革人员不停地对他做工作，劝他放了扣押人员时，他坚持不能放中共人士，他说："其他人都可以放，唯独朱平不能放，我可以保证他的安全，解放军来了，我交给解放军，国军来了，我以他作人质，也好交代。"

侠心不复吹，人心不再古。清末袍哥的做派真就化为清风飘走了？川康人身上的那份执着豪气也沉没了？

未必,抗日战场上那些视死如归的川军将士面孔还历历在目;2008 汶川地震时,那惊天动地的"雄起"呐喊至今响彻耳边……

前些天,朋友们坐在一起聊起了中国足球,感叹于国足的萎靡,有人回忆起了 90 年代的甲 A 联赛。

那是一个轰轰烈烈,充溢着血性的年代。记得有一天中午,家门口开来了两辆车,一拖板一轿车。隔壁王老二口里一边嚼着馒头一边指挥着他人往车上搬东西,有锣鼓、喇叭,还有卷着的旗帜、标语。王老爹端着饭碗,说:"饭都不吃,你们这是要做啥子?""去成都,看全兴。"一拨小伙子回答得兴奋洋溢。老爹说:"看个球赛,整这么大个动静,这不是看球,怕是在嗨袍哥哦。"

王老爹的话我至今记忆犹新,特别是"嗨袍哥"三个字。

多年后,一个叫谢帝的作词作曲并演唱了一首致敬当年黄色风暴的说唱歌曲,我记下了几句搁在这里:

喊加油感觉太温柔四川话都不说
吼雄起都一同起才感觉上比较符合
要唱普通话我就不了如果可以把平翘舌除了
如果哪天我发现川菜不放辣椒那老子就服了

拉开卷尺显示走过的路从近时一直到远时
不管再辉煌都会堕落 变得非常十分落魄
气势悲凉不能错过到这种非常时期坐坐
成都说唱以前很悲凉 但是现在要走向辉煌

雄起不再只属于四川,它属于整个中国。

到西康去

西康博物馆的最后一部分是以一首激昂的歌曲开始的：

去、去、去，
到西康、到西康、到西康去！
我们是新中国的优秀儿女，
为人民服务忘了自己；
参加了革命，有呀有志气。
哪管它，山高路又远，
风吹大雨淋，挡不住我们前进的心。

手牵手，向前进，大步向前进。
西康的人民，期待我们！
我们，团结向前进，战斗向前进，胜利向前进。
去解放西康，受难的人民。

去、去、去，
到西康、到西康去，
要把革命进行到底，
最后消灭，反动势力。
庆祝全国解放，全国解放得胜利。
嘿，得胜利呀，得胜利！

这首《到西康去》是由西康人民革命干部学校师生创作的。
这是一首颇具年代感的歌曲。1950年，雅安已经解放，在共和国飘荡的春

风里，一个新的年代开始了，一种新的生活开始了。敏感的年轻人感奋、激越，朦胧远方的西康，那是一个可以贮存他们激情与理想的地方。成都周边的年轻人行动了起来，在时代精神的感召下，他们希望在西康展开他们崭新的生命故事。

一

风景因人而改变。古老美丽的康区吸引着一代又一代的移民走进它，这片土地也因为新鲜生命的到来，一天天地生动起来、鲜活起来、美丽起来。

《尚书》里有这样一句话："窜三苗于三危。"这话在《山海经》里说得更明确："舜逐三苗于三危。"三苗是居住在洞庭湖一带的百姓，他们因为不满舜而造反，不成，被舜流放到了三危。如今敦煌洞窟对面有三危山，可能就是那时三苗的流放地。流民们逐渐向四周繁衍，同当地人融合，成了古康地的先民。

这段历史太过遥远，以后也没有更多的历史呈现。当移民再次走进这块土地，已是元朝时候了。

1252年，元世祖忽必烈从陕西起兵，经过松潘、茂县、雅州、汉源所属地界，在会理渡过金沙江，用两年时间，平定了大理。之后，他把吐蕃纳入了大元版图，并把平定大理道路上的雅州、黎（今汉源）、碉门（今天全）、鱼通（今康定）等地方划归了陕西行省。藏族地区的事务也由陕西官府来办理。

而过去，这里是四川辖地，藏汉间的生意只能在雅、黎、碉门进行，藏商不得越此境往东，汉商不得越境往西。以至于经营多年，汉商竟不知有打箭炉的存在，藏商也不知还有成都这样比雅州更大的城市。

此时，川商垄断了同康藏的贸易。

宋元之战在四川进行了数十年，杀戮残酷以致人烟稀少、百业凋废。忽必烈的胜利给商人们带来了生活的曙光。

汉藏市场移到了打箭炉。80年间，炉城由一个小村落成了商业城市。

生意重新开始，陕商的机会来了，他们取代川商，成了进入康区最大的商人群体。

元朝末年，一个叫明玉珍的湖北人在四川称帝，建立了一个叫大夏的政权，并接管了雅州、汉源及周边少数民族地区。但帝命不长，朱元璋打下四川以后，划给陕西的诸地又划回了四川。

据说，朱元璋曾派出官员到打箭炉一带招抚当地少数民族，进入15世纪，明成祖朱棣赐给这些少数民族首领土司封号。这时，川商们才发觉康区经商有着明亮的前景。然而，后来者不敌前辈，一直到清朝时，川商在康区商场的地位不及陕商的百分之一。康定城里，陕商的商号有七八十家，店铺鳞次栉比，形成了一条"老陕街"，这是川商无法比肩的。当时，在川康一带流传着这样的俗语："豆腐、老陕、狗，走尽天下有。"

据相关统计，元代进入康区的汉族人有300多，其中大部分是陕籍商人。

历史昭示，山西、陕西一带的人先天具有远道经商才能。他们能迅速地发现商机，也会利用环境为自己的资本找到出路。当打箭炉一进入陕省管辖，他们就嗅到了生意的气息，毫不犹豫地将资金投了进去。而当历史变故，没有了陕官的庇护，他们先天存储的经商能量就开始发力了。

陕商吃得苦，经常只身一人去大山深处与当地人直接交易。他们和当地人一样，穿兽皮大袍、吃生牛肉，在露天坝睡觉。为了做好生意，他们给学徒们编写了语言教材，像"天叫郎，地叫撒，驴叫孤日马叫打……"

努力总有回报。藏学家任乃强先生给我们提供了一个成功陕商的典型。住在道孚的严朝阳六，千里迢迢，跟随父亲来到康区经商。开始小本经营，赚了一些钱后，他便去玉树（当时属康区）设庄，购川茶去青海出售，获利颇丰，数十年间，赢利竟达数亿元，成了道孚的巨商大贾。述说简略，首尾真实。

在康定，碰到几个当地人，聊起陕商的故事，想不到，他们竟然全是陕商的后代，祖辈早在康定落了户，其中两人已有了藏族血统。一个姓李的说，他祖辈经营药材，那时候，他每天上学，口里都嚼着虫草……

如今，在康区，我们还会看到一些当年陕商的遗迹，像荥经的"老陕堂"、康定的"川陕滇会馆"、泸定的"秦晋会馆"……

二

"到西康去"的不止有商人。

任乃强先生在他的《西康图经》里写道："自打箭炉至拉萨，大路一带，城市村落，多有汉人。查其祖先，率皆军台、吏丁之落业者也。"这是走进西康的又一类人。

"百度"说，军台是清朝设在新疆、蒙古西北路的邮驿，是传递军报的机构。任老说，康藏也有军台，它始设于康熙五十八年，即1719年，是清军进取西藏时为保障一路上军粮军械的运输，设置在康藏南路理塘、巴塘、昌都、拉里（今嘉黎）等处的。清军凯旋后，这些台站归于军队值守，被改称为粮台，可也有资料显示，早在康熙四十一年（1702年），康区的第一个粮台就在打箭炉设立起了，这有点像今天川藏线上的解放军兵站。当时这些粮台设了一员副将统

管，副将驻打箭炉，这又有点像今天的兵站部了。

雍正八年（1730年），出生于理塘的七世达赖回到康区，住进了泰宁（今道孚），清朝政府为此调动了3000绿营兵保护这位藏族人民心中的圣人。后来，达赖返回西藏，这些"卫兵"便转去了泸定的华林坪戍守。

以后的多次战役都有不少的兵士在康藏留了下来，这些驻守部队三年一换。遇上和平年代，四方宁静，驻军们寂寥无事，大多都在当地娶妻安了家。有了家，考虑就不一样了，开商店、垦荒地，不仅戍边，还要兴家立业。据任老说，康藏大道沿线汉族人百分之九十是军台丁吏的后裔。

这些在康区生活的汉族人对家乡的风俗耿耿于怀，难以忘却。他们在自己的家门上贴门神、对联，在家里点香烛，在公共的地方建起了街市、关帝庙……还有人办起了私塾。

不拒绝新的生活，老的习惯却也难以丢弃，时间这只神奇的手把这些搅弄在了一起。

前几年去西藏林芝，顺便去了太昭，这里离拉萨已经很近，是西康最靠近西藏的城镇，当时叫江达。据史料记载：乾隆十三年（1748年），驻扎在嘉黎的清军移驻江达，在这里设置了粮台。从那时起，太昭就成了清军入藏路上的一个要塞。转运和存储军粮是太昭最重要的职能，从清代开始一直到解放军十八军入藏，都是如此。

我们在太昭遇到了一位老人，他说，他在汉族人办的学校念过书。那是1941年，学校就设在邮局里，老师是邮局的书记，兼职，叫马文才。据汉族格西喇嘛邢肃芝的《雪域求法记》里讲，马文才娶了藏女，生有两个儿子，都当了喇嘛。

资料里居然有这所学校的记载，可见该校的名气。透过浩瀚历史的烟尘，我们似乎看到了这所学校的鲜活形象。学校的开设要归功于当时的西藏办事处处长孔庆东。他发现昌都、太昭等地的一些汉族人，娶了当地藏族女子，其子女却不怎么懂汉语。孔处长为此忧心。后来，他托进藏的邢肃芝购买了一些汉语教科书，办起了这所学校。首批入学的小学生15名。我们遇到的老人就是其中之一。

赵尔丰在康区改流设治，先后从内地省份选调赴边的官员，自正三品到从九品，共计110员。此外，还有医药教育工程等专业技术人员近200名，办事司事及司书员生等数百人。这些调任赴边的官员是康区历史上第一批真正意义上的流官。这些人中，有的留下成了康区"体面"的居民。

还记得凤全在巴塘的遭遇吗？他强行招来民工，在茨荔陇开荒种地，开了康区垦殖事业的先河。

吃螃蟹总是有危险的，他为此付出了生命。

但河流一经涌动就难以停歇。赵尔丰继承了凤全的遗志，拨出巨款，在四川、湖北广招垦民，进入康区垦殖，一时间，有上千来自遂宁、安岳、资中等地的垦民在巴塘、稻城、乡城、得荣、盐井开荒种地，这是当时"到西康去"最大规模的队伍。

任老在《西康图经》里给我们讲了一个垦民的故事。

他姓吴，资中人，受赵尔丰的招募，带着妻子到巴塘领垦，被分发到了盐井，开垦江边荒地。这是好大的一片平坝啊，只因过去被寺庙指为神土，没人敢动，成了荒地。而今，按赵尔丰定下的制度，地没有限制，开出来就是自己的，耕种三年后才开始纳粮。

吴姓垦民感觉这里没想象中的苦寒，天反倒有点温暖，同家乡区别不大。他很是高兴，立马就干上了。垦殖中，他又有了发现，盐井驻有一营官军，衣裤破了没人料理，而自己妻子却是针黹的一把好手，于是，自己垦殖，妻子为驻军缝补，收入颇丰。老吴拿上妻子挣得的钱又雇人加入，一起开垦，两年间，竟有了200多亩地，里里外外，都有收获，不亦乐乎。

垦民也有失意的，但大多数还是留了下来，有的做起了生意，有的干脆上门入赘。

"到西康去的"的还有一些手艺人。在康区，所有木匠活都是由四川名山人担当着。他们改变了当地居民"乱石砌墙，横架木条，铺薪填土，以为居室"的简陋生活，用自己的手艺为藏族同胞盖起了华美的新住宅。名山木匠在康区颇受欢迎，寺院、头人官寨、大桥桥梁……这些大型工程也成了他们的饭菜。

雅江在雅砻江边，过去叫河口。这里的渡口船夫则是由雅州的船工担当着。

据说，当年清朝岳钟琪率领大军西征，到了雅江，过江得靠溜索，兵士们抓住溜索，身体在空中来回晃荡，窘迫尴尬，苦不堪言。为此，上方造了2只木船，却没人能驾驭，于是到雅州调来20名船工，每人每月给粮2斗、饷银5两，同当兵的一样，三年一换。后来不换了，世袭了，船工的家也搬来了，成了正式职业，发工资了，每月法币9元。船家不止摆渡，也领地垦殖，成了雅江的居民了。

三

对于庄学本，"到西康去"是完成一个青春的梦想。

他本想去的是西藏。一个生活在中国最东边的上海人对于最西边西藏的向往

是城市青年梦里常有的景象，何况那是一个不同的民族存在，奇幻增添了梦的瑰丽色彩。

1934年4月，25岁的庄学本出发，踏上了他的圆梦之路。他以《良友》《申报》"特约记者"的身份，企图挤进"十三世达赖喇嘛致祭专使团"进入拉萨。没成，专使黄慕松不认识他，拒绝了他。

然而，梦境已经敞开，不能入团，那就独自行走。庄学本紧紧地拽住梦想，不让它散掉。他在川西北及青海一带游历了半年时间，终于觅到了又一个机会：加入国民政府护送班禅大师回藏行署。这次他成功了。然而，天有不测风云，回藏的班禅在玉树圆寂了。

入藏不可能了。那就在康区流徙吧，这里一样有梦里的风景。

在接下来的日子里，庄学本每天考察、摄影、记日记，把每一段光阴都装得满满的，他发现"他们的住宅布置带着很浓重的宗教意味，最下层是畜生，中间是人，上面是神"。这是众多旅游者看到而没想到的。他还发现，比起那些"身体瘦弱，脸色灰白"的汉人，这里的民众"皮肤棕色、身体壮健"，很像"古礼之邦"，至于有人将他们叫作"蛮子"，"那是无礼之举"，"他们何尝是'蛮子'，是异族，不过是隔离较远的乡下兄弟而已"。

日本人的入侵令庄学本有家难回，他只能在康区待下去了，好在他已适应了这里的生活，他在这里的工作也获得了当地政府的信任。1938年，庄学本受聘担任了西康建省筹委会的参议，这给他在康区的考察提供了更多的方便。

在熟悉了藏、羌民族的生活后，庄学本冒险闯进了彝族的居所大凉山。

当年11月，他顺着大渡河南下，在越西县的田坝遇上了一场殡丧大典。他决定扮成邮差的伙伴，混进热闹的队伍，近距离地考察这个陌生的民族。尽管他已听说过，彝族有"猎人为奴"的习俗，他这一趟有可能是有去无回，但他还是去了。他心里老有这样的想法在跳动："险地一定多奇事、多趣事，有研究价值，有一探的必要。"在与彝族同胞同吃同住了十多天后，他"感觉他们很有活力，很自傲，很强悍，对任何种人多意存藐视，但对于鬼则特别害怕"。

他逐渐熟悉了他们。1939年，庄学本到了彝族居住中心昭觉，他用手中的留声机播放唱片，以此开路，同彝族同胞促膝交谈，给他们照相，让他们惊喜地看到了自己的面貌，后来，他竟然走进了奴隶主的家，被招待饮酒吃肉……

这时，庄学本的摄影长出了文化的绿枝。他拍摄彝族人婚礼的全过程：从送亲者给新娘梳妆打扮到迎亲者与送亲队伍的打骂、泼水，再到新郎把打扮好的新娘强夺了去……他还拍到了彝族"打冤家"的现场。

一个民族的情态留在了庄学本的影像里。

他在日记中记下了他的观察："今天做道场正至最热闹的阶段。早饭后八时，在广场先由打呼吼的三五十个青年穿红绿衣，背炮火枪刀前导跳跃而前，后随丧主男人一二十人持幡乘马跟随，再后为白幔，四人用竹竿撑持，中一乘马者并一幼童抱草灵围幔绕场一周，后随之为女子戴孝者，亦乘马持幡，亦绕一圈；而后为和尚穿法衣，绕一转……"

1942 年，庄学本先后在重庆、成都和雅安三座城市举办了他的"西康影展"。据当时的统计，重庆、成都各有十万观众参观，雅安观众也达到了八千，影响非同一般。在重庆展览期间，连日里，车水马龙，观众如云，更有"国民政府的党政军界要员，文化学术界的专家教授，以及外国驻华记者纷至沓来"。当时的报纸上对他做了这样的评论："他最初仅仅是一位摄影家，后来变成了一位专门的旅行家，现在却已成为了边疆的研究者，或者可以说是民族学的研究者了。"

庄学本实现了他的梦想。

庄学本的梦也是众多城市青年的梦。

2018 年，我为西康主题去西昌采访，遇上了一位叫罗家修的彝族老人。老人年已耄耋，上天给的眼睛不再锐利，手里拿着个放大镜不住地在书里搜寻着陌生抑或是熟悉的世界，以此建构起他的日常生活。采访结束时，他向我提出了一个要求，请我帮他寻找一本叫《西康夷族调查报告》的书。

这书就是庄学本写的。这让我想到了 80 来年前报纸对他的评论。

我在网上买到了该书，但听说，老人的女儿也在成都为他搞到了一本。网购的这本也就留在我身边了。

写到这儿，我想到了另一个人——孙明经。

前几年，一本叫《1939年：走进西康》的书让众多的西康人着了迷。书里有一幅照片，正是当年庄学本和孙明经在西康义敦县相遇时的合影。

两位西康见证者——孙明经和庄学本在义敦相见并合影留念

想不到，来自十里洋场的上海人庄学本居然那么高大，穿着中式长衫，蹬着布鞋，情态内敛，甚至有点羞涩，完全不像是世俗社会里人们对上海人的构想，完全不像是一个能独自在藏羌彝民族地区穿行的冒险者；相反，来自孔孟故乡的山东人孙明经却更像来自庄的家乡，他穿着拉链夹克，外披大氅，脚蹬皮靴，神气飞扬。兴许是他们的出发处不同，孙老师是"体制内"的学者，而庄学本则是一名浪迹天涯的独立记者。

不管性情怎样，两位年轻人——这时庄 30 岁，孙 28 岁——同时出现在西康的荒原上，用他们的智慧与劳作，用能留住时间的影像把一个个的西康瞬间保存了下来。对于今天谈论西康的人，庄学本和孙明经是绕不开的人物，他们的影像就像不熄的火炬，照亮并温暖着对那段历史怀有深深情义的人心。

摄影是历史的保鲜剂。

2004 年，孙明经的"西康摄影"在雅安展出，最直接地敞开了雅安的家宅，雅安人在兴奋、感激之余，留下了这一件件家私。

在庄孙两人合影的义敦，县长彭勋以清雅的书法给他们留下了"川藏之间 古称瓯脱 功比张骞 遍历西域"的题记。据说，这位彭县长的后人就在雅安生活着。

文化是西康的雨露，滋润着它的成长。

1929 年，一个学者走进了西康，他是被刘文辉委任为川康边区视察员的任乃强。这时，刘文辉既是四川省主席，也是川康边防总指挥，其时，国民政府下了通知，要在西康等地建省。尽管刘文辉视此地为鸡肋，有心没肠，但一些该做的工作还是要做的。

任乃强带着两名助手，花了一年多时间，对泸定、康定、丹巴、道孚、炉霍、甘孜、新龙、雅江、理塘九县进行了考察。

考察结束，回到成都，任先生撰写了《西康视察报告》，将《报告》与绘制的大量图文资料一并交给了刘文辉，为刘文辉开启了一道进入西康的门扉。

任老自己也有收获，他将收集的 10 多万字资料分门别类，在 1930 年的《四川日报》副刊上连载，让西康敞亮在了四川民众的眼里。

任先生收获的不只是这些文字，还收获了爱情。

在初次的康区考察中，任乃强不识藏文，也不懂藏语，尽管有通司（翻译），仍感到别扭，不能尽意。走到瞻化（今新龙），听说土司多吉朗加外甥甲屋村披的女儿藏文很好，而且人长得漂亮。这等好事，犹如天赐，任先生急不可耐地托人前去求婚。婚姻很顺利，一切由土司做主，既没有征求姑娘的意见，也没有婚前的男女相见，这兴许是当地习俗，也合了任先生的意。好事总有曲折装饰，土司做了主的婚姻在打卜环节遇到了一些麻烦，在康区，做什么事都是要求卜的。喇嘛说，该女不宜入川。任先生没放弃，也没硬来，而是先把婚姻搞定，在康定住下来，再慢慢劝诱。过了几年，罗哲情措不知信了哪一条，在天主教堂种过牛痘后，乖乖地跟任先生去了成都。

由于婚姻的曲折，西康成了任先生的第二故乡，这也是刘文辉乐见的。在接下来的岁月里，任被推举成了西康建省筹委会的委员。

任乃强先生不仅著作等身，还参与了西康许多的文化建设，芦山的汉代文物"王晖石棺"就是由他发现并在他的督促下出土的。任老不但是研究藏学的专家，也成了研究藏学，特别是研究西康历史学者们研究的对象。

四

到西康去，在 1950 年的成都知识青年中，这是一句诱人的口号。

1949 年 11 月，成都解放。眺望远方，西康就是下一个要解放的地方。部队已经准备停当，可解放后，干部严重不足成了已在成都成立的中共西康区委心里最大的难题。根据《解放后西康概要》记载，当时，南下准备入康的干部仅有954 人，这对于广袤的西康土地，显然作为调料撒下去都不够，何况，这些来自晋绥的北方干部能快速适应西康的环境吗？特别是语言差异，对于工作影响不可小觑。

这时的西康需要的已不只是赵尔丰时代的垦荒移民，也不只是刘文辉时代那少数的知识精英，1950 年的西康需要大量具有建设新社会能力的知识青年。

未雨绸缪。1950 年 1 月 15 日，中共西康区委决定成立由区委书记廖志高兼任校长的"西康人民革命干部学校"。学校在成都成立，并在该市华西坝招生，那里有着著名的华西大学，"西干校"可依托这所著名大学做学员的培训。"读华西，去西康"，对于青年还是颇具诱惑力的。不到十天，报名、考测、录取等工作就完成了，共招收了 1300 余学员。经过短期培训，这些新时代的青年们已是踌躇满志，急切地向往着奔向西康的征程。

"去、去、去，到西康、到西康、到西康去！"在刚刚解放的成都，西干校师生们创作的歌声在华西坝喷洒着新时代的热力。

2 月 8 日一早，西干校师生在成都南门武侯祠整装待发，成都各学校代表纷纷前来送行。依依不舍间，川大同学唱起了他们谱写的《送别》歌曲："愿用我的歌声向你们说再见……只要我们还活着，我们何处不相见……去吧朋友……我们再见在欢聚的那一天……"同西干校师生创作的《到西康去》相较，《送别》

不够高亢，但情意殷殷，歌声悲壮，毕竟是送别，触及的是心绪中更柔软的部分。况且，前方，西康的天空阴霾还没完全散尽。

这不，西干校学员们才走到邛崃，就遇到了土匪的偷袭。下面是一名学员对当时事件的记忆。

12日，由高桥出发向邛崃前进，行约五里，潜伏在公路两旁农舍竹林里的土匪即向行进中的队伍开火，子弹在头上呼啸，枪声愈来愈烈。同学们沿着公路匍匐前进，有时以田坎为掩护，有时趟水沟避险，师生们经过约十小时的艰难突围，于傍晚到达邛崃县城。

这一天途中共牺牲九人，轻重伤二十余人。

学校进驻邛崃后，由于行李全部丢光，寒冬腊月，缺衣无被，夜晚滚草窝，白天捉虱子，加以县城被围，囤粮不足，食难饱腹，土匪又数度攻城，师生的生命安全受到严重威胁。但在此情况下，学校仍然开展了教学活动。4月12日，学校师生在警三团护卫下，又向雅安进发。

在西干校老前辈那里听到最多的名字是丁佑君。

这是位出生在乐山五通桥的姑娘，在家乡读完初中后，她考入了成都市立女子中学。

听到西干校招生的消息，丁佑君心里打起了鼓：是继续上学实现自己当新闻记者的理想，还是响应号召到艰苦的地方参加革命工作？

她向正在燕京大学念书的二哥丁好德征求意见。热情洋溢的丁二哥马上给正在彷徨的妹妹回了信，告诉她，"要有在新的环境中学习、工作的精神。如果老是在自己熟悉的环境中工作，自己就不会有什么进步。因为，这不会见到新的东西。"

读了二哥来信，丁佑君中断了自己的新闻专业学习，报考了西康人民革命干部学校。

1950年，丁佑君积极响应"到最艰

丁佑君

苦的地方去"的号召，第一个报名到匪患严重的西昌去工作，竟在那里不幸被捕。土匪威逼利诱，捆绑毒打，各种手段齐上，可丁佑君始终不开口；而当土匪威逼她对碉堡里的同志喊话劝降时，她突然用尽全身力气爆出了"拥护毛主席，共产党万岁！"这惊天动地的雷霆。罪恶的子弹穿过她的胸膛，丁佑君倒在了血泊之中……这一年，她仅仅只有 19 岁。

到西康去，这是一个时代的行动。

站在博物馆里，我似乎听到了一个多甲子前历史的悸动，那时的天际、那时的风声、那时的一张又一张青春脸庞……情不自禁地想起了不久前在石棉的参观。

2018 年 5 月，一座叫"川矿记忆"的历史陈列馆在石棉县开馆。那里展现的是又一支走进西康的队伍。

1952 年 6 月 1 日，中国人民解放军 62 军的 184 师和 185 师，还有雅安军分区及雅安各县警卫团和基干团的 2329 名指战员，集体转业，参加到了西康省石棉矿的建设中。

几乎在 2000 多人民解放军战士转业的同时，一个以矿藏石棉为名的城市在西康的雅属与宁属之间诞生，所有这一切都在昭示，新西康的建设已经开始。

石棉矿记忆陈列馆·20世纪50年代《解放军画报》拍摄报道石棉集体转业官兵参加国家工业建设

从赵尔丰到刘文辉,在他们对西康的认知与经营中都清楚地提出,西康资源丰盈,要想西康壮大,发展工业理所当然。然而,他们的时代没有做好准备,他们的处境没能让他们理想的翅膀强劲地扇动起来,就已在应付权力的争斗中焦头烂额、疲惫不堪了。西康刚刚解放,一个以矿立县的规划就迅速实施,这是新政权的自信。

人民是这一自信的根基。2329 名官兵集体转业,这是西康历史上"到西康去"的一次空前浩大的行动。

所有雅安人都记得这个叫四川石棉矿的企业,甚至人们都知道,石棉县就是因为它而得名的。而该行业的人还知道,鼎盛时期,该企业向国外出口的石棉占到了全国的 87.45%。

可知道四川石棉矿过去叫西康石棉矿的人有多少?知道那 2329 名官兵转业地方,加入西康建设的人有多少呢?

走出西康博物馆,天空飘起了细雨,《到西康去》的歌声仍在响着,"到西康、到西康、到西康去!"一个时代的阳光在细雨间闪耀,竟化作一道彩虹。

好看!